은퇴 後

보이는 것들

은퇴 後
보이는 것들

초판 1쇄 발행 2025년 4월 1일

지 은 이	박우순
발 행 인	권선복
편 집	권보송
디 자 인	김소영
전 자 책	서보미
마 케 팅	권보송
발 행 처	도서출판 행복에너지
출판등록	제315-2011-000035호
주 소	(157-010) 서울특별시 강서구 화곡로 232
전 화	0505-613-6133
팩 스	0303-0799-1560
홈페이지	www.happybook.or.kr
이 메 일	ksbdata@daum.net

값 22,000원

ISBN 979-11-93607-80-0 (03810)

도서출판 행복에너지는 독자 여러분의 아이디어와 원고 투고를 기다립니다. 책으로 만들기를 원하는 콘텐츠가 있으신 분은 이메일이나 홈페이지를 통해 간단한 기획서와 기획의도, 연락처 등을 보내주십시오. 행복에너지의 문은 언제나 활짝 열려 있습니다.

은퇴 後
보이는 것들
Life Beyond Retirement

박우순 글·그림

이 책을 故 박원순 전 서울시장에게 바친다

행복에너지

꽃
나는 꽃이 좋다.
색깔 때문이 아니다.
때가 되면 지기 때문이다.
안 지면 지겨울 거 같다.

Paint & Poem by 古堂

인생의 마지막 장(章)에서

돌이켜 보면 지금까지 살아온 삶이 너무나 별거 아니라는 생각이 머릿속을 꽉 채운다.

대단치 않은 지식으로 아는 척한 게 부끄럽기 짝이 없다.
열심히 사느라고 살았지만 지금 와서 보면 인생은 온통 후회로 얼룩져 있다.
은퇴하고 나서야 비로소 깨닫는 것들이 이렇게 많을 줄은 미처 몰랐다.
내가 다른 이들로부터 받은 사랑과 은혜가 훨씬 더 크다는 사실을 이제 겨우 깨닫는다.

책장에 꽂혀 있는 책들을 뒤적거리며 발견한 것은 제대로 이해하지 못해 줄 친 게 더 많다는 사실이다.
수많은 책을 읽으면서 아는 체하고 넘어간 게 민망하다.

앞으로의 인생을 어떻게 살지는 잘 모르겠다.

원래 인생이라는 것이 계획대로 살아지는 게 아니라고 위안을 해 본다.

하나 분명한 사실은 있다.

내가 죽기 전이나 죽은 후에도 우리 아이들을 사랑하고, 앞으로 살아갈 우리 후손들을 사랑하며, 내가 죽어서 묻힐 이 땅 대한민국을 사랑한다.

신神이 정말 존재한다면 우리 후손들에게 스스로 지킬 수 있는 힘과 용기 그리고 지혜를 주십사 기도한다.

우리의 후손들이 이 땅에서 남의 침략이나 간섭 없이 자존심을 지키며 행복하게 살았으면 하는 바람으로 죽음을 맞이하고 싶다.

의사들은 암을 이길 수 없다고 한다.

그래서 암과 같이 살아가는 것이 현명하다고 한다.

암을 치료할 수 있는 약도 치료법도 없으니 변명으로 하는 말인지도 모르겠다.

그래도 무슨 상관인가.

지금 살아 있으면 되는 거지.

아침에 눈을 뜨니 오늘 하루도 행복하다.

매 순간 존재하는 나를 대견스럽게 바라본다.

삶을 내려놓으니 죽음이 성큼 다가오는 것 같다.
하루도 죽음을 떠올리지 않고 지내는 날이 없다.
그래서 죽음이 두렵지 않았으면 좋겠다.
죽음이 나 몰래 찾아왔으면 하는 바람이다.

지금이라도 후회 없는 인생을 살고 싶다.
인생을 후회 없이 사는 게 불가능하다는 걸 안다.
그래도 노력해 볼 가치는 있을 것 같아 해 본 말이다.
아마 과거로 돌아가 다시 산다고 해도 후회 없이 살 자신은
없다.

후회도 하고 반성도 하면서 사는 게 인생이 아닌가.
후회 없이 산 인생이 자랑스럽다고 할 수 있겠는가.
인생을 얼마나 재미없이 살았으면 후회할 일이 없단 말인가.
후회하지 않으려고 용쓰듯이 산 인생이 오히려 측은하지 않
은가.
예전으로 돌아가 후회해도 좋으니까 마음대로 인생을 살아보
라고 한 번이라도 용기를 주면 어떨까.

시(詩)와 그림

누구나 문학소년 소녀가 되고 싶은 때가 있다.

대개 그런 꿈을 잊고 살아간다.

나이가 들면서 그 꿈이 가슴을 헤집고 나올 때가 있다.

나도 청소년기에 그 꿈을 안고 소설을 써 본 적이 있다.

물론 나 혼자만의 세계에서 말이다.

다만 차이가 있다면 그때의 풋풋한 감성이 지금에는 냉소적인 냄새를 풍긴다는 점이다.

나이를 먹어 직장을 떠나 인생을 좀 잘살아보려 했더니 암에 걸리고 말았다.

얄궂은 인생과 마주하면서 이제 철이 드는가 했더니 불현듯 시가 떠올라 몇 편을 골라 이 책의 여기저기 넣게 되었다.

시란 무엇인가.

조금 근사하게 얘기하면 마음속에 떠오르는 느낌을 운율이 있는 언어로 압축하여 표현한 글이라고 한다.

모르긴 해도 시가 무엇인가는 시인마다 다르게 얘기할 것이 분명하다.

다만 내가 쓴 시가 시에 적합한 요소를 갖추고 있는지는 잘 모르겠다.

그러나 내가 일상에서 느끼는 감정을 짧게 표현했다는 점에서 시라고 해도 되지 않을까 싶다.

이러한 감정을 표현하는 데 나는 서너 줄이면 족하고, 또 이게 시의 형식에도 부합하지 않을까 믿는다.

나는 등단한 시인도 아니고 시랍시고 잡지에 투고한 적도 없다.

만약 이것이 흠이 된다면 나는 시를 쓸 자격이 없는 건 아닐까.

누군가 "시인은 누군가의 아픔을 대신 앓아주는 환자이고, 시는 그 투병기가 되어야 한다"고 했다.[1]

나는 물론 이러한 시인도 아니고 내가 쓴 시는 이러한 시도 아니다.

나는 이런 정도의 부담을 견디면서 시를 쓰고 싶지는 않다.

시를 길게 늘이면 구차한 변명이 될 것 같아 가능하면 짧게 쓰려고 했다.

혹시라도 나의 이러한 방식이 시를 모독한다는 비난은 듣지 않았으면 좋겠다.

하긴 소설마저도 한 줄로 된 것들이 많다고 하니 안심해도 좋을 것 같기도 하다.[2]

어쩌면 짧게 해서 여백을 남겨두는 것이 오히려 시와 소설을 읽는 독자들에게 상상을 허용하는 것이 아닐까.

일본의 하이쿠俳句 시는 한 줄도 길다고 했으니 세 줄짜리 나의 시가 크게 흠 될 건 없을 것 같다.[3]

더욱이 최근 일본에서는 노인들이 지은 센류川柳가 선풍적인 인기를 끌고 있다고 한다.[4]

우리나라에서도 전통적인 시의 한 종류인 시조時調가 지금까지 이어져 내려오고 있다.

시조는 고려 초기에서 조선 전기에 걸쳐 인기를 구가한 한국 고유의 정형시다.

기본 형식은 3장章으로 총 45자 내외로 구성된다.

시조는 짧지만 당시 식자들의 정서를 표현하기에 부족함이 없었다고 한다.

이렇게 보면 나의 시가 오히려 우리의 전통 시인 시조와 얼추 비슷하겠다는 주제 넘은 생각을 해본다.

결론은 소설이라고 긴 것도 아니고, 시라고 짧은 것도 아니다.

여기에 싣고 남은 시와 그림은 모아 두었다가 죽기 전에 시화

집으로 내 볼까 하는 생각도 있다.

혹시 지루할까 해서 내가 손수 그린 그림 위에 시를 올렸다.

여기 수채화는 대개 내가 찍은 사진, 지인이 보내 준 사진, 그리고 「Pinterest」에 있는 사진이나 그림을 모델로 삼았다.

눈길이 한 번만 스쳐 지나가도 행복한 마음이 온몸을 덥힐 것 같다.

마지막으로 지금까지 나를 살아남게 해 준 사람들이 머릿속을 맴돈다.

아내를 비롯한 아들, 딸, 며느리, 부모 형제·자매들, 여전히 제자 걱정에 여념이 없는 구순九旬의 은사님들, 아직도 잊지 않고 찾아주는 제자들, 일상을 같이한 이웃사촌들, 서로 안부를 물으며 늙어가는 친구들, 살면서 스쳐 간 수많은 인연들, 발병 이후에 나의 생명을 보살펴 준 의사와 간호사.

세브란스 병원의 조병철 교수님, 윤홍인 교수님과 김창곤 교수님, 동아대병원의 김영대 교수님, 조원열 교수님, 그리고 권윤형 교수님.

나의 오늘에 이분들의 공이 크다.

늘 칭찬과 격려를 잊지 않는 미술학원의 곽태임 선생님, 고향 친구처럼 언제나 곁에서 응원을 아끼지 않으신 부산대 박대겸 교수님.

또 10여 년이 넘는 시간 동안 동고동락한 (사)드림씨티다문화 공동체의 조숙정 상임이사, 안희순 이사와 예비 독자들과 식구들.

끝으로 많이 부족한 글임에도 흔쾌히 출판을 허락해주신 행복에너지의 권선복 대표님과 까다로운 요구에도 열과 성을 다해준 김소영 디자이너에게 온 마음을 담아 감사드린다.

2025. 1. 30.

공유도서관 宇宙에서 저자 씀

감상평

이 책 《은퇴 후 보이는 것들》은 은퇴 이후의 삶에 대한 깊은 통찰을 담고 있는 에세이 형식의 작품입니다. 저자인 박우순 씨는 자신의 경험을 바탕으로 은퇴 후의 삶, 인간관계, 건강, 노화, 행복, 그리고 죽음에 대한 생각을 솔직하게 풀어내고 있습니다.

이 책은 단순한 은퇴 후 생활 안내서가 아니라, 인생을 되돌아보고 반성하며 마지막까지 어떻게 살아갈 것인가에 대한 철학적 성찰이 담긴 글입니다. 특히 저자가 폐암을 진단받고 난 후의 심경 변화와 죽음을 준비하는 과정이 매우 담담하면서도 깊이 있는 문체로 표현되어 있습니다.

1. 솔직하고 담백한 글쓰기

책의 전반적인 문체는 군더더기 없이 솔직합니다. 저자는 스스로를 미화하지 않고, 과거의 후회, 깨달음, 그리고 남겨진 시간에 대한 고민을 그대로 적어 내려갑니다. "내가 아는 것이 별로 없다는 사실도 깨닫게 되었다"라는 구절처럼, 자신의 한계를 인정하는 태도가 인상적입니다.

2. 다양한 시선으로 바라본 은퇴 후의 삶

책은 단순히 은퇴 후의 현실적인 문제(재정, 건강, 여가)에만 집중하는 것이 아니라, 은퇴 후의 '마음가짐'과 '삶의 태도'에 대한 고민을 담고 있습니다. 또한, 은퇴라는 개념 자체를 재정의하며, "은퇴는 단절이 아니라 계속되는 삶의 일부"라는 메시지를 전달합니다.

3. 죽음에 대한 솔직한 고백

책에서 가장 인상적인 부분 중 하나는 저자가 죽음을 어떻게 받아들이는지에 대한 내용입니다. 폐암 진단을 받고 난 후, 저자는 삶과 죽음에 대한 인식을 새롭게 하게 됩니다. "죽음을 연습하다"라는 챕터에서 죽음을 두려워하지 않으려는 노력과 그 과정이 매우 현실적으로 묘사됩니다.

4. 시와 그림이 주는 감성적인 요소

책 곳곳에 저자가 직접 그린 그림과 짧은 시가 삽입되어 있어, 단순한 에세이가 아닌 하나의 예술 작품처럼 느껴집니다. 예를 들어, "꽃은 색깔 때문이 아니라 때가 되면 지기 때문에 좋다"라는 시는 인생의 무상함과 자연스러운 흐름을 담담하게 표현하고 있습니다.

총평

《은퇴 후 보이는 것들》은 단순한 은퇴 준비 가이드가 아니라, 인생 자체에 대한 깊은 성찰을 담고 있는 책입니다. 저자의 솔직한 이야기와 철학적 사유는 독자들에게 공감과 위로를 주며, 특히 은퇴를 준비하거나 인생 후반전을 고민하는 사람들에게 큰 울림을 줄 것입니다.

책을 읽고 난 후, '나는 내 인생을 어떻게 마무리할 것인가?'라는 질문을 던져보게 됩니다. 삶의 마지막까지 의미 있게 살고 싶다면, 이 책이 좋은 길잡이가 될 것입니다.

독후감

1. 은퇴 후, 새로운 시선으로 바라본 삶

우리는 은퇴를 하나의 끝이라고 생각하기 쉽다. 하지만 《은퇴 후 보이는 것들》을 읽으며, 은퇴는 단순한 마무리가 아니라 또 다른 삶의 시작임을 깨달았다. 저자는 정년퇴직 이후 삶을 돌아보며, 인간관계, 건강, 행복, 죽음 등 인생의 본질적인 질문과 마주한다. 특히, 폐암을 진단받은 후에도 담담하게 삶을 받아들이고, 하루하루를 소중히 여기는 태도는 깊은 울림을 준다.

2. 가장 인상 깊었던 부분

책에서 가장 기억에 남는 부분은 저자가 은퇴 후 깨달은 것들을 고백하는 장면이다.

"살아보니 내가 아는 게 별로 없다는 사실을 깨닫게 되었다. 그동안 너무 아는 척하거나 잘난 척하지는 않았는지 얼굴이 화끈해진다."

우리는 살아가면서 지식이나 경험을 쌓아가지만, 정작 인생의 본질을 깊이 이해하지 못할 때가 많다. 저자의 이 말은 인생을 돌아보며 겸허해지는 순간을 보여준다. 또한, 그는 은퇴 후에도 배움을 멈추지 않는다. 시를 쓰고, 그림을 그리며 자신의 감정을 표현하며 살아간다. 은퇴 후에도 새로운 길을 찾을 수 있다는 사실이 큰 용기를 준다.

3. 삶과 죽음에 대한 새로운 시각

특히 저자의 죽음에 대한 태도는 많은 생각을 하게 만들었다.

"죽음이 나 몰래 찾아왔으면 좋겠다. 후회 없는 인생을 살고 싶지만, 결국 후회 없이 사는 것은 불가능하지 않은가?"

이 문장에서 느껴지는 솔직함과 담담함이 인상 깊었다. 누구나 죽음을 두려워하지만, 정작 죽음을 피할 수는 없다. 저자는 오히려 죽음을 준비하는 과정에서 삶을 더 소중히 여긴다. 그리고 '행복'이란 결국 크고 거창한 것이 아니라, 지금의 일상 속에서 찾는 것임을 깨닫게 된다.

4. 맺으며

《은퇴 후 보이는 것들》은 단순한 은퇴 준비서가 아니다. 은퇴 이후 삶을 어떻게 살아야 할지 고민하는 사람들에게 따뜻한 위로와 현실적인 조언을 건네는 책이다. 우리는 은퇴 이후의 삶을 대비할 때, 돈과 건강만 생각하기 쉽지만, 이 책은 삶을 어떻게 의미 있게 살아갈 것인가라는 더 중요한 질문을 던진다.

책을 덮으며 나의 미래를 다시 한 번 그려보게 되었다. 지금 내가 살아가는 방식은 과연 후회 없는 삶일까? 앞으로 어떤 관계를 맺고, 어떻게 하루를 보낼 것인가? 은퇴 이후에도, 그리고 삶의 마지막 순간까지 의미 있는 삶을 살아가기 위해 무엇을 해야 할지를 고민해 보게 하는 책이었다.

Book Review

Introduction

Life Beyond Retirement is a reflective and thought-provoking work by Park Woo-Soon, offering a profound exploration of life after retirement. The book, blending personal essays, poetry, and visual art, examines themes of aging, relationships, happiness, and mortality. Through candid introspection and artistic expression, Park provides an insightful narrative that resonates deeply with readers navigating similar life transitions.

Content and Themes

The book is structured around the author's reflections on retirement and the realizations that accompany this stage of life. Park presents retirement not as an endpoint but as a transformative phase marked by self-discovery, regret, and acceptance. The narrative is deeply personal, yet its themes—human relationships, self-worth, and the inevitability of death—hold universal significance.

One of the book's most compelling aspects is its honest portrayal of aging. Park does not shy away from discussing the emotional and psychological challenges of retirement, including feelings of loss, loneliness, and the struggle to redefine one's purpose. However, he also highlights moments of joy, gratitude, and newfound freedom, offering a balanced perspective on the post-retirement experience.

A particularly moving section of the book details the author's diagnosis with terminal cancer. Rather than succumbing to despair, he reflects on mortality with remarkable philosophical clarity. His meditations on death serve as a poignant reminder of life's transience and the importance of living with intention.

Literary and Artistic Style

Park's writing is both poetic and introspective, characterized by simplicity and depth. The inclusion of minimalist poetry throughout the book adds an emotional resonance that complements his prose. These short yet powerful poems encapsulate complex emotions and observations, often in just a few lines.

In addition to poetry, Park incorporates his own paintings into the book. His artwork, inspired by nature and everyday life, enhances the narrative's emotional and philosophical depth. The combination of text and visual art creates a multi-dimensional reading experience, allowing readers to engage with the author's reflections on multiple levels.

Conclusion

Life Beyond Retirement is a beautifully crafted meditation on life's later years. It offers a candid, unembellished perspective on retirement and aging while also celebrating the resilience of the human spirit. Park Woo-Soon's blend of prose, poetry, and art creates a deeply personal yet universally meaningful work that will resonate with readers at various stages of life.

This book is highly recommended for those approaching or navigating retirement, as well as for anyone interested in literature that delves into existential themes with sincerity and artistic grace.

PART 1
은퇴

PART 2
인생

시 목차

＊

책 머리에

냉장고

오래된 낡은 냉장고가 하나 있다.
가끔 멈출 때가 있다.
발로 한번 차면 잘 돌아간다.
인간도 종종 이럴 때가 있다.

Paint & Poem by 古堂

은퇴는 없다

언제부터인가 은퇴라는 말이 일상화된 것 같다.

내 기억으로는 대략 20여 년 전부터 은퇴라는 말이 사람들의 관심을 끌기 시작한 것으로 보인다.

은퇴는 간단히 말해서 현재의 직장에서 물러나退 숨는隱다는 의미를 가진 말이다.

이러한 의미의 은퇴는 사람들의 평균수명이 60세를 전후한 시대에 통용되던 말이었다.

말 그대로 직장에서 물러나면 머지 않아 다가올 죽음을 기다리며 사소한 취미활동에 주로 시간을 보낸다.

그런데 다행인지 불행인지는 모르지만 평균수명이 훌쩍 늘어나 심지어는 100세 시대를 눈앞에 두고 있는 시점이 되었다.

은퇴하고도 수십 년은 족히 살아야 하는 문제에 직면한 것이다.

보통은 일정한 연령에 도달하면 일을 그만두는 것이 상식처럼 되어 있다.

제도적으로나 관행적으로 정해져 있기 때문에 은퇴는 본인이 결정할 일만은 아니다.

그러나 평균 기대수명과 건강수명이 점차 늘어나는 상황에서 은퇴 연령이 저절로 늘어나는 것은 자연스러운 현상이다.

인구감소는 노동인구의 감소를 가져오고, 이는 은퇴 연령을 연장해야 한다는 주장에 힘을 실어주고 있다.

100세 시대를 기준으로 하면 은퇴를 전후한 시기를 구분하여 인생을 살 이유가 없다.

이어지는 인생 위에 하던 일을 계속할 수도 있고, 전혀 다른 일을 선택해서 할 수도 있다.

새로운 감성으로 시를 쓸 수도 있고, 지금까지와는 다른 색깔로 그림을 그릴 수도 있다.

멀쩡한 인생을 은퇴라는 이름으로 두 동강 내놓고, 전반전이니 후반전이니, 제2의 인생이니 인색 2막이니 하는 꼬락서니가 영 찜찜하다.

인생은 하나뿐인데 은퇴로 인해 연장선이 생기는 것도 아니다.

은퇴는 인생에서 잠시 쉬어 가는 시간쯤으로 생각하면 좋지 않을까.

은퇴했다고 해서 인생이 끝나는 것도 아닌데 호들갑을 떨 이유는 더욱 없다.

아무리 발버둥 쳐도 은퇴를 했다고 달라질 건 아무것도 없다.

은퇴 여부가 아니라 자신의 운명을 바꿔보고자 하는 노력을 하느냐 마느냐에 따라 인생이 달라질 수 있다.

흙수저를 물고 태어났다고 불평해봐야 본인 성질만 더러워질 뿐이다.

대충 살라는 말이 아니다.

다만 은퇴 전에는 알지 못해서, 해 보지 못해서, 생각하지 못해서, 해놓고도 맘에 들지 않아 후회했던 것들을 심기일전해서 다시 해 보는 건 어떨까.

이렇게만 할 수 있다면 후회는 아마 상당히 줄어들지 않을까.

애초에 불가능한 노후생활의 행복을 기대하지 말고 현실을 있는 그대로 받아들여야 한다.

전문가들이 충고해 주고, 정부가 도와주는 척하지만 결국 노후생활은 자신이 책임져야 한다.

은퇴를 두고 왈가왈부 말들이 많지만 제대로 이해하고 있는지도 잘 알 수 없다.

은퇴 현상을 사람들이 이해하기에는 부족한 시간이 아니었나 하는 생각이 들기 때문이다.

아직까지는 그런 것 같다.

마치 인생을 잘 모르지만 살아야 하는 것과 마찬가지로 좌충우돌하면서 은퇴를 맞이하는 실수를 저질러야 한다.

그러다 보면 점차 익숙해지고 은퇴생활을 좀 더 잘 할 수 있는 방법을 찾아낼 것이다.

은퇴를 처음 경험하던 초기에는 다들 잘 몰라서 우왕좌왕한 게 사실이었다.

은퇴하였으니 시간이 많아 여행도 다니면서, 편하게 등산이나 하면서, 하고 싶은 거 하면서 여유 있게 살겠구나 하지만, 이는 모두 현실과 다를 수 있다.

돈이 많아 호화로운 생활을 즐길 수 있겠구나 하지만 조금 지나면 금새 지루해지고 심심해진다.

마약 사범이 늘어나고 음주운전으로 말썽을 피우는 이유가 여기에 있다.

누군가는 생활에 필요한 돈마저 모자라 어떻게 해야 할지 모를 수도 있다.

사는 나이가 100세라면 그때까지 끊김없이 살면 얼마나 좋을까.

긴 인생 중간중간에 쉬어 가는 매듭은 있으되, 완전히 다른 인생도 아니고 남의 인생도 아니다.

자신이 살아온 인생이자 자신이 살아갈 인생이 좀 더 남은 것

뿐이다.

은퇴라고 해서 인생을 반으로 싹뚝 잘라 먹는 건 아니다.

중요한 건 자신의 삶이 죽을 때까지 이어진다는 것이다.

삶의 과정에서 행운을 만나기도 하고, 인연을 맺기도 하고, 돌부리에 걸려 넘어지기도 하고, 누군가의 도움으로 일어서기도 하고, 때로는 이유 없이 남을 헐뜯기도 한다.

온갖 충고가 난무하지만 어디 도움이 되는게 있던가.

인구감소가 급속도로 진행되면서 노동인구의 부족으로 은퇴연령을 연장해야 한다는 주장이 점차 설득력을 얻고 있다.

일리 있는 주장이 아닐 수 없다.

천정부지로 치솟는 집값에 투기꾼들이 설쳐도 먼 산만 바라보는 정부에 무엇을 기대하는가.

법치국가에서 법이 나를 지켜줄 것이라고 믿지만 정작 일이 터지면 법은 한참 멀리 있지 않던가.

억울하다고 바락바락 우기면 증거부터 가져오라고 윽박지르기 일쑤다.

짐승만도 못한 인간들이 득실거리는 세상에서 언제 어떻게 엮여 고통을 치를지 몰라 불안하기만 하다.

행복한 은퇴생활은 언감생심이고, 각자도생의 방법을 찾는 데 여념이 없는 지경이다.

은퇴하면 노인이라는 등식도 고쳐야 한다.

가장 좋은 방법은 은퇴라는 말을 인생에서 지워버리는 것이다.*

그렇게 되면 청년과 장년 그리고 노년의 구분이 자연적으로 없어지게 된다.

따라서 인간의 모든 활동은 연령이 아니라 실제 능력에 따라 재편되는 신세계를 맞이하게 될 것이다.

아울러 노인 문제는 저절로 해결되는 희열을 맛보게 될 것이다.

남은 문제는 오로지 노동력이 없는 노인들을 어떠한 방법으로 돕는가이다.

이들의 남은 여생과 편안한 죽음은 세금을 받아 움직이는 정부와 우리 모두가 책임져야 한다.

이들이 누구의 손길도 닿지 않아 굶주림의 늪에 빠지게 해서는 안 되며 또한 이 사회를 증오하면서 눈을 감는 일은 없어야 한다.

이들이 우리의 손길을 기다리고 있는 한 우리는 결코 행복할 수 없다는 사실을 명심해야 한다.

---

* The best way is to erase the word retirement from life.

책과 사람

사람이 책을 만든다.
책이 사람을 만든다.
좋은 책이 사람을 만든다.
이게 더 맞는 말 같다.

Paint & Poem by 古竷

이 책은 왜?

2017년 8월 31일.

정년퇴직한 날이다.

여느 날과 다를 바 없는 밋밋한 하루가 저물었다.

1981년 3월부터니까 30년 하고도 6년 반을 근무하던 직장에서 퇴직한 것이다.

은퇴한 다음 날 특별한 느낌은 없었으나 무언가 허전한 마음이었다.

그러나 아침에 서두르지 않아도 되고, 쫓기듯이 살지 않아도 된다고 생각하니 기분이 나쁘지는 않았다.

퇴직한 날로부터 지금까지 약 7년여 동안 여러 가지 우여곡절을 겪어보니 은퇴하던 날로 돌아가 정말로 어떤 느낌이었는지 알고 싶은 마음이 굴뚝같다.

그러나 이제 되돌아갈 수 없으니 너무나 안타깝기만 하다.

당시에는 내가 퇴직한 사실을 그다지 실감하지 못하였다.

은퇴 생활이 시작되었다는 사실이 크게 다가오지 않았다.

그도 그럴 것이 퇴직한 날로부터 며칠 쉬다가 다시 일상으로 돌아갔기 때문이다.

다만 차이가 있다면 기존의 일상과 비일상의 시간 배분이 달라졌을 뿐 기본적인 생활은 별로 달라진 것이 없었다.

즉 일상의 시간이 약간 줄어들고 또 약간 느슨해진 것 말고는 별 차이가 없었다는 말이다.

예컨대 8시간 일상이 6시간 또는 5시간 정도로 줄어들고, 이 시간마저 엄격하게 지키지 않아도 되는 일이었다.

아침 11~12시 정도 출근해서 오후 6~7시에 퇴근하는 것이 일상이 된 것이다.

이와 비례해서 비일상은 상대적으로 더 늘어난 점이 눈에 띈다.

직장생활을 하던 중에는 해외여행을 하기 위해서는 일상을 많이 침범할 정도로 시간을 내야 했다.

은퇴 후에는 일상의 시간을 침범해도 전혀 심적으로 부담을 갖지 않아도 된다는 점이 은퇴 후 생활의 이점이 아닐 수 없다.

직장생활을 하다 보면 비일상을 만드는 일이 쉽지 않았으니 비일상이 행복해질 수밖에 없는 것이다.

일상을 떠나 모처럼 가족이나 친구들과 같이 여행하면 행복해지는 이유가 여기에 있다.

쉽게 얻을 수 있는 것에는 별로 만족감을 느끼지 못하는 게 인지상정이다.

은퇴 후에는 비일상에 마음대로 시간을 들일 수 있으니 얼마나 행복한 일인가.

은퇴 후 한동안 아무렇지 않게 지낼 수 있었던 이유는 나의 몸과 마음을 괴롭힐 만한 사건이나 사고가 없었기 때문이다.

평온한 생활을 깨트린 사건은 은퇴 후 3년이 조금 안 되던 시점에 일어나고 말았다.

우연히 하게 된 여러 가지 병원 검사 결과 폐에서 암세포가 발견된 것이다.

부정하기 힘든 일이 벌어진 것이다.

과연 내가 이제 죽는 것인가.

일주일이 넘는 시간 동안 머릿속이 하얗게 되는 엄청난 스트레스를 받게 되었다.

병원에 입원하여 정밀검사를 받는 동안에도 분노가 치밀었다.

흔히 암에 걸린 사람들이 하는 반응을 나도 따라 하고 있었다.

왜 내가 무엇을 얼마나 잘못했기에 암에 걸린단 말인가.

화가 치밀고 모든 게 원망스러웠다.

가족들의 위로도 전혀 소용이 없었다.

그런데 신기한 일이 벌어졌다.

얼마 지나지 않아 암 선고를 받은 여느 사람과 마찬가지로 암에 걸린 사실을 수용하는 쪽으로 생각이 바뀌었다.

다음에는 비교적 안정적인 심리 상태를 회복하게 되었다.

당장 죽는 것도 아닌데 미리 죽는다고 야단법석 떨 일이 아니라는 사실을 깨닫게 된 것이다.

암 진단을 받은 일주일 후 서울 소재 병원을 수소문하여 치료받기로 마음먹었다.

진료를 받기 위해서 우선 며칠을 기다려야 했다.

일단 의사의 진료를 받고 난 다음 어떤 방법으로 치료를 해야 하는지를 결정하는 과정을 거치는 것이다.

담당 의사는 가져간 진단기록을 훑어보고 난 다음 소세포암을 확인하고, 소세포암은 수술할 수 없는 암이라고 하였다.

폐암 중에서 약 15%에 해당하는 암으로 암세포 입자가 작아 만약 수술을 하게 되면 즉시 암세포가 전신으로 퍼진다는 것이다.

수술을 하지 않아도 된다는 점은 그나마 다행이라고 생각하게 되었다.

치료과정은 결코 간단하지 않았다.

며칠 동안 병원에 입원해 있으면서 여러 가지 검사를 하고 그 결과에 따라 치료계획을 세워야 한다는 것이었다.

2박 3일 동안 검사한 결과는 즉시 밝혀졌고 치료계획이 확정되었다.

아무리 나에게 행운이 온다고 해도 이제는 언제 어떻게 죽을지 모른다는 생각에 하루하루를 소중하게 보낼 계획에 몰두하였다.

그동안 하기로 계획한 일들을 지금 시작해서 미처 끝내지 못하고 죽음을 맞이한다고 해도 불평을 할 일은 아닌 것 같다.

왜 이 책을 써야 하는가를 두고 여러 가지 생각이 머릿속을 스치고 지나갔다.

하루에도 수없이 쏟아지는 책 무더기에 한 권을 보태는 일이 누(累)가 되지 않을까도 생각해 보았다.

오래전에 어떤 책에서 본 이 문장 때문에 더욱 두려운 마음이 생겼다.

"세상에 나온 책들 가운데서 가장 좋은 책만 골라내고, 그렇게 골라낸 책들 가운데서 다시 또 알짜만 찾아내어서, 그것만을 두고 평생을 읽어도, 다른 일을 일체 안 하고 방 안에 앉아 그것만 읽어도 죽을 때까지 다 못 읽는다고 하는데, 우리가 무엇 때문에 귀한 시간을 글쓰기에 바쳐야 할까?" [5]

며칠 고민한 끝에 이런 상황에서 왜 내가 굳이 책을 써야 하는가 하는 이유를 겨우 찾아냈다.

무엇이든 웬만하면 챗GPT에게 물어보면 금방 알 수 있으니까 내가 쓰는 책이 사람이 쓸 수 있는 마지막 이야기가 될 수도 있지 않을까 하는 생각이 들었다.

만약 사람들이 전혀 관심을 두지 않는다면 타임 캡슐에 넣어 나의 무덤가에 묻어두어 나중에 발견되면 나름대로 재미있지 않을까 하는 생각도 든다.

또 다른 이유는 내가 앞으로 얼마나 더 살 수 있을지 불투명하기에 더 늦기 전에 지금까지 살면서 쌓아둔 이야기를 누군가에게는 하고 떠나야겠다는 생각 때문이다.

마지막으로 은퇴를 계획하거나 은퇴 생활을 시작하는 사람들에게 아주 조금이라도 도움이 되지 않을까 하는 바람도 있다.

무엇보다도 사람은 글을 쓰지 않을 수 없어서 글을 쓴다고 했다.

많은 사람들이 자기표현으로 글을 쓰고 있으며, 그것이 우리의 생명을 이어가는 길이라고 했다.[6]

남은 문제는 과연 글을 어떻게 써야 하는가이다.

"문장은 쉽게 읽혀야지요. 그리고 정확하게 써야 합니다. 부질 없이 꾸며서 복잡하게 쓰는 것은 좋지 못해요. 문학작품의 문장과 일상에서 쓰는 실용문의 글이 다를 수 없습니다."[7]

이와 비슷한 맥락에서 꼭 덧붙이고 싶은 말이 있다.

소위 지식인이나 전문가들은 누군가의 말을 인용하여 복잡한 논리와 이론으로 현상을 설명하려 든다.

지금에 와서 생각해 보니 나는 그러지도 못하면서 그럴듯하게 보이기 위해서 애쓰다 보니 삶이 너무 피곤했던 것 같다.

그래서 마지막으로 내가 하고 싶은 순진한 생각과 유치한 말이라도 남기고 떠나는 것이 마음을 가볍게 하지 않을까 해서다.

무엇보다도 우리네 삶이 특별하지 않아도 된다는 메시지를 전하고 싶어서다.

고향
고향은 늘 그 자리에 있다.
사람들이 떠날 뿐이다.
죽을 무렵에 돌아오기도 한다.

은퇴

＊

일에서 잠시 손을 놓고 쉬어 가는 시간이다.
일하지 않고는 살기 힘든 사람들도 있다.
더 일하고 싶어 하는 사람들이 점점 늘어나고 있다.
나도 그중 한 사람이다.

은퇴를 준비하다

사람은 태어나서 청소년기를 거쳐 학교를 졸업한 후에 취업을
한다.
직업은 일을 하고 임금을 보장해 주는 중요한 수단이다.
수많은 직업이 있고 사람들은 저마다 오랜 시간 동안 일을
한다.
일한 대가로 받는 임금은 경제생활을 영위할 수 있게 해 준다.
그러다 보니 많은 경우에 한 직장에서 수십 년을 근무하기도
한다.

오래 일하던 직원이 일정한 나이나 정해 놓은 근무 기간에 도
달하면 자동적으로 일을 그만둬야 한다.
일반적으로 이를 정년퇴직이라고 한다.
은퇴는 정년퇴직보다는 좀 더 넓은 의미로 사용되며, 현직에
서 완전히 물러나는 것을 의미한다.
정년제도는 업무수행 능력이나 생산성이 떨어지는 노령인력
을 퇴출시켜 조직의 능률성을 확보하며 인건비 부담을 줄이

는 데 목적이 있다.

이 제도는 미리 정한 연령의 범위 안에서 고령 노동자들의 고용을 보장해 주는 효과를 갖기도 한다.

최근에는 퇴직 연령을 너무 낮게 책정하여 고용 보장이 오히려 어려워지고 있다.

그러나 고령 노동자들이 갖고 있는 풍부한 업무 경험과 숙련을 사장死藏시킬 우려가 있다.

아울러 고령화사회로의 전환에 따라 유휴 노령인구를 급증시켜 노인가구의 생계 빈곤과 국가에 복지부담을 야기하기도 한다.

은퇴 후 귀농 또는 귀촌이 유행한 적이 있다.

물론 지금도 은퇴 후에 귀농 또는 귀촌은 여러 가지 선택지 가운데 하나로 손꼽히고 있다.

낭만적으로 보이지만 누구나 할 수 있는 것은 아니다.

실행에 옮겨 성공한 사람들의 스토리를 듣노라면 별거 아니게 보일 수도 있다.

나 역시 고향인 농촌으로 돌아가는 꿈을 꾸기도 하고 구체적인 계획을 짜 보기도 했다.

아직 실행하지 못하는 이유가 여러 가지 있다.

우선 건강 문제가 있다.

폐암에 걸린 후에 병원에 정기적으로 또는 위급한 경우를 예상하면 도시를 아직은 떠날 수 없어서다.

다음으로 고향에 있는 낡은 집을 수리하거나 재건축을 하자니 적잖은 돈이 들어간다는 점이다.

무엇보다 고향을 떠난 지 수십 년이 지난 지금에 와서 돌아가 정착하기가 쉽지 않을 것이라고 예상하기 때문이다.

마지막으로 지금 돌아가고자 하는 고향은 내가 오랫동안 동경하던 그런 낭만적인 고향이 아니라는 사실이다.

어릴 때 뛰놀던 들판은 골프장과 축사로 변하고 멱 감던 개천은 정화될 기미가 보이지 않는다.

가장 안타까운 일은 고향을 지키던 어른들은 모두가 세상을 떠나고 고향을 떠난 내 또래의 친구들은 돌아오지 않고 있다.

동네 한가운데는 외지인이 들어오고 군데군데 집이 허물어진 지 오래되었다.

무엇보다 동네 인심도 예전 같지 않다.

은퇴나 퇴직은 보통 정해진 제도에 따라 강제된다.

퇴직의 조건이 법령이나 조직 내부의 규정에 명시된 경우가 대부분이다.

따라서 강제적으로 퇴직을 당하는 것보다는 자발적으로 퇴직을 결정하는 것이 바람직할 수도 있다.

정해진 정년 이전에 퇴직 결정은 퇴직 후에 경제생활을 충분히 영위할 수 있는 준비 정도에 달려있다.

다양한 사정을 고려하여 자신이 결정해야 한다는 말이다.

여기에서 사정으로 드는 것이 바로 직장에서 받는 월급이 아니고서도 일상생활을 유지할 정도의 소득이 보장되는가 이다.

조기 은퇴의 가장 좋은 예가 바로 파이어FIRE족의 등장이다.[8]

파이어는 Financially Independent, Retire Early의 머리글자를 따서 붙인 말이다.

즉 경제적인 독립을 달성하여 빨리 은퇴한다는 말이다.

여기에는 물론 여러 가지 조건이 붙어있다.

경제적 자유를 획득하기 위해서는 은퇴 후에 먹고살 돈을 비축해야 한다.

얼마를 모아야 경제적 자유를 달성하는가.

파이어족의 주장은 현재 소비하는 금액의 25배가 되는 액수이다.

예컨대 일 년에 5,000만 원을 소비하는 사람이 파이어족이 되기 위해서는 이 금액의 25배, 즉 12억 5,000만 원을 모으면 경제적 자유를 얻는다는 것이다.

이러한 금액이 어떤 근거에서 나오는지는 확실하지 않다.

이 액수는 결코 적지 않은 목표액이다.

그래서 파이어족이 되고자 결심하면 혹독한 방법으로 돈을 비축해야 한다.

이것은 개인의 선택으로 감당해야 하는 조건이니 받아들여야 한다.

불필요한 소비는 무조건 줄여야 한다.

이를 원치 않으면 파이어족이 되고자 하는 결심을 접어야 한다.

파이어족이 아니더라도 경제적으로 여유 있는 삶을 살고자 한다면 근검·절약해야 한다.

조기 은퇴가 아니더라도 노후에 안정적인 경제생활을 하려면 반드시 검소하고 절약하는 생활 습관을 유지해야 한다.

절약의 기회를 놓치면 다시 절약하는 습관을 갖기 어려워진다.

경제적으로 궁핍한 생활을 하고 싶지 않다면 절약을 생활신조로 삼아야 한다.

조기 은퇴에 성공한 소수의 사람들을 보고 누구나 할 수 있다고 생각하는 것은 잘못이다.

은퇴 후에 좋아하는 일, 하고 싶은 일을 하면서 살고 싶다고들 한다.

좋아하는 일이 무엇이고 하고 싶은 일이 무엇인가를 제대로 아는 사람이 얼마나 될까.

나 역시 잘 모른다.

그래서 이것저것 해 보고 있는 중이다.

좋아하는 일을 하는 것이 바람직해 보이지만 좋아하는 일이라고 하더라도 무조건 하지 말라는 사람들도 있다.

그 이유에는 여러 가지가 있는데, 가장 그럴듯한 이유는 "어떤 일을 좋아한다고 해서 그 일을 잘할 수 있는 건 아니다"는 것이다.[9]

나도 평소에 내가 좋아하는 일을 하면서 지내야지 하는 막연한 생각을 했지만, 막상 은퇴 후에는 그 좋아하는 일이 무엇인지 선뜻 떠오르지 않았다.

비록 은퇴를 미리 준비할 수 있는 여유가 있는 사람이라도 확신을 가질 수는 없다.

은퇴 후에 어떤 수준의 생활을 할 것인가.

내가 얼마나 오래 살 수 있을지는 아무도 모른다.

특히 암 진단을 받고 치료를 받는 상황에서는 얼마나 살 수 있을지 불투명해진다.

나 역시 살아있는 날이 1년이 될지 10년이 될지 아니면 그 이상일지를 도무지 알 수 없다.

나는 너무 낙관적인지 몰라도 한 10년쯤으로 잡고 살아갈 예정이다.

10년에 못 미쳐 내가 죽을 일이 생겨도 불평하지 않기로 했다.*

1년이든 10년이든 시간의 길이에 집착하지 않고 하루를 사는 것이 중요하다고 생각한다.

하루하루를 잘 살아나가면 어느새 나도 모르게 10년이 되고 그 이상이 될 수도 있을 테니 말이다.

얼마의 돈이냐 하는 것에 문제가 있지만 적어도 은퇴 후에 돈 걱정하지 않고 노년을 보내는 사람들이 많지는 않을 것이란 짐작이 간다.

사실 현재의 삶이 팍팍한데 노후를 대비해 돈을 모은다는 건 쉽지 않은 일이다.

전문가들은 사람들이 어떤 사정에 놓여 있는지에 상관하지 는다.

---

* I decided not to complain even if I die in less than 10 years.

지금 재테크財Tech하지 않으면 나중에 불행해질 것이라고 공갈을 치기도 한다.

연금과 저축 그리고 부동산 정도를 생각할 것이다.

부동산 가격이 천정부지로 치솟아 있으니 엄두조차 내기 어렵다.

전문가들은 흙수저의 막막한 상황을 전혀 알지 못한다.

하루하루를 견뎌내기 힘든 처지를 모르고 재테크를 하지 않으면 불행한 미래가 기다리고 있다고 엄포를 놓는다.

하루 끼니를 해결하기도 어려운 사람들에게 미래를 위한 투자를 하라고 한다.

은퇴 후에도 일할 수 있다면 하는 게 좋다.

평균수명이 늘었다고 하는데 아무런 일도 없이 어떻게 긴 세월을 보낸단 말인가.

일을 하는 게 건강을 유지하는 길이기도 하다.

정 할 일이 없다면 자식 걱정이라도 하는 게 시간을 보내는 일이다.

그래도 시간 여유가 있으면 봉사활동이라도 하는 게 좋다.

사회와 공동체에 관심을 갖고 참여하는 것은 좋은 일이다.

국가 사회적 이슈에 관심을 갖고 대중집회와 공청회에도 참여하는 것도 괜찮은 일이다.

나라와 우리 사회에 대한 걱정도 하면 심심하지 않게 시간을 보낼 수 있다.

인생

인생은 여행이라고 한다.
그래서 여행을 좋아하는 사람들이 많다.
사람들은 미술관과 박물관을 좋아한다.
대충 보고 아는 척할 때가 많다.
먹는 걸 더 좋아하는 사람들도 있다.
나는 그곳에 사는 사람들과 자연이 더 좋다.

Paint & Poem by 古堂

퇴직한 다음 날

평생 현역이라는 말이 있다.

여러 가지 의미로 해석할 수 있는 말이다.

100세 시대를 가정하면 은퇴 후에 워낙 긴 세월을 일하지 않고 지내는 것이 불가능하다고 하는 주장이다.

어찌 보면 틀린 말은 아니다.

그런데 여기에는 문제가 있다.

일하고 싶을 때 할 수 있는 일자리가 있어야 한다.

또한 일자리가 있다고 누구나 할 수 있는 것도 아니다.

어떤 일이냐에 따라 다르기 때문이다.

정부에서 제공하는 노인 일자리는 주로 일회성 공공일자리이다.

하루 세끼를 챙기지 못하는 노인들에게는 이마저도 귀한 형편이다.

은퇴 후에 무엇을 하는가는 그야말로 자유이다.

경제적 자유만 보장된다면 말이다.

여행으로 소일할 수도 있고 새로운 일을 찾아 나설 수도 있다.

어떤 사람들은 퇴직하기 오래전에 하고 싶은 일을 미리 정해 놓기도 한다.

때에 따라서는 실패해서 다시 직장으로 돌아오기도 한다.

의외의 난관에 직면하여 좌절할 수도 있다.

주식시장이 폭락하여 투자금에 큰 손실을 볼 수도 있다.

모아놓은 저축이 동이 나 실패할 수도 있다.

갑자기 불치병에 걸려 병원에 재산을 갖다 바칠 수도 있다.

어떤 이유에서든 계속 일하기 원하면 지금까지 해왔던 일이나 지위에 대한 집착을 말끔히 버리고 일할 곳이 있다면 그것만 으로 감사하게 생각해야 한다.

은퇴는 계급사회에서 벗어나서 계급도 없고 지위도 없고 정해 진 역할도 없는 완전히 다른 세계로 이동하는 것이다.

늙은 정치인들처럼 젊음을 한없이 연장하는 게 아니다.[10]

퇴직 후에는 직함도 없고 조직도 없는 보통의 아저씨, 아줌마 일 뿐이다.

이런 심경은 직접 경험해 보지 않으면 이해하기 힘들 것이 다.[11]

옆집 아저씨 또는 옆집 아줌마 보듯 여유를 갖고 서로 이해해 야 관계를 지속할 수 있다.

퇴직한 다음 날부터 할 일이 있다.

다름 아니라 오늘부터 나는 혼자라고 선언하는 일이다.

내가 퇴직한 사실 외에는 아무것도 변함이 없다는 사실을 깨달아야 한다.

주변은 변한 게 없는데 같이 변하기를 기대하는 것은 상처를 받는 지름길이다.

세상은 둥글고 지구는 여전히 태양 주위를 돈다.

내가 퇴직한 것만 달라졌을 뿐 변한 것은 하나도 없다.

나머지는 아무렇지도 않게 그대로 있다.

내가 퇴직하고 충격을 받고 있는데 무심한 게 괘씸하기까지 하다.

누가 관심을 좀 가져주지 않는가.

사실은 원래부터 관심이 없었던 것일 뿐이다.

내가 같이 있을 땐 관심이 있는지 없는지 몰랐을 뿐이다.

은퇴하고 볼 일 없어졌으니 관심을 가질 리 만무하다.

이걸 빨리 깨닫는 것이 은퇴 생활을 지탱하는 데 도움이 된다.

퇴직했다고 신문에 광고라도 내야 할까.

찾지 않는다고 서운해하지도 말고 배신감도 느끼지 말아야 한다.

가족도 친구도 원래 있던 자리에 있다고 생각하라.

보고 싶으면 먼저 다가서라.

체면 차리지 말고.

혼자 지내는 방법에 익숙해지면 은퇴 후의 일상생활에 대한
적응이 쉬워진다.
혼자 시간을 보내면서 인생을 즐기는 방법은 수없이 많다.
만약 은퇴 후에 곧바로 다른 일자리를 구해 일을 계속해야 한
다면 이런 고민은 안 해도 된다.
혼자 지낼 수 있다고 해서 사람들을 전혀 만나지 않게 되면 외
톨이가 된다.
새로운 사람을 사귀지는 않더라도 알고 지내던 사람들을 가끔
만나는 것은 생활의 활력소가 된다.

혼자 지내야 하는 상황에서 혼자서도 지낼 수 있어야 한다는
사실을 알려주는 것이다.
왜냐하면 나이가 들어갈수록 주변의 사람들이 점차 하나둘씩
떠나간다.
가족도 친구도 친척도 지인도 모두 멀어져 가는 것이 정상이다.
이 때를 대비하여 혼자 지내거나 혼자 사는 법을 익혀야 한다.
남편은 아내가, 아내는 남편이 먼저 세상을 떠나면 혼자 살아
야 한다.
가까운 친구나 이웃이 어느 날 내 앞에서 사라지면 어떻게 해

야 할까.

우리에게 가장 가혹한 시련은 내가 살아남아서 가족과 친구 없이 살아가야 한다는 사실이다.

은퇴 후 깨달은 것들

은퇴하기 전에 은퇴 후를 염두에 두고 미리 준비했다면 크게 걱정하지 않아도 될 듯하다.

물론 완벽한 준비란 있을 수 없으니 빠진 부분이 있을 수는 있다.

또 한 가지 유의할 점은 아무리 철저히 준비했다고 하더라도 준비는 과거에 계획한 것이고 은퇴 후의 실제 상황과는 다를 수 있다는 것이다.

즉 준비와 실제 은퇴 후 생활 사이에는 시간적 간격이 존재한다는 말이다.

시점의 차이는 계획과 실행 사이에 상황 변화로 인한 커다란 차질을 가져올 수도 있다.

그렇다고 적당히 준비해도 된다는 의미는 아니며, 계획과 실제 간의 괴리가 있음을 미리 인지해야 한다는 뜻이다.

은퇴가 긴 인생에서 한 시점에 이뤄지는 한 가지 일이긴 하지만 많은 것을 생각하게 만든다.

은퇴 전에는 미처 알지 못했던 사실이 하나둘씩 드러나기도
한다.

나는 은퇴 후에 여러 가지 생각을 하게 되었다.
직장을 다니는 동안에는 왜 이런 생각들을 하지 못했을까.
아니 못했다기보다는 의식하면서도 일상에서 실천하지 못한
것이 아닐까.
당연한 얘기지만 직장 일에 쫓기듯 살았기 때문인 것 같다.
어쩌면 이마저도 핑계에 불과하다는 사실을 깨닫는다.
물론 일상 속에서도 여유를 가질 수도 있고, 또 그런 사람들도
있다.
지금에 와서는 후회가 되지만 나는 그런 여유를 갖지 못했다.
나의 성격 탓도 있지만 늘 부족한 나 자신을 만회하기 위해서
그랬던 것 같다.

은퇴 후에 깨닫게 된 사실들이 꽤 많은 것 같다.
여러 가지가 있겠지만 아마도 이런 것들이 가장 마음에 와닿
는다.
무엇보다도 내가 얼마나 부족한 존재인가를 알게 된 것이다.
내가 아는 게 별로 없다는 사실도 깨닫게 되었다.
그동안 너무 아는 척하거나 잘난 척하지는 않았는지 얼굴이

화끈해 온다.

조금 아는 얄팍한 지식으로 마치 세상일을 다 아는 것처럼 행동하지는 않았는지 부끄러움이 한꺼번에 밀려온다.

폐암 선고를 받은 이후에는 특히 죄책감마저 들기 시작하였다.

반성과 후회가 엄습해 오는 바람에 당장 마음의 안정을 취하기 어려웠다.

한참이 지난 다음에야 비로소 어쩔 수 없었다는 변명으로 겨우 추스를 수 있었다.

아울러 아무리 노력해서 지식을 쌓아도 한계가 있을 것이라는 사실도 깨달았다.

비록 천재로 태어난다 해도 세상의 진리를 모두 터득할 수 없다는 것을 어렴풋이 알게 되었다.

특히 전문가랍시고 교만함이 하늘을 찌르는 인사人士들도 무수히 많다는 것도 자연스레 알 수 있게 되었다.

다행인 것은 가짜에 못지않게 진짜가 더 많다는 사실에 위안을 갖게 되었다.

100세가 넘은 노인이 아침에 눈을 뜨며 내뱉는 말이 무겁게 다가온다.

"오늘도 내가 살아있다니 언제나 완전히 눈을 감고 쉴 수 있을까."

죽을 날을 간절히 기다리는 심정이 전해 오는 말이다.

나는 한동안 이런 넋두리의 뜻을 감히 짐작조차 하지 못했다.

그런데 아주 최근에 와서 문득 이 말의 숨은 뜻을 나름대로 이해하게 되었다.

내가 만일 아무런 일이 없이 하루를 맞이한다면 얼마나 삶이 지루해 죽을 것 같을까를 생각해 보았다.

여기에서 일이란 많은 것이 있다.

아직도 먹고 싶은 것이 있다면, 아직도 보고 싶은 사람이 있다면, 여전히 가고 싶은 곳이 있다면, 여전히 읽고 싶은 책이 있다면, 여전히 봐야 하는 영화가 있다면, 아직도 만나야 할 인연이 있다면, 아무리 나이를 먹어도 왜 죽지 않을까를 두고 불평하지는 않을 것 같다.

그렇다면 나는 아침에 눈을 뜨고 또 다른 하루를 맞이하는 설렘이 있을까를 떠올려 본다.

애써 눈 뜨는 설렘의 이유를 여러 가지 나열해 본다.

많지는 않지만 좀 더 시간을 두고 보고 싶은 사람들이 있다.

완전히 이해할 수는 없지만 아직은 읽어야 할 책들이 제법 남아있다.

내가 어떻게 한다고 달라질 건 없지만 여전히 훈수 두고 싶은 사회문제가 많이 쌓여있는 것 같다.

내가 발휘해야 할 애국심이 필요한 곳이 여전히 남아있다.

나의 호기심이 내 나이와 관계없이 아직도 왕성하다는 것이다.

인생에서는 우리가 선택할 수 없는 것들이 더 많다.
부모와 고향, 문화와 사회, 타고난 재능과 태어난 시간 등은
우리가 선택할 수 없는 것들이다.
우리가 선택하지 않은 것들이라고 해서 인생을 아무렇게나 살
아도 된다는 의미는 아니다.
주어진 여건을 가지고 최상의 것을 이루기 위해 노력하고 집
중할 책임이 분명히 있는 것이 바로 인생이다.[12]
나는 가끔 여행지에서 만난 사람들의 인생을 상상해 보는 것
을 좋아한다.
이 사람들은 자신의 의지와는 상관없이 이 시간 이 장소에 태
어나 살아가는 것을 과연 얼마나 행복하게 생각할까.
또 내가 이 사람들과 이 시간 이 장소에서 만난 것이 과연 우
연일까 아니면 필연일까도 생각해 보는 습관이 있다.
다른 장소 다른 시간에 이 사람들과 다시 만날 수 있는 우연이
일어날 수 있을까.
나에게는 이런 상상을 해 보는 것이 경치를 구경하고 박물관
의 미술품을 감상하는 것보다 더 신나는 일일 때가 많다.

어떤 사람은 전생과 연결하여 인생은 본인이 선택한 것이라고

도 한다.

우리가 살아가면서 경험하는 삶의 고단함은, 우리가 지금은 기억하지 못하는 시점에서 우리 스스로 선택하고 온 영적 약속의 결과일 수 있다는 것이다.[13]

전적으로 선택할 수 없다고 단언하는 것은 물론 아니다.

일정한 상황에서는 선택할 수 있을지도 모른다.

다만 선택한 인생이 행복하게 기대한 대로 진행되는지는 확신할 수 없다.

다행히 인생이 잘 풀리는 선택을 잘했다고 할 수 있을지 모르나 그것은 행운이다.

왜냐하면 많은 사람들이 자신의 의지와는 다른 인생을 살기 때문이다.

어느 시대, 어떤 공간, 어떤 나라, 어떤 부모, 어떤 형제를 선택하는가에 자신이 관여할 수 없다.

이걸 운명이라고 할 수 있다.

인생은 이런 운명과 마주해야 한다.

운명이란 자신의 통제 밖에서 결정되는 것을 말한다.

그래서 운이 좋은 것은 자신에게 좋은 것이고, 운이 나쁜 것은 자신에게 불리한 것이다.

운이 나쁘다고 해서 인생을 바꿀 수 있는 방법은 없다.

자신의 운명을 바꿀 수 있다고 장담하는 사람들이 있는데 내가 볼 때 그건 거짓말이다.*

다만 불운이 겹치지 않도록 조심하는 수밖에 없다.

---

* There are people who guarantee that they can change their fate, but that's a lie to me.

인생

✳

인생은 결코 짧은 게 아니다.
그래도 더 오래 살려고 발버둥 친다.
나도 그러고 싶다.

우주

우주를 상상하면 기분이 좋아진다.
인간의 오만함을 상대하지 않아서 좋다.
아무리 센 놈도 우습게 보인다.
험한 세상을 살아갈 용기가 생긴다.

Paint & Poem by 古堂

사는 동안 인생은 모른다

사는 동안에는 솔직히 인생은 잘 모른다.
죽을 무렵에 조금 알지 모르지만 이미 늦는다.
되돌아가 살 수 없기 때문이다.
결국 인생은 알 수 없다는 말이다.

살면서 평소에는 무심코 지내다가 문득문득 떠올리는 단어들
이 있다.
인생, 행복, 사랑, 성공, 꿈, 희망, 죽음이라는 말이 그것이다.
물론 이 밖에도 여러 가지가 있겠지만 이 정도만 해도 평생 씨
름하고도 모자랄 것 같다.
그런데 어이없게도 이러한 단어들은 우리가 손쉽게 이해할 수
있도록 허락하지 않는다.
알 듯하다가도 어느새 멀리 떠나고 잡힐 듯하면 또 어느새 모
습을 달리한다.
수많은 철학자들이 달려들어 보지만 장님 코끼리 만지는 형국
에서 크게 벗어나지 못한다.

하물며 보통 사람들이 감히 인생, 행복, 사랑, 성공을 논하기에는 언감생심焉敢生心이다.

그렇다고 해서 고분고분하게 넘어갈 인간들이 아닌 것은 신神도 안다.

자신 있게 인생을 살고, 행복을 누리고, 사랑하고, 성공을 이뤄내지는 못하지만 각자 나름대로 만족하면서 지낸다.

진작부터 완벽한 결론을 내리지 못하는 바람에 수많은 사람들이 자기 방식대로 이들을 정의하고 적당히 즐거워한다.

우리가 얻고자 하는 행복, 사랑, 성공은 우리가 원한다고 쉽게 성취할 수 있는 것은 아니다.

다만 최선을 다해 노력하면 행복이나 성공이 나중에 따라 올 수도 있고 그렇지 않을 수도 있다.[14]

결국 운에 맡기는 수밖에 없는 것이다.

인생, 행복, 성공, 사랑, 꿈과 희망 모두 하나같이 사람들을 심하게 괴롭힌다.

이 중에서 인생이 으뜸이다.

사람들은 가끔 인생이 무엇인지 인생을 어떻게 살아야 하는 건지에 대해 질문을 하기도 하고 질문에 답하기도 한다.

그때마다 인생의 의미를 성찰하고 사는 목적이나 가치를 진지하게 생각해 보지는 않는 것 같다.

인생에 관해 조금은 심각하게 생각해 보는 시점은 대개 은퇴 후 또는 죽음이 다가올 무렵이 아닌가 한다.

은퇴 후 대부분의 사람들은 모르긴 해도 삶과 죽음에 대하여 생각할 기회를 많이 갖게 되는 것 같다.

대개는 막연하게 생각할 테지만 만약 어떤 병에 걸리게 되면 살고 죽는 문제에 대하여 심각하게 고민하게 될 것이다.

나 역시 폐암 진단을 받은 후에는 하루도 빠트리지 않고 삶과 죽음을 생각하지 않고 넘어간 적이 없다.

그만큼 삶과 죽음이 절실하게 다가온 것이다.

암 진단 직후에는 너무나 충격을 받아 곧 죽을 것 같은 두려움에 휩싸이기도 했다.

이러한 충격을 간신히 벗어나는 데 적어도 일주일 이상의 시간이 걸린 것 같다.

충격을 완전히 벗어나 정상으로 회복되었다는 의미는 아니다. 다만 정신을 가다듬어 무엇을 어떻게 해야 할지를 생각할 겨를이 생겼다는 뜻이다.

은퇴 후에는 인생에 관한 또 다른 모습도 눈에 들어오기 시작한다.

말이 많은 걸로 따지자면 인생에 버금갈 게 없다고 해도 과언이 아니다.

그만큼 인생이 무엇인지 잘 모른다는 뜻은 아닐까.

인생이란 누구에게나 공평하게 주어지는 것이 아니라는 사실
은 아주 오랜 후에 깨닫게 된다.
우리는 대부분이 기울어진 운동장과 같은 인생을 산다.
누가 도대체 감히 사람들이 공평하게 살 수 있다고 확신하는가.
불공평한 걸 알면서도 공평한 척하는 것은 인생을 사는 태도
가 아니다.
그렇다고 불공평하다고 허구한 날 불평하면서 살라는 말은 아
니다.
남과 비교하거나 불공평하다고 늘어놔 봐야 인생에 아무런 도
움도 되지 않는다.
빌 게이츠는 "세상은 원래 불공평한 것이니까 그런 현실에 대
해 불평하지 말고 현실을 받아들이라"고 했다.
냉정한 말 같지만 사실에 더 가깝다.
불공평한 현실에 만족하면서 내일을 위해서 열심히 노력하라
는 말로 들린다.
내가 노력하면 불공평한 현실이 나아질 것이라고 생각하는 것
은 커다란 착각이다.
노력에 상관없이 일정 부분은 불공평하다는 사실을 받아들여
야 한다.

세상은 원래 그런 것이다.

우리는 자신이 옳다는 것을 옹호하기 위해 이런 말을 내세운다.
우리는 그저 서로 다를 뿐, 어느 한쪽이 맞고 틀린 것은 아니
라고 주장한다.
그런데 세상 일에는 맞고 틀린 것이 반드시 존재한다.
다만 맞고 틀린 게 애매할 때가 있을 뿐이다.
우리는 맞고 틀린 것을 판별하기 위해서 도덕과 윤리를 배우
고 지식을 쌓는 것이다.
맞고 틀린 것을 구분하지 않고 그대로 두면 세계는 앞으로 나
아갈 수 없다.

그나마 다행인 것은 인생이 무엇인지 알아야 반드시 인생을
잘 사는 것은 아니라는 점이다.
무엇인지 안다고 해도 그대로 살 수 있는 것도 아니다.
아무튼 인생이 무엇인지는 알 길이 없다.
끝까지 살아보고 말해 주는 사람이 없기 때문이다.
죽고 나서야 비로소 알 수 있을지 모른다.
사람들이 이미 산 인생과 현재 살고 있는 인생, 그리고 앞으로
살아가야 하는 인생은 아마도 우주의 별만큼이나 셀 수 없이
많을 것이다.

게다가 같은 인생은 절대로 없다.

살 세상을 선택할 수 있다면 일제시대 주권 없는 나라의 백성으로 태어날 리 없다.[15]

남보다 나은 인생이 아니라고 기죽을 필요도 없다.

어차피 인생은 각자 사는 것이기 때문이다.

인생은 잘못되어도 고칠 수 없다.

시인들은 인생을 아름다운 것이라고 말하고 싶어 한다.

인생이 아름답다면 헛되이 보내는 사람은 아무도 없을 것이다.

현실은 언제나 얄궂은 인생을 만들어 낸다.

인생은 살만한 것이라고 최면을 거는 거짓말.

우리 가운데 누가 자신은 이 거짓말에 속아 살지 않았다고, 오로지 자신이 원하는 대로 살았다고 주장할 수 있을까.[16]

인생은 캄캄한 밤에 맨발로 가시밭길을 걷는 것과 같이 힘들지만 끝까지 견디면 꽃길이 기다리고 있다고 한다.

어두운 밤에 그것도 맨발로 가시밭길을 가면 꽃길이 나오기 전에 가시에 찔려 죽고 만다.

은퇴 후에는 이런 철학으로 시간을 낭비하지 않으면 좋을 것 같다.

어쭙잖은 희망으로 인생을 포장하기보다 각자가 처한 현실에 만족하면서 사는 게 인생이 아닐까.

뜬금없이 니체나 공자를 소환해서 그들이 한 말을 이해하는 척한다고 해서 인생이 행복해지지 않는다.

해답解答이 없는 게 인생이라고 한다.

앞으로도 해답이 없을 것이고, 지금까지도 해답은 없었다.

바로 이것이 인생의 유일한 해답이다.[17]

그래도 해답은 있을 것이라는 희망을 갖고 사는 것이 인생이 아닌가 하는 생각이 들기도 한다.

인생에서 찾는 해답은 사람마다 다르다.

또 해답을 찾을 수도 있고 죽을 때까지 찾지 못할 수도 있다.

눈앞에 해답을 두고도 모르고 지나칠 수도 있다.

오답을 정답인 양 알고 살아가는 사람도 있다.

그 해답에는 옳고 그른 것도 없고, 좋고 나쁜 것도 없다.

저마다 자신이 찾은 해답에 의미와 가치를 부여하고 만족해야 한다.

남의 해답을 엿보거나 더 옳고 좋을 것이라는 생각은 자신을 힘들게 할 뿐이다.

자신이 찾은 해답은 오롯이 자신이 처한 조건에서 나온 것이기 때문이다.

배

고향 갈 때 타고 간다.
늪에서 고기 잡을 때 쓰이기도 한다.
생각만 해도 그리워진다.

Paint & Poem by 古堂

인생은 운이다

노력한다고만 해서 인생이 성공하는 것도 행복해지는 것도 아니다.

노력하지 말라는 뜻이 아니라 인생이 맘먹은 대로 되지 않는다는 말이다.

인생에서 행운은 가끔 오기도 하고 때로는 떼로 몰려오기도한다.

행운이 한꺼번에 몰려올 때는 경계하는 마음을 가져야 한다.

또 불운이 겹친다고 해서 낙담하거나 포기할 일도 아니다.

행운이나 불운은 원래 한 사람에게만 연거푸 오기도 하고 집단으로 덮치기도 한다.

인생사가 새옹지마塞翁之馬라고 하지 않았던가.

운이 좋다고 너무 오만하지도 말며, 운이 없다고 너무 낙담하지도 말아야 한다.

인생은 마음대로 할 수 있는 게 많지 않다.
태어난 걸 후회할 수도 없다.

후회할 수는 있지만 돌이킬 수는 없다.

태어난 것은 운명이라고 하더라도 그 후에라도 마음대로 할 수 있는 게 있는가.

운명을 자신의 노력으로 바꿀 수 있다고 믿는 사람들도 있긴 하다.

그건 우리의 운명이 애초에 어떻게 정해져 있는지 모르기 때문이다.

어떤 외과 의사도 병원에서 일어나는 일 가운데 대부분은 운의 문제라고 했다.

왜냐하면 수술의 성공과 실패는 의사의 통제 밖에 있는 경우가 많기 때문이라는 게 이유이다.[18]

운 좋게 좋은 병원에다 좋은 의사를 만나면 내 병을 쉽게 고칠 수 있을지도 모른다.

여기에서 '좋은'이라는 말은 호불호나 선악을 의미하는 것은 아니다.

그러니까 좋은 병원과 좋은 의사라는 것은 내 병을 잘 진단하고 치료 방법을 알고 있을 때를 말한다.

큰 병원이 될 수도 있고 작은 동네 병원이 될 수도 있다.

젊은 의사가 될 수도 있고, 노련한 임상경험이 많은 의사일 수도 있다.

명성을 듣고 일부러 찾아가지 않는 이상 어떤 의사를 만날지는 알 수 없다.

운에 맡길 수밖에 없는 이유가 또 하나 있다.

세상에 존재하는 수천수만 개의 질병 중에서 치료제가 있다고 밝혀진 질병은 지금까지 500여 가지에 불과하다고 한다.

원인을 아는 병보다 모르는 병이 더 많고 완치되는 병보다는 그렇지 않은 병이 더 많다고 한다.[19]

그러니까 치료제와 치료 방법을 아는 질병에 걸리고 아닌 것은 순전히 운이라는 것이다.

내가 비소세포암이 아니라 소세포암에 걸린 것도 현재의 병원과 의사를 만난 것도 내가 선택한 것이 아니라 우연이다.

우리의 삶은 우연이 겹치고 쌓여 완성되는 그 무엇이다.

주변을 돌아보면 내가 순전히 노력해서 이룬 성취가 얼마나 되겠는가.

그때마다 절반은 행운이나 우연이 따른 것이다.

어떤 사고에서 내가 살아남았다면 어찌 그것을 나의 노력의 결과라고 할 수 있는가.

삼풍백화점이 무너지는 사고에서도 살아남았다면 그것이 어찌 내가 노력한 결과라고 할 수 있겠는가.

성수대교가 붕괴할 때 지나갈 확률은 아마도 수십억 분의 1일 것이다.

이것을 운이 아니고 무엇으로 설명할 수 있겠는가.

우리가 하는 노력과 의지에 더해서 작용하는 성공 요인의 하나가 바로 운이라는 것이다.[20]

어떤 경제학자는 인생의 8할이 운이고, 태어난 나라가 소득의 50%를 결정하고 나아가 소득에 미치는 나의 능력은 제로(0)에 가깝다고 주장한 적이 있다.[21]

어떤 자료에 근거해서 이런 주장을 하는지는 정확히 알 수 없으나, 나는 이런 주장에 전적으로 동의한다.

어떤 일에서든 운이 따라야만 한다는 믿음을 말하는 것이다.

사람들은 어쩌면 자신의 노력으로만 성취했다고 하는 오만함을 가질 수도 있다.

노력해도 운이 따르지 않으면 어떤 일이든 이룰 수 없을 때가 있다.

행운을 기대하는 것은 나쁜 일도 아니고 비도덕적인 일도 아니다.*

---

* Expecting good luck in life is not a bad thing, nor is it immoral.

인생에서 때로는 행운이 한 번쯤 나를 찾아주길 기대하는 것이 죄는 아니다.

운이 좋으면 복권에 당첨될 것이라고 믿기도 한다.

행운을 바라지 않고는 누구도 복권을 사지 않는다.

사람들에게 행운을 기대하지 말라고 한다면 사행射倖산업을 없애버리면 된다.

요지는 인생이라는 것이 크든 작든 행운이 한 번쯤 찾아와 주면 조금은 살맛이 나지 않겠느냐 말이다.

자신의 노력과 재능을 부정하는 것이 아니다.

인생이 맘대로 되는 것은 아니라는 사실을 강조하는 것뿐이다.

수많은 사건과 사고에도 지금 살아남은 것은 분명 행운이다.

어떤 카르마를 지었는지 모르지만 나로서는 지금의 행운을 예측할 수 없다.

나는 현재 살아 있음에 때때로 전율을 느낀다.

라틴어에 아모르 파티Amor fati라는 말이 있다.

운명을 사랑한다는 말이라고 한다.

삶에서 나타나는 모든 것이 운명이며, 그 운명을 받아들이고 사랑한다는 뜻이다.

운명 친화적인 말이다.

독일의 철학자 프리드리히 니체의 사상으로 인간에게 필연적으로 다가오는 운명을 감수하고 나아가 자신의 것으로 받아들여 사랑하는 것이 인간 본래의 창조성을 증진할 수 있다는 것이다.

자신의 운명을 받아들이고 개척해 나가야 한다는 주장이다.

피할 수 없는 것으로 보이는 것은 피할 수 있는 것보다 우리에게 미치는 정서적 영향이 적을 수밖에 없다.

그것들을 변화시키는 일이 거의 불가능하다는 것을 알기 때문에 우리 기분을 거의 상하게 하지 않는다.

우리가 사건의 필연성, 즉 불가피성을 인정하기 때문이다.

나이 든 사람의 죽음이 어린아이의 죽음보다 덜 애통함을 주는 것은 우리가 나이 든 사람의 죽음을 필연이라고 생각하기 때문이다.[22]

〈김연자〉라는 가수의 「아모르 파티」라는 노래 가사에 이런 게 있다.[23]

『산다는 게 다 그런거지 누구나 빈손으로 와
소설 같은 한 편의 얘기들을 세상에 뿌리며 살지
자신에게 실망하지 마 모든 걸 잘할 순 없어
오늘보다 더 나은 내일이면 돼
인생은 지금이야 아모르 파티 아모르 파티

인생이란 붓을 들고서 무엇을 그려야 할지
고민하고 방황하던 시간이 없다면 거짓말이지
말해 뭐해 쏜 화살처럼 사랑도 지나갔지만
그 추억들 눈이 부시면서도 슬펐던 행복이여
나이는 숫자 마음이 진짜
가슴이 뛰는 대로 가면 돼
이제는 더 이상 슬픔이여 안녕
왔다 갈 한 번의 인생아』

모든 걸 잘 할 수 있는 게 인생은 아니다.
잘하는 것보다 오히려 실수가 많은 게 인생이다.
모두가 갈 때는 빈손으로 간다고 한다.
부자도 빈자도 배운 자도 못 배운 자도 떠날 때는 빈손이라고
한다.
죽을 때 아무것도 가져가지 못한다는 사실을 모르는 사람들은
없다.

살다 보면 좀처럼 앞이 보이지 않을 때가 있다.
인생을 먼저 산 사람들의 이야기를 들어보면 도움이 될 수도
있다.
한 가지 방법은 책을 읽는 것이다.
책에는 다른 사람들이 살아가는 인생의 이야기가 담겨 있다.

물론 책에도 한계는 있다.

책으로 쓰이지 않은 이야기는 알 수 없기 때문이다.

물론 책도 잘 골라야 한다.

나쁜 책은 시간을 의미 없이 가게 하고, 좋은 책은 많은 생각을 하게 하며, 위대한 책은 도통 뭔 말인지 모른다.[24]

이렇게 보면 책 골라 보는 것도 만만치 않다는 생각이 든다.

아무리 좋은 책이라고 하더라도 작가와 똑같은 경험을 할 수 없으니 결국 답은 나한테 있다는 점을 명심해야 한다.[25]

결국에는 그냥 주어진 대로 고맙게 생각하면서 사는 게 인생이 아닐까.

최선이라는 말도 열정이라는 말도 사치가 될 수 있다는 생각이 들기도 한다.

〈김대훈〉[26]이라는 가수의 「내 마지막 날에」라는 노래 가사를 보면 더욱 이런 생각이 든다.

있는 그대로의 내 인생을 사랑하고 내 인생이 내 곁에 있는 것만으로 행복한 마음을 갖는 것이 좋을 것 같다.

『인생아 고마웠다.

사람이 나를 떠나도

세상이 나를 속여도

내 곁에 있어주어서

인생아 고마웠다
사랑이 나를 떠나도
그것은 내 몫이라고
나에게 말해주어서

인생아 나 부탁을 한다
나 두 눈 감는 날에는
잘살았다고 훌륭했다고
그 말만 해주라

눈물이 많은 삶이여서 고생했다 말해주라
배운 게 많은 삶이여서 아름답다 말해주라

인생아 고마웠다
빈 몸으로 태어나도
많은 걸 채워주고
빈 몸으로 보내주어서

인생아 고마웠다 인생아 내 인생아
참 고마웠다 인생아 사랑한다

인생아 사랑한다』

인생 그 자체에 고마워하는 삶이 되었으면 좋겠다.

부족한 인생이라도 마지막 가는 길에는 칭찬해주면 좋을 것 같다.
고생했다고 위로 한마디라도 해주면 신나게 죽을 수 있을 것만 같다.

나는 살 만큼 살았는데도 여전히 인생이 무엇인지 잘 모르겠다.
앞으로 더 산다고 해서 인생을 더 알 수 있을 것 같지도 않다.
내가 볼 때 이것이 바로 인생이라고 자신 있게 말할 사람은 없을 것 같다.
인생만이 그러한가.
우리는 제대로 모르는 채 넘어가는 게 한 두 가지가 아닌 것 같다.
죽음이니 행복이니 하는 것도 알 수 없기는 마찬가지가 아니겠는가.

경찰서 앞

시민이 곧 경찰이라고 한다.
경찰이 곧 시민이라고 한다.
하나는 맞고 하나는 틀리다.
나를 보고 자꾸 경찰이라고 한다.
나는 경찰이 아니라고 화를 냈다.

Paint & Poem by 古堂

후회하는 인생

인생을 살아보고 난 다음에 인생을 살 수 있다면 얼마나 좋을까.

만약에 인생을 다 살아보고 되돌아와 다시 살 기회가 주어진다면 정말로 후회 없이 신나게 살 수 있지 않을까 생각할지 모른다.

그런데 연습과 훈련을 했다고 반드시 1등을 하는 것은 아니다.

어차피 인생은 끝없는 후회와 실수로 이어지는 되돌릴 수 없는 한 편의 드라마이다.

인생을 일장춘몽이라고 하는 이유도 여기에 있다.

인생을 미화하는 것은 살아온 인생을 보기 좋게 포장하는 것에 불과하다.

나는 후회 없는 인생을 믿지 않는 사람이다.

후회 없는 인생을 자랑하는 사람들이 제법 있는 것 같다.

인생을 다 살아보지 않았을 텐데 어떻게 후회 없는 인생을 자랑하는지 모르겠다. [27]

인생을 다 살아본 사람이 들려준다면 조금은 다를 수 있을지 모르겠다.

아쉬운 대로 100세를 넘기거나 근접한 시간까지 산 사람의 이야기는 도움이 되지 않을까 하는 생각도 해 본다.

사람들은 오래 산 사람들의 인생 이야기를 들어보라고 충고하지만 남의 인생을 그대로 살 수는 없는 노릇이다.

100세까지 살면서 경륜과 경험을 풍부하게 쌓았는지 모르지만 이건 과거의 일이다.

과거를 산 사람이 미래를 살아갈 우리에게 어떤 교훈을 줄 수 있을까를 생각하면 조금은 회의懷疑가 든다.

조금의 도움이 될지 모르지만, 어차피 나의 인생은 내가 사는 것이다.

지금 가질 수 없거나 돌이킬 수 없는 이미 지나간 과거의 추억과 향수에 젖어 세월을 보낸다면 참으로 우울한 일이다.

지나간 것은 흘려보내고 지금 할 수 있는 걸 찾아내는 것이 진정한 행복이다.

아름다운 추억은 소중하지만 여기에만 매달리면 늪에 빠질 수밖에 없다.

인생은 잠시 멈추어 쉬어 갈지라도 앞으로 나아가는 것이다.

누구에게나 인생은 처음이기에 서투를 수밖에 없다.

그래서 나중에 후회할 일들을 자주 하곤 한다.

인간은 후회를 먹고 사는 생물이라고 했다.

특히나 숨을 거두는 마지막 순간에 인생을 돌아보면서 깊은 후회를 한다.

누구나 후회를 하지만 그 정도에 있어서는 사람마다 차이가 있다.[28)]

그래서 지금 죽어도 여한이 없다고 하는 사람들이 있는가 하면 마지막 순간까지 아쉬워하는 사람들도 있다.

나도 마지막 순간까지 후회하는 그런 사람이 아닐까 한다.

돌이켜 보면 나는 지금까지 끊임없이 후회할 만한 일을 쌓아 온 것 같다.

아마 모르긴 해도 죽는 날까지 후회할 일을 계속할 것만 같다.

후회는 잘못한 일에 대한 것도 있고, 하고 싶은데 하지 못한 일에 대한 것도 있다.

주변 사람들에게 나도 모르게 상처를 준 일들에 대한 후회는 돌이켜봐도 이제는 소용없는 일이다.

마음에 드는 여자가 있어도 말 한마디 건넬 용기를 내지 못한 것도 후회스럽다.

자칭 명문名文의 연애편지를 써 놓고도 전하지 못한 바보이기도 했다.

내 마음같이 호의를 베풀고도 오해를 받은 일들을 생각하면 억울하기도 하다.

부모님 살아생전 곁에서 효도하지 못한 것도 많이 후회된다.

인생은 그렇게 후회투성이라고 위로하면서 사는 수밖에 없는 것 같다.

후회를 많이 한다고 해서 결코 불행한 삶은 아니다.

오히려 후회하지 않는 삶이 메마르고 황폐한 것은 아닐까.[29]

후회는 우리가 가장 피하고 싶은 감정의 하나라고 한다.

그러나 후회야말로 인간을 인간답게 만드는 요소이며, 나아가 인간이 스스로를 성장시켜온 비밀의 열쇠이다.

또한 후회하는 능력 덕분에 인간이 다른 동물들보다 뛰어난 존재가 될 수 있는 근거이기도 하다.

후회란 과거의 어느 시점으로 돌아가 당시 고르지 않았던 선택지에 대한 시뮬레이션 결과를 현재와 비교하여 상황을 파악하는 고도의 사고思考이다.[30]

그러니까 후회하는 행위를 부정적으로 볼 일은 아닌 것 같다.

다만 후회해도 괜찮으니까 마구잡이로 분별없는 사고와 행동을 하는 것은 곤란하다.

일본의 호스피스 전문의로 활동하고 있는 오츠 슈이치大津秀一는 말기 환자들을 돌보면서 그들이 마지막으로 인생에서 후회하는 것이 무엇인가를 듣고 스물다섯 가지로 요약해 놓았다. 모든 사람이 공통으로 지적한 25가지를 보면 후회했다기보다는 사람은 누구나 후회한다는 사실을 알려주는 것이 아닌가 한다.[31]

그런데 이 25가지 후회는 우리가 대부분 잘 알고 있는 내용으로 평소에는 신경도 쓰지 않고 대수롭지 않게 넘기던 일들이다.

몇 가지 간추려보면 이런 것들이 있다.

사랑하는 사람들에게 고맙다는 말을 자주 했더라면.

조금만 겸손했더라면.

사람들에게 친절을 베풀었다면.

감정에 휘둘리지 않았더라면.

만나고 싶은 사람을 만났더라면.

죽도록 일만 하지 않았더라면.

내가 살아온 증거를 남겨 두었더라면.

삶과 죽음의 의미를 진지하게 생각했더라면.

내 장례식을 생각했더라면.

나에게 그대로 대입해도 들어맞을 후회스러운 일들이다.

지금부터라도 이런 후회는 만들지 말아야 하는데 사실 그럴
자신이 없다.

어차피 인생은 늘 후회하면서 살고 후회하면서 죽는다.

인생은 후회하면서도 행복해질 수 있다는 사실에 묘미가 있다.

〈김정한〉[32] 시인의 「인생길」이라는 시가 있다.

『예습도 복습도 없는
단 한 번의 인생의 길
가고 싶은 길도 있고
가기 싫은 길도 있지만
가서는 안 되는 길도 있지만
내 뜻대로 안 되는 게
인생의 길인 것을
어느덧 이만큼 와 있다.

후회 많았던 일들이
나를 기다리는 세금고지서처럼
늘 안타깝고 두렵다.
앞으로 기쁜 일은 얼마나 있을까?
슬픈 일은 또 얼마나 있을까?

어제까지 살아온 내 흔적들이

내 인생을 대변하듯
신발장에 널부러져 있다
상처 난 구두의 모습으로…
처음부터 다시 시작할 수 있다면
아! 왔던 길을 다시 걸어 볼 수 있다면
제대로 정확히 걸을 수 있을 텐데
아! 다시 처음부터 걸을 수 있다면.』

이만큼 인생을 잘 나타낸 말이 세상에 어디 있겠는가.

예습을 통해 미리 연습한다고 해도 인생은 그대로 살아질 리 만무하다.

복습을 한다고 해도 되돌아가 잘 할 수 있다는 보장도 없다.

나에게 만약 되돌아갈 기회가 주어진다면 비록 또 다른 실수를 하더라도 완전히 새로운 인생길을 가고 싶다.

비록 그 길을 가면서 후회하는 일들을 하는 한이 있어도.

그게 바로 인간이고 인생이 아닌가 싶다.

조금이라도 후회를 줄이기 위해 잘난 사람들의 인생을 배우기도 해 본다지만 인생에는 원칙도 없고, 대입해서 해답을 찾을 만한 공식도 없다.

남이 내 인생을 살 수 없듯이 나도 남의 인생을 따라 살 수 없다.

모두의 인생이 저마다 다른 상황과 조건에 좌우되기 때문이다.

은퇴 후 삶의 모습

은퇴 후에 얼마간의 시간이 지나면 여러 가지 증상이 나타난다.

현실과 적당히 타협하게 된다.

가까운 사람들이 연락하지 않아도 너그러운 마음으로 이해
한다.

괘씸하지만 참아내는 인내심이 커진다.

웬만한 일에는 흥분하지 않는다.

언짢은 말을 들어도 관대하게 넘어간다.

점점 철학자가 되어간다.

그것도 현실과 적당히 타협함으로써 마음의 평화를 추구한다.

꿈꾸다 가는 인생이라고 위로한다.

인생을 달관한 군자처럼 말하고 행동한다.

갑자기 철학자가 되는 것이 영 찜찜하다.

이런 느낌은 세상 돌아가는 것에 굴복하는 것이다.

세상의 인연 따라 잠시 머물다 가는 인생이라고 위안을 삼는다.

100세를 기준으로 하면 은퇴 후에 30~40년 이상을 더 살아
야 한다.
재수 없으면 100세까지 산다는 말이 있다.

모든 것에 감사하는 마음으로 삶을 살라고 한다.

오늘 내가 살아있음에 감사하고,
지금 내가 건강하게 걸을 수 있음에 감사하고,
가족과 함께 하루하루를 보낼 수 있음에 감사하고,
할 수 있는 일이 있어 생계를 걱정 안 해도 됨에 감사하고.

사랑하는 사람들이 곁에 있어 감사하다.
나를 지켜 주는 나라가 있어 감사하고,
나를 믿어주는 친구가 있어 감사하다.

틀린 말이 아니다.
그런데 지나치면 헤픈 사람이 된다.

눈앞에 힘든 일이 있어도 웃으며 감사하라고,
소원하던 일이 실패해도 감사하라고,
길 가다 돌부리에 넘어져 다쳐도 감사하라고,

불친절한 택시 기사나 민원실의 공무원에게도 감사하라고,
나라가 침략을 받아 피난을 가야 하는데도 감사하라고,
나를 괴롭히는 사회악에도 감사하라고,
골목길에서 나를 위협하는 불한당에게도 감사하라고,
그래도 살아 있음에 감사하라고.

이건 철학자가 아니라 정신병자에 가깝다.
세상에는 살다 보면 화를 내야 할 때도 있고, 때로는 감사해야
할 일도 있고, 또 웃어야 할 일도 생긴다.
화를 내야 할 때는 화를 내는 것이 정상이고, 감사해야 할 일
이 생기면 감사하면 되고, 웃을 일이 생기면 크게 한바탕 웃으
면 된다.
화를 내야 할 때 참으면 마음에 병이 생긴다.

감사한 일에 감사하지 않으면 다음엔 감사할 일이 생기지 않
는다.
웃을 일이 있는데 웃지 않으면 더 이상 웃을 일이 없어진다.
억지로 웃음을 만들 것이 아니라 웃고 싶을 때 웃으면 된다.
슬플 때 자연스럽게 울면서 눈물을 흘리는 것과 마찬가지다.
무엇이든지 참으면 병이 되고 그대로 하면 건강에 도움이 된다.

우리는 세월의 빠름을 나타낼 때 화살과 같다느니 흐르는 물과 같다고 한다.

인생살이를 두고는 눈 깜짝할 사이에 늙고 만다고 한다.

약간의 과장은 있지만 맞는 말인 것도 같다.

돌이켜 보면 내가 어느새 이렇게 늙어 버렸나 하는 생각에 깜짝 놀랄 때가 있다.

연말연시가 되면 사람들은 나이를 먹는다고 한다.

틀린 말이 아닌 것 같다.

시간을 먹어버리면 그만큼 살 수 있는 시간이 줄어들 테니까.

나이를 먹을수록 늙어간다는 뜻이기도 하다.

나이 먹었다고 철학자가 되는 것도 아니고 그럴 필요도 없다.

철학을 하지 않아도 70세를 넘긴 삶 자체가 철학이다.

사람들은 나이가 들면 지혜가 생긴다고 하는데 오히려 독선과 아집이 생길 수도 있다.

나이 먹어서 남에게 충고할 때는 아주 조심할 필요가 있다.

어느 수녀의 기도에 이런 말이 나온다.[33]

  "저로 하여금 말 많은 늙은이가 되지 않게 하시고, 특히 아무
  때나 무엇에나 한마디 해야 한다고 나서는 치명적인 버릇에 걸
  리지 않게 하소서."

충고는 상대방이 원할 때도 최소한에 그쳐야 한다.

충고를 들어서 해결해야 할 문제는 과거가 아니라 현재의 문제이다.

현재 또는 미래의 문제는 과거의 사고방식이나 경험으로는 해결할 수 없을 때가 많다.

과거의 경험과 사례는 대개 부정확한 경우가 많아 미래를 예측하고 판단하는 데 근거로 삼기에는 한계가 있다.

저명한 학자들이나 전문가들마저 무턱대고 과거의 사례를 인용함으로써 지금의 문제에 대한 해법을 제시하는데 이는 아주 어리석은 일이다.

이는 모두 과거의 자尺로 현재를 재기 때문이다.[34]

현재 우리 사회의 부정적인 면을 보고 나라가 망할 것이라고 흥분하는 사람들이 제법 있다.

과거에도 이런 사람들이 있었는데 아직도 한국은 망하지 않고 있다.

2019년 7월 일본의 뜬금없는 수출규제를 두고 빨리 무릎을 꿇고 선처를 구하지 않으면 당장 한국경제가 파탄 날 것처럼 입에 거품을 물던 사람들이 꽤 있었다.

그런데도 한국경제는 아직 망하지 않고 잘 버티고 있다.

은퇴 후의 인생은 결코 덤이 아니다.

인간이 각고의 노력으로 얻은 결과물이다.

은퇴 전의 삶과 은퇴 후의 삶이 다르지 않다는 것을 명심해야 한다.

은퇴 후에 알게 되는 것이 있을지라도 그것은 인생의 연장선이지 특별한 게 아니다.

지금까지 살던 대로 살면 된다.

더 잘살아보겠다고 욕심을 부릴 필요도 없다.

현재에 만족하고 내일을 보람있게 살도록 노력하는 것이 중요하다.

은퇴 후에 병에 걸려 죽음을 염두에 두게 되면 철학자가 되는 경향이 있다.

세상을 달관한 듯이 금방이라도 성철스님이나 김수환 추기경의 말씀을 다 깨달은 것처럼 말한다.

보통 사람으로서는 갖고 싶은 것도 많고 좋은 집에서 살고 싶은 욕심도 있는데 법정 스님의 무소유를 실천하라고 하면 이게 말이 되는가.

부처와 예수 그리고 공자 말씀을 인용하면서 실천하지 못하면 말장난에 불과하다.[35]

세상 돌아가는 이치를 다 꿰뚫고 있기라도 한 것처럼 의연한 척한다.

모든 것을 내려놓고 마음을 비우고 염라대왕이 호출하면 언제라도 순순히 떠날 채비를 하고 있는 것처럼 말이다.

우리와 같은 보통 사람이 성직자의 삶을 흉내 낼 수는 없는 일이다.

행복한 은퇴 생활을 원한다면 늙어감을 받아들이고 지금 할 수 있는 일을 소중히 여기는 삶의 자세를 가져야 한다.

행복한 노후와 불행한 노후를 가르는 기준을 바로 이것이다.[36]

은퇴 생활은 실제와 가까워야 한다.

현실을 인정해야 한다는 뜻이다.

남에게 베풀고 나누는 철학은 말은 쉽지만 실천은 어렵다.

지갑 열라고 하면서 지갑은 닫고 입은 활짝 여는 사람들이 더 많은 것 같다.

이런 덕목의 실천은 습관이다.

평소에 습관이 배지 않으면 은퇴하고 금방 할 수 있는 일들이 아니다.

이타적인 사회활동은 하루아침에 습득되는 것이 아니다.

청소년들에게 봉사활동을 강조하는 이유가 여기에 있다.

건강하게 장수하는 방법의 하나가 바로 봉사활동이라고 한다.

봉사활동을 통해서 사람들과 교감하면서 긍정적인 생활방식을 터득할 수 있기 때문이다.

긍정적인 태도는 건강한 노후생활을 지켜 주는 버팀목이 된다.

후회
후회하지 않는 인생은 없다.
가끔 후회없는 인생을 살았다고 자랑하는 사람들이 있다.
인생을 참 재미없이 산 모양이다.
나는 돌아가 다시 살아도 후회 없이 살 자신이 없다.

Paint & Poem by 古堂

퇴직 후 시간 보내기

시간이라는 것이 바쁜 사람에게는 모자라고 한가한 사람에게
는 보내기 지루한 것이다.

은퇴 후에는 대개 시간이 남아돈다고 생각하는 경향이 있다.

아무것도 하지 않으면서 무료하게 남는 시간을 보내면 육체적
건강은 물론 정신건강에도 해로울 수 있다.

시간을 보내는 데는 취미생활 정도를 생각해 볼 수 있다.

평소에 취미로 삼고 있는 활동이 있으면 그대로 하면 자연스
럽게 지낼 수 있다.

한 가지 취미에 집중해서 시간을 보낼 수도 있고, 여러 활동에
시간을 분산시킬 수도 있다.

예를 들면 자신이 하고 싶은 또는 하고 싶었던 한 가지 취미에
집중해서 시간을 보냄으로써 그 분야의 일가견을 성취할 수
있다.

마라톤 대회에 출전해서 우승을 한다거나, 그림을 열심히 공
부해서 전시회를 열 수도 있고, 한 가지 활동에 매진해서 그

분야에 관한 책을 출판할 수도 있다.

나는 한 가지에 집중하기보다는 이것저것 해 보고 싶은 욕심에 여러 가지에 시간을 들이고 있다.

규칙적으로 일을 하면서 시간을 보내는 것이 아마도 가장 바람직할 것이다.

퇴직 후에는 각자의 사정에 따라 차이가 있겠지만 일을 찾기가 쉽지 않다.

정규적인 일을 하지 않더라도 생활의 규칙성을 부여하여 일상을 만들어야 한다.

다양한 방법이 있을 수 있다.

손자 손녀 돌보기도 규칙적으로 시간을 배분하면 좋다.

일정한 일에 규칙성을 부여하면 그 외 나머지 시간은 자유롭게 무엇이든 할 수 있다.

시간이 날 때마다 세상이 어떻게 돌아가는지에 대해 관심을 가지는 것이 좋다.

이러한 관심은 자신이 세상의 일부라는 생각을 갖게 해준다.

항상 세상과 연결되어 있는 것이 특히 정신건강을 유지하는 데 도움이 된다.

세상과의 단절은 노인들을 외롭게 만든다.

세상이 어떻게 돌아가고 있는지 관심을 기울여야 한다.

변화하는 세상의 패러다임에 적응하기 위한 노력을 해야 한다.

세상과 연결되면 혼자가 아니라는 생각을 가질 수 있다.

지방자치가 활성화된 이후에 지역마다 크고 작은 도서관들이 많이 들어섰다.

내가 사는 집에서도 15분 거리에 인문학도서관이 하나 있다.

아주 조용한 곳에 자리 잡고 있어서 분위기도 비교적 좋은 편이다.

보고 싶은 신간을 신청하면 2주에서 한 달이면 구매해서 대출 가능하다고 알려준다.

도서관에 가면 책을 열람할 수도 있고 물론 대출도 할 수 있다.

노트북을 들고 가서 구석진 책상에 자리 잡고 원하는 작업을 해도 된다.

매일은 아니나 일요일마다 가서 빌려온 책을 반납하고 다른 책을 빌려온다.

입구에 카페가 있어서 커피 한 잔 마시면서 여유를 즐기는 데도 안성맞춤이다.

오죽하면 이런 동네도서관을 은퇴자의 낙원이라고 했던가.[37)]

퇴직 후 남의 눈치 보지 않고 자유롭게 시간을 보낼 수 있는 유일한 장소가 도서관인 사람들을 매스컴에서 은퇴 난민難民이라 불러 화제가 된 적이 있다.

공공도서관(구립 또는 시립)은 오는 사람을 거절하지 않는다.
은퇴자들에게는 추위를 막아주고 더위를 식혀주는 도서관은
하루를 보낼 수 있는 최고의 은신처이기도 하다.
단순히 시간을 죽이기 위해 도서관에 간다면 오래 견디지 못
한다.
그래서 나름대로 목적을 정하는 것이 좋다.
예컨대 어떤 주제를 정해서 그에 관한 책을 읽고 지식을 넓히
고 나아가 그 분야의 전문가가 되어 보겠다는 결심을 해 볼 수
도 있다.

나는 예나 지금이나 영특하지 못해서 책을 좋아할 뿐이지 책
에 있는 지식을 모두 이해하고 기억해서 생활에 이용하는 재
주는 타고나지 못한 것 같다.
그런데도 책을 좋아하고 하루 아니 한 달에 하나라도 무릎을
칠 수 있는 구절을 만나도 즐거움을 느낀다.
나는 언제나 가뭄에 콩 나듯 하는 깨달음을 내 인생에서 소중
하게 생각해 왔다.
이러한 습관은 지금도 계속되고 있다.
습관이 되어서인지 일상에서도 조금만 시간이 나도 책을 읽고

생각하며 지내는 것이 더 없는 내 인생의 낙이다.

나는 영화와 드라마, 다큐멘터리 등 영상물도 좋아한다.
영화나 드라마를 좋아하는 이유는 울고, 웃고, 화내고, 생각하
고, 재미있고, 또 쉴 수 있기 때문이다.

사람들은 은퇴 후에는 일반적으로 시간이 남아돈다고 생각하
는 경향이 있다.
실제로 그러한지는 사람마다 차이가 있다.
무엇인가 할 일을 가진 사람은 오히려 시간이 모자랄 수도
있다.
백수가 과로사한다는 말은 여기에서 나온 것이다.
누군가 만나러 오면 퇴직한 후라 으레 시간이 많다고 생각하
고 반나절은 족히 같이 보내야 한다.
그러다 보면 하루가 후딱 지나가고 만다.
요즘은 일이 있어도 서두르지 않고 여유 있게 보내려고 노력
한다.

은퇴 후 자원봉사활동

은퇴 후에 시간을 할애할 수 있는 방법 가운데 하나가 여러 가지 자원봉사활동이다.
모든 시간에 일만 하거나 놀기만 할 수 없다는 건 상식이다.
일하는 시간을 제외하고 일정한 시간을 자원봉사에 쓸 수 있다.

봉사는 삶을 활력 있게 만들고 행복감을 준다.
다만 봉사활동에는 책임감 있는 자세가 필요하다.
심심풀이로 자원봉사를 생각해서는 곤란하다.
봉사활동은 은퇴자에게는 지역사회와 함께 할 수 있는 아주 좋은 기회이다.
봉사활동을 한다고 해서 매일 하는 것은 당연히 아니다.

봉사활동은 습관이다.
그 말은 퇴직 전에 꾸준히 습관을 들여야 한다는 말이다.
하루아침에 갑자기 봉사하고 싶다고 해서 할 수 있는 일이 아니다.

봉사활동 하면 대학 시절에 여름과 겨울방학을 이용해 농촌 봉사에 참여해 본 기억이 떠오른다.

솔직히 말해서 그 당시에는 봉사가 어떤 의미와 가치를 가지는지를 잘 모르고 젊은 혈기로 부지런히 하면 된다고 생각했다.

낮에는 주로 일손 돕기 노력 봉사를 하고 저녁 시간에는 동네의 노인들 그리고 청년들과 많은 시간을 보낸 것으로 기억한다.

일주일 또는 열흘 정도의 시간이 지난 마지막 날 저녁에는 〈주민 위안의 밤〉 행사를 개최한다.

봉사팀의 입장에서는 동네 주민들의 협조로 봉사활동을 잘 마칠 수 있게 해준 데 대한 보답의 의미를 가진 행사이다.

농촌 마을이라 1970년대 당시로서는 전깃불이 없어 등불과 호롱불로 행사장은 조금은 신비스러운 분위기가 자연스럽게 연출된다.

어린이 연극과 청년들의 장기자랑에 마을 주민들은 눈시울이 뜨거울 정도의 감동을 느낀다.

삶에 찌든 시간을 보상이라도 하듯이 진한 감동이 전해오는 시간이다.

다음날 헤어질 때가 되면 어린 꼬마들이 동구 밖 느티나무가 있는 버스 정류장까지 배웅하고 손을 흔들어 줄 때면 우리는 알 수 없는 행복감에 도취되고 만다.

지금도 그때를 떠올리면 잔잔한 미소가 입가에 아른거린다.

봉사는 타인을 위한 것이 아니라 봉사자 자신을 위한 것이라는 사실을 이 무렵에 깨닫게 되었다.

나는 은퇴 전에 봉사활동에 관심을 가지고는 있었지만 실제로 할 수 있는 기회는 거의 없었다.

그런데 퇴직 10여 년 전 우연한 기회에 한국의 이민 문제와 다문화사회에 관심을 가지게 되었다.

이 문제가 한국의 미래를 좌우할 수 있는 주요한 문제라는 생각에서 비영리 사단법인 다문화공동체를 주변에 뜻을 가진 사람들과 함께 설립한 다음 지금까지 운영해 오고 있다.

사회활동이라는 측면에서 일종의 봉사활동이라고 할 수도 있다.

퇴직 후에도 일정 시간을 할애하여 일상의 일정 부분으로 삼고 있다.

또 오래전부터 법정 스님이 시작한 『맑고 향기롭게 부산모임』[38]에 참여하여 단체에서 정기적으로 수행하는 노인들을 위한 급식 봉사활동에도 참여하고 있다.

적어도 매월 한 번 이상 반드시 참여한다는 원칙을 세워놓고 있다.

물론 어쩌다 기회가 되면 두 번 정도 참여하기도 한다.

무료급식이 일 년 365일 하루도 거르지 않고 시내 곳곳에서 이뤄지고 있다는 사실에 크게 놀라지 않을 수 없었다.

이름 없는 독지가와 자원봉사자들이 이렇게 많다는 사실을 처음으로 깨달았으며, 몹시 부끄러운 마음이 들었다.

수없는 부자들이 거들먹거리며 배불리 먹고 돈 자랑질하는 것을 보고 참으로 안타까운 느낌이 들었는데, 이제는 크게 신경 쓰지 않기로 했다.

왜냐하면 눈에 보이지 않는 곳에서 어려운 이웃과 벼랑 끝에 선 청년들을 위해 헌신하는 참사람들이 있음을 알기 때문이다.[39]

이들은 재벌집이 만든 문화재단이나 장학재단 또는 복지재단처럼 생색을 내지도 않는다.[40]

이제부터는 수많은 개미 천사들의 따뜻한 마음에 희망을 걸어보기로 했다.

그런데 안타깝게도 급식 봉사는 〈코로나-19〉가 발생하고 난 다음부터 무기한 중단되고 말았다.

급식을 받던 노인들이 이 힘든 시기에 어떻게 삶을 이어가고 있는지 궁금하기만 하다.

자원봉사에는 수많은 종류가 있으니 본인의 적성과 성향에 맞게 선택해서 참여하면 모두에게 이로운 결과를 가져올 수 있을 것이다.

반드시 시간과 노동을 제공하는 것만이 봉사는 아니다.

봉사라는 것은 누구나 자신이 나누고 베풀고 싶은 것이 있으면 언제나 가능하다.

내가 아는 사람 중에는 자신이 직접 노동하고 시간을 낼 수는 없지만, 자신이 버는 수입 일부를 정기적으로 또는 부정기적으로 후원하는 사람들이 많이 있다.

또 어떤 이들은 뜬금없이 나타나서 봉사자들과 함께 점심을 나누며 그들의 노고를 쓰다듬어 주는 사람들도 있다.

내가 아는 젊은 친구는 고장 난 컴퓨터를 수리해 주거나, 중고 컴퓨터를 수리해 필요한 사람들에게 무상으로 지원해 준다.

이들이 있어서 아직은 우리 사회가 살만한 가치가 있고 '헬조선'[41]의 절망을 넘어설 수 있는 원동력이 되고 있지 않나 하는 생각에 가슴이 따뜻해 온다.

관계

✳

사람은 관계를 떠나서 살 수 없다.
이것 때문에 힘들 때가 많다.
차라리 끊어버리고 싶을 때가 종종 있다.

나

나는 누구인가
이걸 아는 사람이 있을까.
안다고 하면 거짓말이다.
그래도 거짓말을 계속하는 사람들이 있다.
대개는 철학자들이다.

Paint & Poem by 古堂

인간관계란 무엇인가

인간의 사회생활은 관계에서 시작해서 관계로 끝난다고 해도 과언이 아니다.

태어나면서 가족과 관계를 맺고 점차 성장하면서 많은 사람들과 관계를 맺는다.

관계의 형태도 성격도 목적도 저마다 다르다.

그래서 인간관계를 한마디로 정의하기란 힘들다.

확실한 것은 인간관계로 인해서 행복하기도 하고 때로는 불편해지기도 한다.

인간관계에서 나도 편하고 상대방도 편한 관계는 쉽지 않다.

정도의 차이는 있어도 인간관계는 비대칭인 경우가 많다.

부모와 자식 사이가 그렇고 부부 사이가 그렇고 직장에서 상사와 부하 사이의 관계가 그렇다.

비대칭적인 인간관계를 수평화하는 데는 그만한 노력이 필요하다.

내가 마음을 쓰는 만큼 상대방이 행복해지고 내가 불편한 만큼 상대방이 편안해진다.

내가 양보한 만큼 상대방이 득을 볼 때가 많다.

인간관계가 삐걱대는 이유는 자신은 절대 손해 보지 않으려 하기 때문이다.

인간관계에서 양보하면 나중에 큰 보답으로 돌아오는 경우가 많다.

우리의 삶은 인간관계에 의해 지배된다고 해도 과언이 아니다.

여러 연구에서도 인간관계는 행복한 삶의 중요한 요소라는 게 밝혀지고 있다.

연구에 의하면 심지어 인생의 성공에 미치는 영향이 능력보다 인간관계라는 결과를 내놓기도 한다.

인간관계가 행복과 성공을 좌우할 정도로 중요하게 작용한다는 것이다.

심지어는 사회적인 인간관계가 다른 어떤 요인보다도 행복하고 건강하게 나이 들어갈지를 결정짓는 가장 중요한 요인이라고 한다.

부모와의 관계만이 아니라 형제, 자매, 친척, 친구, 스승과의 관계를 통해 행복과 건강을 지킬 수 있다는 말이다.[42]

인간관계는 사람들이 서로 맺는 관계를 말한다.

넓게 말하면 인간관계는 인간이 사회생활을 하는 가운데 맺어지기 때문에 사회적 관계라고 할 수 있다.

모든 사회적 관계는 주고받는 데서 성립되는 것이 원칙이다.

부모와 자식, 그리고 형제자매 사이의 관계도 그렇다.

물론 이 관계는 다른 관계보다는 그렇게 타산적이지는 않겠지만 여전히 똑같은 원리에 의해 지배된다.

자식들이 화가 나면 부모한테 대들면서 나한테 해준 게 무어냐고 항의한다.

이러한 결과가 나타나는 이유는 여전히 주고받는 관계로 인식하기 때문이다.

그런데 현실에서는 주고받는 관계가 일치하는 경우가 드물다.

따라서 사회적 관계를 유지하기 위해서는 내가 해준 것과 내가 받는 것을 따지면 곤란하다.

실제로는 주고받는 관계라고 하더라도 자꾸만 따지고 들면 관계는 멀어진다.

내가 이만큼 널 위해 해주었는데 네가 그럴 수 있느냐고 따지는 식이다.

정확하게 주고받는 것을 계산하는 순간 관계는 틀어지고 만다.

사회적 관계는 자로 잰 듯 이해득실을 따질 수 없다.

조금은 득을 볼 수도 있고, 조금은 손해 볼 수도 있는 게 사회적 관계이다.

이러한 원리는 대부분의 사회적 관계에 적용된다.

가족 구성원들 사이, 연인과 부부 사이, 친구 사이 심지어는 사업상 파트너 사이에도 적용된다.

인간관계는 얼핏 보기에는 모두 수평적인 관계인 것처럼 보인다.

그러나 실제로는 수직적인 관계가 많다.

수직적인 관계에서는 한 쪽이 다른 쪽을 통제하거나 군림하고 싶어 한다.

자신의 주장에 상대가 따르기를 원한다.

주종관계가 확실할 때는 수직적인 관계가 잘 유지될지 모른다.

이러한 원리는 직장생활에서나 사업에서도 그대로 적용된다.

관계란 쌍방 간에 적용되는 것이기 때문에 일방의 노력만으로는 유지 발전시킬 수 없다.

우리가 사용하는 말은 관계를 맺고 유지하는 데 중요한 역할을 한다.

말로 소통이 안 되는 사람들은 대화를 포기하는 경우가 많다.

더 나아가서는 서로 통하지 않으면 관계를 단절해 버리고 만다.

말의 사용이 관계를 유지하는 데 가장 중요한 부분을 차지한다.

그럼에도 많은 경우에 가까운 사람들의 말을 듣지 않는 고약한 습성을 우리는 실천하고 있다.*

가족, 친구, 직장동료의 이야기들을 들으려 하지 않는 버릇이 있다.

왜일까.

아마도 일상적으로 너무 자주 접촉하는 관계라 신비로움이 떨어지기 때문일 것이다.

대중매체에 나와서 떠드는 생면부지의 사람들 말은 믿으면서도 가족이 하는 얘기는 그냥 듣고 흘린다.

사람 사이의 관계는 언제든지 위험해질 수 있다.

지나치게 집착하면 도망가고 싶어진다.

한번 멀어지면 더 멀어질 수 있다.

그래서 예전부터 가까운 듯 먼 듯 적당한 거리를 유지해야 한다고 했다.

특히 가까운 관계는 더욱 조심해야 한다.

가족관계, 부부관계, 연인관계, 친구 사이가 그렇다.

가까이 지내다 보면 상대를 잘 안다고 생각해서 서로 간섭할

---

* Nevertheless, we practice the bad habit of not listening to people who are close to us in many cases.

우려가 커진다.

불만이 있어도 말하기를 주저하고 참다 못하면 관계를 끊어버리고 싶어진다.

청소년이 가출하는 이유가 여기에 있다.

부모가 아이들, 특히 사춘기 자녀들의 모든 것을 통제하기 때문이다.

그러면서 부모는 다 자식들을 위해서라고 변명한다.

인간관계의 원리

인간관계는 일관성을 유지하기 어렵다.

인간은 우리가 생각하는 것보다 변덕이 심한 동물이기 때문이다.

마음이 변하기도 하고 배신을 하기도 한다.

그러니까 끊임없이 관계를 점검하고 다듬어 나가야 한다.

부모 자식의 관계, 직장 상사 동료 사이의 관계, 친구 사이 관계, 부부 사이의 관계, 사업상의 파트너 관계에서 일관성을 유지하기가 쉽지 않다.

따라서 현실에서 불가능한 목표들, 예컨대 완벽한 남편, 꿈같은 결혼생활, 영원한 친구 같은 것들을 포기하는 법을 배워야 한다. [43]

어떤 여성의 핸드폰 전화번호부에는 남편을 '남의 편'이라고 입력해 둔 것을 본 적이 있다.

연애 시절에는 없으면 죽고 못 사는 사이였는데 언제부터 또 무엇 때문에 남의 편이 되었는지는 알 수 없다.

아무튼 삶에 찌들면 사랑도 유효기간이 있다는 사실을 명심해야 한다.

기간을 정확히 예측할 수는 없지만 분명 일정 기간이 지나면 관심과 사랑은 식게 마련이다.

유효기간이 오래 가는 관계는 아마도 부모와 자식 사이의 관계일 것이다.

부모나 자식이기를 포기하는 예도 있지만, 비교적 유효기간이 긴 편이다.

때에 따라서는 무관심이 증폭되고 이유 없이 미움이 새록새록 자라기도 한다.

2011년 개봉한 프랑스 영화 「사랑의 유효기간은 3년」이라는 것이 있다.

정확히 내용은 기억나지 않지만, 가슴 떨리는 설렘은 오래 가지 못한다는 남녀관계를 그린 영화이다.

이것은 의학적으로도 근거 있는 주장이라고 한다.

열정적인 사랑도 식기 마련인데, 이는 사랑에 관여하는 도파민, 엔도르핀, 페닐에틸아민 등의 호르몬 분비가 감소하기 때문이라고 한다. [44]

때로는 어쭙잖은 일로 오해하여 관계가 망가지기도 한다.

인간관계는 늘 점검하고 고장을 발견하면 수리해야 한다.

그렇다고 너무 강박관념에 사로잡힐 필요는 없다.

특별한 행동을 하지 않는 한 관계는 저절로 잘 굴러가기도 한다.

집착은 화를 불러 관계를 훼손할 확률이 높아진다.

서로에게 적당히 숨 쉴 여지를 남겨두어야 한다.

관계가 돈독하면 비밀이 없어야 한다고들 한다.

그런데 이는 사실과 다르다.

모든 관계는 일정한 거리를 유지하는 것이 바람직하다.

내가 좋아하는 시 중에 「함께 있되 거리를 두라」는 시가 있다. [45]

『함께 있되 거리를 두라.

그래서 하늘 바람이 너희 사이에서 춤추게 하라.

서로 사랑하라.

그러나 사랑으로 구속하지는 말라.

………

함께 노래하고 춤추며 즐거워하되 서로는 혼자 있게 하라.

…….

서로 가슴을 주라.

그러나 서로의 가슴속에 묶어 두지는 말라.

…….

함께 서 있으라.

그러나 너무 가까이 서 있지는 말라.

사원寺院의 기둥들도 서로 떨어져 있고

참나무와 삼나무는 서로의 그늘 속에선 자랄 수 없다』

지나치게 밀접한 관계를 갖게 되면 뜻하지 않은 집착이 생기기 마련이다.

이 시점에 이르면 서로 간에 불편함이 늘어나고 부담스러워진다.

이러한 관계의 불편함은 모든 관계에서 발생한다.

부모와 자식, 친구 사이, 부부 사이, 친척들 사이에서 마찬가지로 일어난다.

상대방의 말과 행동에도 지나치게 시비是非를 따지거나 간섭하면 좋은 관계가 유지될 수 없다.

선의로 상대의 기분을 살피려고 하지만 상대는 호의가 아니라 간섭으로 받아들일 수 있기 때문이다.

그러면 혼자 마음의 상처를 받고 괴로워하는 일이 반복된다.

관계를 맺고 있는 사람들의 말에 지나치게 의식할 필요도 없다.

그들의 말과 행동에는 그리 큰 의미가 없음을 깨달아야 한다. [46]

상대의 눈치를 살피는 것이 관계를 잘 유지하는 것이라는 생각은 잘못이다.

사람들과의 관계에서 자신의 마음이 불편하게 느끼면 좋은 관계가 아니다.

관계중독이라는 말이 있다. [47)]

이것은 자신과 특정 대상이 과잉된 관계 의존에 빠지고, 인간관계에 얽매이는 것을 말한다.

알코올 중독에서 헤어나지 못하는 것처럼 한번 관계에 중독되면 마찬가지로 헤어나기 어렵다.

누군가 관계에 중독되면 정상적 관계가 될 수 없다.

우리는 가끔 혼자만의 시간과 혼자만의 세계를 원한다.

이것은 혼자만이 숨 쉴 수 있는 여유를 갖고 싶어 하기 때문이다.

상대에게 이런 여유를 허락하시 않으면 멀어진다.

그래서 때로는 남편이 아내에게 아내는 남편에게 혼자 있는 시간을 허락해야 한다.

모든 관계가 마찬가지다.

우리는 연인 사이라도 집착으로 인해 관계가 틀어지는 경우를 자주 본다.

첫눈에 반해 자기 인생을 모두 바칠 것을 맹세해도 사랑의 감정은 식게 마련이고 점차 사이가 벌어지고 만다.

만약 남녀를 불문하고 연인과 교제하는 도중에 성격이든 추구하는 삶의 가치든 무엇이든 서로 맞지 않는다고 하면 미련을 두지 말고 관계를 정리하는 것이 현명하다.

결혼 전에 문제를 해결하지 않고 넘어가면 나중에 어려운 상황에 처할 수 있다.[48]

요즘 들어서 결혼한 지 얼마 되지 않아 금방 갈라서는 젊은 부부를 자주 목격하게 된다.

이것은 모두 연애 시절의 감정에만 의존하여 둘 사이의 차이를 미처 의식하지 못했기 때문이다.

나는 사람들 사이의 인연을 믿는 사람이다.

인연은 맺어지기도 하고 끊어지기도 하는데 억지로 되는 것은 아니라고 믿는다.

만나고 헤어지는 인생에서 스치는 인연도 있고 잊지 못할 인연도 있다.

떠나는 인연을 막지도 말며 오는 인연을 내치지 않는 것이 순리이다.

〈피천득〉 시인이 쓴 「인연」이라는 수필의 한 토막을 옮겨본다.[49]

"그리워하는데도 한 번 만나고는 못 만나게 되기도 하고, 일생
을 못 잊으면서도 아니 만나고 살기도 한다."

인간 사이의 관계란 한번 틀어지면 복원하기가 거의 불가능
하다.
겉으로 회복되었다 하더라도 찌꺼기가 남아있게 마련이다.
그러니까 애초부터 관계에 해를 끼치는 일은 조심하는 게 좋다.
그런 일을 의도적으로 하든 실수로 하든 간에 관계에 미치는
치명적인 영향은 각오해야 한다.

인간관계는 난로처럼 대해야 한다는 말이 있다.[50]
너무 가깝지도 않고 너무 멀지도 않게 말이다.
아무튼 현재의 관계를 무리 없이 유지하기 위해서는 쌍방 간
의 노력이 필요하다.
상대에게 무례하거나 상내의 호의를 무시하거나 상대의 사정
을 배려하지 않는 태도를 버려야 한다.

사람들은 직장에서 또는 인생에서 성공하기 위하여 인간관계
를 잘 유지하려고 한다.[51]
틀린 말은 아니지만 인간관계는 자기계발의 수단이 아니다.
조건을 내걸고 맺는 인간관계는 주변 환경의 변화에 매우 민

감하기 때문에 깨지기 쉽다.

따라서 인간관계는 처세술이 아니라 상호 간에 존중과 배려에서 성립되어야 한다.

우리는 인생을 살아가면서 소중한 것들을 무관심하게 지나치는 경우가 많다.

이것은 우리에게 주어진 수많은 축복을 거부하는 것과 같다.

그래서 행복한 인생을 원한다면 현재에 집중해야 한다.

행복해지는 가장 확실한 방법은 바로 현재에 집중하는 것이다. [52]

언제 죽음이 찾아올지 모르기 때문이기도 하다. [53]

과거는 지나간 시간이고 미래는 아직 다가오지 않은 시간이다.

현재에 집중하면 과거를 알기 쉽고 미래를 준비하게 된다.

인생은 현재를 사는 것이지 과거나 미래에 사는 것이 아니다.

외로움

혼자라서 외로울 때가 있다.
같이 있어도 외로울 때가 있다.
외로운 건 마찬가지다.
어차피 외로울 거면 혼자 있는 게 낫다.

Paint & Poem by 古堂

부모와 자식 사이

우리는 7남매로 자라났다.

나를 기준으로 위로 누이가 네 분, 아래로 남동생 하나와 막내 여동생 하나가 있다.

전통적인 집안에서 우리 부모님은 아들을 얻기 위해 딸을 넷이나 낳고 나와 남동생 하나를 얻으니 동네가 얼마나 떠들썩했을지 짐작이 간다.

전통적인 집안이라고 하지만 안동과 같은 정통 유교 집안과는 거리가 멀다.

부모님은 일제의 악랄한 식민지 통치와 해방, 6·25 전쟁과 군부독재, 보릿고개를 거치면서 갖은 고초를 다 경험하였다.

그래서인지 자식들을 객지로 내보내는 걸 두려워하지 않으신 것으로 기억된다.

나는 남동생과 함께 누이들에게는 물론 우리 막내 여동생에게 그저 미안한 마음뿐이다.

특히나 넷째 누이와 막내 여동생은 객지에 나간 우리를 대신해 결혼하기 직전까지 부모님의 농사일을 거드느라 고생이 이

만저만이 아니었다.

우리가 빚진 마음을 갖는 것은 당연한 일이다.

손위 누이들과는 나이 차가 커서 마치 부모처럼 우리 동생들을 돌봐 주었다.

객지 생활을 하면서 누이들을 방문하면 언제나 따뜻한 밥 한 그릇과 어려운 생활에도 잊지 않고 용돈을 교복 주머니에 찔러주던 그 마음이 지금도 아려온다.

시대를 잘 타고났으면 모두 제 몫을 하고도 남을 재능을 가진 누이들과 여동생이라고 생각하니 너무 아쉬운 마음이 든다.

둘째 누이는 얼마나 한이 되었으면 공부를 포기하지 못해 결국 70세가 되어서야 방송통신대 국문학을 전공했다.

족히 50년이 넘어서야 비로소 문학소녀 아니 문학 할머니의 꿈을 이룬 것이다.

졸업식에 참석하지 못해서 꽃바구니와 간단한 편지를 보내 드렸더니 너무 반가워서 안고 한참을 울었다는 후문이다.

혹시라도 다음 생애 다시 형제·자매의 인연으로 만나면 우리 누이들이 멋진 인생을 살 수 있도록 힘을 보태 이번 생애의 아쉬움을 달래고 싶다.

이제 모두 노인이 되어 불편한 몸으로 살아가는 모습을 보면 마음 한 모퉁이가 짠해 온다.

하긴 내 나이 역시 이미 70년을 넘겼으니 앞서거니 뒤서거니 가야 한다고 생각하니 그야말로 인생무상이 느껴진다.

부디 서로 얼굴 보면서 밥 먹었냐는 안부를 물어가며 조금만 더 살아 있었으면 좋겠다.

나는 격정의 세월을 이겨낸 부모님과 누이들과 동생들을 너무나도 존경하고 사랑한다.

특히나 부모님의 사랑을 생각하면 지금도 마음이 아려온다.

우리 부모님의 원래 계획은 아들 셋을 낳아 첫째는 농사를 짓게 하고, 둘째는 면 서기를 시키고, 셋째는 학교 선생님을 만들고자 하는 계획을 세웠다고 들었다.

어린 나이에 객지에서 뜻하지 않게 고생하게 된 나는 둘째치고, 오매불망 얻은 아들을 슬하에 두지 못하고 객지에 보내야 한다는 사실에 부모님의 마음이 얼마나 아팠을까를 생각하면 지금도 가슴이 먹먹해 온다.

나는 초등학교 4학년 무렵에 이미 고향을 떠났다.

물론 나의 의지와는 상관없이 말이다.

우리 부모님이 주위 사람들의 꾐(?)에 넘어가 사내자식들은 도시에 나가 공부해야 한다고 생각하신 것 같다.

배우지 못한 데 대한 한恨이 없지 않았기 때문에 자식을 객지에 보내 가르쳐야 한다는 신념과 용기를 갖게 되셨을 것이다.

문제는 내가 도시로 유학할 정도로 영특한 아이가 아니었다는 점이다.

나의 부모님은 오로지 나의 건강과 안전에만 관심을 두고 계신다는 사실이 내가 청소년기를 무난히 넘길 수 있게 했다는 걸 나중에야 깨달았다.

농촌과 도시의 교육환경이나 여건이 달라서 그런지, 예컨대 산수 시험을 치르면 30점을 겨우 맞을 정도로 평범하지도 못한 아이였다.

그렇게 시작된 객지 생활은 결국 고향으로 영원히 돌아가지 못하고 말았다.

객지 생활에 익숙하다 보니 고향을 방문하는 것은 마치 남북 이산가족이 만나는 것처럼 어색한 느낌이 어느새 들기 시작하였다.

일 년 한두 번도 부모님과 만나는 시간이 없을 정도가 되어 버린 것이다.

당시로서는 이것이 나중에 커다란 한恨이 될 줄은 꿈에도 생각하지 못했다.

처음으로 부모가 되었을 때 우리는 대부분이 자식을 아끼고 사랑하는 방법을 제대로 알지 못했던 것 같다.

부모가 되어 본 적이 없으니까 어떻게 자식을 키워야 할지를 잘 모른 것이다.

기실 인생의 대부분은 모두가 처음이기 때문에 우리는 모든 게 서툴 수밖에 없다.

그래서 실수도 많이 하고, 따라서 결국 후회하게 되는 것이다.

인생에서 어떻게 해야 할지 모르는 것은 아주 정상이다.

우리에게는 단 하나의 인생만 주어지기 때문에 다른 삶과 비교해서 잘못을 교정할 수도 없다.[54]

우리는 미리 연습도 없이 무대에 등장하는 배우와 같은 존재 인 것이다.*

인생에는 지름길이 없다는 사실을 안다면 자식들에게 무언가를 강요해서는 안 된다.

그들이 스스로 인생을 살아갈 수 있도록 해야 한다.

비록 인생을 살아가면서 실수를 하더라도 나무라지 않아야 한다.

우리도 부모가 되기 전에 수많은 실수를 저질렀다는 사실을 상기해야 한다.

---

* We are like actors who appear on stage without practicing in advance.

부모의 눈에는 도대체 맘에 들지 않을지라도 자식들은 나름대로 세상을 살아가는 방법을 찾아간다.

가장 큰 문제는 이 세상 부모들은 부모가 자식들에게 무엇을 어떻게 해 줘야 한다고 착각하면서 시간을 보낸다는 점이다.

부모가 부모의 역할을 깨달을 무렵에 이미 자식들은 부모 곁은 떠나고 만다.

한심한 부모는 아직도 세상을 배우는 중인 자식들의 가슴에 대못을 박는 부모이다.

부모가 되기 전에 기다리는 인내심을 길러야 한다.

최악의 부모는 자신이 이루지 못한 이상이나 욕심을 아이를 통해 이루려고 하는 부모이다. [55]

내가 만약 다시 부모로 또 어른으로 돌아간다면 자식들의 인생에 감 놔라 배 놔라 하지 않을 것 같다.

아이들이 살아가는 지금 세상에 내가 살면서 얻은 경험과 지혜가 얼마나 도움이 될까 의문이 들기 때문이다.

또한 지금의 내가 가진 지혜가 과연 쓸만한 것인가도 회의가 들기 때문이다.

세상을 사는 방식도 예나 지금이나 다를 수밖에 없다.

변하지 않는 가치와 진리가 있다고는 하나 세상에 영원불변한 것은 없다.

옛날의 잘못은 스스로 터득하지 않으면 결코 바로잡을 수 있는 것이 아니다.

역사에서 교훈을 얻으라고 하지만 지금도 똑같은 일이 반복되고 있지 않은가.

혹시라도 어제보다 오늘이 더 진보했다고 한다면, 그것은 어제의 경험 때문이 아니라 지금을 사는 사람들의 통찰력 때문이다.

100년 전이나 지금이나 별로 다를 바 없이 똑같은 일들이 일어나고 있지 않은가.[56]

문명의 발전이라고 하지만 야만적인 전쟁이 지금 이 순간에도 많은 인명을 살상하고 있지 않은가.

인간은 다만 문명의 발전을 변명하고 싶을 뿐이다.

유모차

용도가 많이 바뀌었다.
할머니들의 이동수단이 되었다.
아이들은 없고 강아지가 타고 있다.
저출산을 이해할 수 있게 되었다.

Paint & Poem by 古堂

'너를 위해서'

인간관계에는 여러 가지 유형이 있다.

좁게는 가족관계에서부터 넓게는 직장의 사회적 관계까지 실로 다양하다.

그런데 이러한 관계는 기본적으로 호혜성이 작용한다.

관계가 성립되고 유지되는데 서로 주고받는 행위가 수반된다.

물론 혈연관계일 경우에는 일방적인 성격을 띨 수 있다.

부모는 자식들에게 무조건적 사랑을 베풀고 자식은 부모를 따른다.

부모 자식 관계를 넘어선 사회적 관계에서는 거의 반드시 조건이 수반된다.

그만큼 노력과 공을 들여야 관계를 유지할 수 있다는 말이다.

부모는 자식의 인생에 커다란 영향을 미치기 때문에 언행을 조심해야 한다.

우리의 인생은 부모와 환경 그리고 유전자에 의해 규정된다고 한다.

유전자는 부모로부터 물려받는 것이고, 환경은 우리가 일정 부분 통제할 수 있다고 본다면 결국 부모의 영향이 절대적이라고 할 수 있다.

실제로 부모는 양육과정에서 무의식적으로 자녀의 감정조절 능력, 대인관계, 도덕성 등을 결정하는데, 이는 다음 세대에까지 대물림된다고 하니 무서운 일이다.[57]

부모에게는 자식들을 사랑하는 마음에서 자기들이 원하는 대로 통제하려는 속성이 있다.

그런데 이것은 아이들의 장래를 생각하면 아주 못된 버릇이다.

부모는 자식들의 장래를 위해 무언가 충고를 하려고 애쓴다.[58]

심지어는 군대에 간 아들에게까지 인생을 어떻게 살라고 교훈을 주기도 한다.[59]

이것도 부족하다 싶어 유명 인사들의 명언까지 모아서 전달하려고 한다.[60]

부모의 충고대로 살려면 자식들이 얼마나 피곤하겠는가.

부모가 은퇴한 후에는 자식과의 관계가 더욱 어려워질 수 있다.

전문가들은 하나같이 은퇴 후에는 자식들의 문제에 관여하지 말라고 한다.

특히 경제적인 곤란에 처해 있는 자식들에 대해서는 모른 척하는 게 부모도 살고 자식도 산다고 한다.

만약 이게 진심이라면 자식들의 일에 이러쿵저러쿵 충고하지도 말아야 맞는 말이다.

자식이 힘들게 사는데 나 몰라라 하는 부모가 몇이나 되겠는가.

자식이 처한 어려움을 모른 척하면서 행복한 노후생활을 할 수 있다고 생각하는가.

좋게 보면 자신이 겪은 실패나 성공에서 얻은 교훈을 전달하고 싶을 것이다.

그러나 자식들이 고분고분하게 부모가 시키는 대로 하면 그나마 다행이다.

만약 그렇지 않다면 부모와 자식은 갈등과 긴장 관계에 놓이게 된다.

이럴 때는 자식의 인생을 살아주는 것이 아니기 때문에 부모는 한발 물러서야 한다.

우리는 부모나 어른들이 아이들에게 하는 충고를 많이 보지만, 자식들은 전혀 다른 생각을 갖는 게 보통이다.

진정으로 자식의 장래를 생각한다면 그저 지켜보고 응원하는 것이 최선이다.

내가 만일 다시 부모가 된다면 우리 아이들을 믿고 지켜보고

만 싶다.

혹시 좌절을 겪고 실망감에 빠지더라도 스스로 일어설 때까지 믿고 기다려주고 싶은 마음이다.

부모의 안타까운 마음은 충분히 이해할 수 있으나 매사에 관여하는 것은 결코 바람직하지 않으며, 오히려 반감을 불러올 여지가 크다.

나는 아이들에게 내가 원하는 바를 전달할 때마다 잠시 내가 그 나이에 어떤 생각과 판단을 할 수 있었는가를 돌이켜보며 종종 간섭을 멈추곤 한다.

다시 말해 나도 그 무렵에 할 수 없었던 일을 마치 정답이라도 있는 것처럼 자식들에게 잘난 척하는 것은 부모로서 또는 어른으로서 할 일은 아닌 것 같다.

솔직하게 내가 못 한 것을 아이들에게 떠넘기는 것은 너무 큰 부담을 주어 오히려 기를 죽이는 결과를 가져올 수도 있다.

"내가 너한테 해준 게 얼만데"라는 말에 돌아오는 대답은 너무나 뻔하다.

돌아오는 대답은 "도대체 네가 나한테 해준 게 뭔데"라는 것이다.

모든 인간관계는 평등하고 균형적이고 인격적인 관계라야만 오래 지속될 수 있다.

사람들은 흔히 수평적인 관계는 존재할 수 없다고 한다.

그러나 인간관계의 기본은 서로 존중하는 인격적인 관계여야
한다.

그렇지 않으면 언젠가는 사소한 일로 관계가 깨지고 만다.

인간관계의 원리는 아주 간단하다.

내가 너한테 이만큼 해 주었으니 너한테 그만큼 받아야겠다고
마음먹으면 관계는 금방 훼손되고 만다.

결국 관계를 지속하기 위해서는 관계에서 오는 불평등과 비대
칭을 인정해야 한다.

상사가 부하에게 더 많이 베풀 수 있고, 부모가 자식을 더 많
이 사랑하고, 남편이 아내를 더 챙기고, 한 친구가 다른 친구
를 더 많이 배려해 줄 때 관계는 오래도록 지속될 수 있다.

만약 기울어진 관계를 도저히 용납할 수 없는 지경에 이르면
마음이 아프더라도 관계를 멈추는 것이 정신 건강에 좋을 수
도 있다.

그래서 친구 사이에 절교絶交가 있고 부부 사이에도 이혼離婚이
있고, 부모 자식 사이에도 원수처럼 될 수 있는 게 인간관계의
숨겨진 아픔일 수도 있는 것이다.

관계가 깨진다고 해서 인생이 끝나는 게 아니라는 사실을 명

심해야 한다.

관계는 원래 행운을 가져오기도 하지만 관계 때문에 불행해지기도 한다.

관계를 단절하려고 마음 먹었다면 더 이상 스트레스를 받지 않아야 한다.

항상 우리에게 새로운 관계의 문이 열려있다는 점을 상기해야 한다.

행운을 가져다줄 관계가 나를 기다리고 있을 수 있다는 희망을 가져야 한다.

부부 사이에서도 '당신을 위해서' 하는 말이 자칫하면 관계를 훼손할 수 있다.

대개는 자신의 만족을 위해서 상대가 어떻게 해주기를 원하는 것이다.

마치 부모가 자신이 이루지 못한 꿈을 자식에게 투영하는 것과 마찬가지다.

자식을 독립적인 인격체로 보지 않고 부모의 한을 풀어주는 존재로 보는 것이다.

이러한 행위는 부모 자식의 관계를 심각하게 훼손할 수 있다.

관계가 회복될 수는 있지만 이미 많은 희생을 치른 다음이다.

오랫동안 고통 속에서 지낸 관계라면 단절은 해방과 자유를 의미할 수도 있다.

새로운 인생을 출발하는 기회로 삼으면 세상이 달라지고 하루하루가 행복해질 수도 있다.

오히려 문제가 되는 것은 관계 단절 역시 쌍방이 동의해야 한다는 것이다.

어느 한쪽은 원치 않는데 다른 한쪽이 단절을 원할 때는 쉽게 끊어낼 수 없다.

이혼을 작정한 아내가 남편이 이혼을 허락하지 않는 바람에 고통스러운 관계가 유지되는 경우도 허다하다.

물론 그 반대도 마찬가지이다.

남녀

처음에는 좋아 죽는다.
나중에는 미워 죽는다.
헤어질 날 기다린다.

Paint & Poem by 古堂

사랑의 유효기간

부부 사이의 관계는 은퇴할 무렵에는 적어도 수십 년이 족히 되는 게 일반적이다.

모든 관계와 마찬가지로 오랜 역사를 가진 관계는 지루하기 쉽다.

우리는 사랑에 빠질 때 자신만의 환상을 상대에게 투사하고 그 모습과 사랑에 빠진다.

사랑에 빠지면 우리는 자신이 보고 또 믿고 싶은 대로 상대를 대하는 이른바 '확증편향'에 빠지고 만다.[61]

확증편향이란 사실을 알기보다 자신이 믿고 싶은 것만 믿는 걸 좋아하는 경향을 말한다.

사랑에 빠지는 것이 아니라는 말이다.

관계를 시작할 때도 마찬가지다.

그 환상이 깨지면 관계에 금이 간다.

이러한 환상은 상태가 깨지기도 하지만 대개는 자신이 가진 환상이 흐려지기 때문이다.

상대를 있는 모습 그대로 볼 수 있어야 한다.

우리는 상대의 실제 모습이 아니라 자신이 원하는 모습에 맞추기 위해서 끊임없이 요구한다.

부모 역시 자신이 그리는 자식의 모델을 설정하고 그에 맞추도록 끊임없이 다그친다.

그래서 부모와 자식 간의 관계가 훼손되는 것이다.

너만 보면 미치겠다는 남자나 여자는 조심해야 한다.

쉽게 뜨거워지면 쉽게 식어버린다는 상식을 새겨야 한다.

여성들의 경우 남편을 버려야 살 수 있다고 한다.[62]

남편의 경우도 마찬가지다.

즉 아내를 버려야 자신이 살 수 있다.

여기서 버린다는 말은 이혼을 하거나 떠난다는 의미가 아니다.

남편과 아내를 자신의 기준에 맞추려고 하지 말라는 얘기다.

결국 지나치게 매달리면 숨이 막혀 죽고 만다는 것이다.

무의식에 있는 자신의 진짜 욕망이 무엇인지 알지 못하면 나를 잃은 채로 상대에게 의존하게 되기 때문이다.

더 나아가 욕망은 또 다른 욕망을 만들어 내기에 조심해야 한다.[63]

최근에 와서 황혼黃昏이혼이 유행하고 있다.

통계청 자료에 의하면 우리나라 전체 이혼의 약 30%가 황혼이혼이라고 한다.

보통은 30년 이상 결혼생활을 유지해 오다가 각자의 독립적 삶을 살아가고자 하는 마음에서 이혼을 결정하는 것이다.

이는 특히 100세 시대를 맞이하여 황혼기에 이혼해도 적어도 20~30년을 혼자 살 수 있는 시간이 되니 이혼할 명분이 생기는 것이다.

황혼이혼은 대개 여성이 경제적으로나 심리적으로 독립할 수 있는 여건이 되면서 특히 늘어나고 있다.

사랑의 유효기간은 이미 끝난 지 오래고, 더 이상 부부관계를 유지할 이유가 없다고 생각하면 헤어지는 것이 서로 편안한 노후를 지낼 수 있는 기회가 될 수도 있다.

준 거 없이 이쁜 사람이 준 거 없이 미운 사람으로 보이면 관계를 정리해야 할 시점이 된 것이다.

유교적인 전통에서 이혼을 적대시하던 관념에서 벗어나 각자의 자유와 행복을 찾아 나서는 것은 결코 죄악이 아니다.

졸혼卒婚이라는 것도 있다.

졸혼은 말 그대로 혼인을 졸업하는 것을 의미한다.

이혼과는 달리 혼인 관계는 유지하면서 서로의 삶에 간섭하지 않고 각자의 인생을 즐기는 것이다.

졸혼은 일본의 작가 스기야마 유미코가 2004년 「졸혼을 권함」이라는 책에서 처음으로 만든 신조어로 알려져 있다.[64]
이혼에 따르는 복잡한 문제를 피하면서 상호 간의 독립적인 인생을 살 수 있다는 면에서 고려해 볼 수 있는 별거 방식이다.

은퇴 후에는 좀 어색하더라도 적당한 수준에서 아내와 시간을 보내는 것이 바람직하다.
예를 들면 일요일에 아내 따라 마트라도 가면 내가 좋아하는 간식거리라도 카트에 담는 재미가 그만이다.
카트도 끌어주고 짐도 차에 실어주면 밥값은 한다는 생각도 들어서 좋다.
아내가 요리하면서 어떤 재료를 넣어 쓰는지를 알면 먹을 때 맛을 음미해 볼 수 있으니 밥 먹는 중에 이야깃거리도 생기니 좋지 않은가.

아주 오래전에 「화성에서 온 남자, 금성에서 온 여자」라는 책이 화제가 된 적이 있다.[65]
남자와 여자, 여자와 남자가 차이가 있다는 것을 이해해야만 관계를 유지하고 개선할 수 있다는 것이 핵심 내용인 것으로 기억된다.
남녀가 차이가 있는 만큼 화성과 금성이 실제로 어느 만큼 다른지는 알 수 없다.

아마도 남녀가 크게 다르다는 점을 부각하기 위해 두 행성을 소환召還한 것 같다.

남녀가 만나 불을 튀길 때는 목성에서 왔건 토성에서 왔건 아무 상관 없다.

불행히도 어디서 왔는가가 문제 되는 것은 얼마 지나지 않아 사랑이 식기 시작하면서부터이다.

아무튼 남녀 간의 차이가 크기 때문에 그 차이를 이해하지 않고서는 서로 간의 화합이 어렵다는 주장이 아닐까.

만약 남녀가 의견 충돌 없이 잘 살기를 원한다면 먼저 남녀가 사용하는 언어부터 통일해야 하지 않을까 하는 생각이 든다.

서로 다른 언어로 말하는 사랑은 사랑이 아니라는 사실을 깨달아야 한다.[66]

그 남자의 말.
"일 년에 한 번을 만나도 편한 사이.
일일이 메시지에 답장을 하지 않아도,
어제 뭘 했고 오늘은 왜 바쁜지
일일이 설명하지 않아도
서로 오해하지 않는 사이,
나는 니가 말한 그런 사이가 되려고, 많이 노력했어.

그래서 나는 너한테 화도 한 번 못 냈어 니가 싫어할까 봐.

보고 싶다는 말도 못 했어 니가 싫증낼까 봐.

자주 전화도 못 했어 니가 지겨워할까 봐."

그 여자의 말.

"니가 나 때문에 자유롭지 못한 동안 나는 자유로웠을까?

나도 너무 갑갑했어.

우울하고 싶은 날에도

울고 싶은 날에도

넌 내가 웃기만을 바랐잖아.

내가 웃지 않으면

니가 한숨을 쉬었잖아."

연애 시절과 신혼 때는 삶에 대한 이상과 철학, 미래에 대한 청사진을 아주 진지하게 주고받는다.

만약 당신이 여전히 부부 사이에 삶의 철학과 꿈과 이상을 서로 주고받을 수 있다면 다음 생애에 다시 만나도 행복할 것이라고 보증할 수 있다.

아내는 남편이 합리적으로 생각하고 행동하는 완벽한 인간이기를 원한다.

이것이 남편을 숨 막히게 한다.

아내는 남편의 실수나 과오를 절대로 용납하지 않는다.

남편은 일상에서 실수도 가끔 하는 보통의 남자로 살고 싶어

한다.

그래서 실수를 용서하고 앞으로는 잘할 거야 하는 위로의 말을 듣고 싶다.

남편 역시 자기 아내가 아이도 잘 키우고 집안일도 잘하고 직장 일도 잘하는 슈퍼우먼이기를 원한다.

이것이 바로 세상의 모든 아내를 지치게 만드는 요인이다.

아내 역시 힘든 일이 있을 때 위로받기를 원한다.

사전事前에 서로가 어떤 남자인지 어떤 여자인지를 미리 알아보고 맞지 않는다고 생각하면 당장 만남을 그만두는 것이 서로의 인생을 구제하는 것이다.

미리 알아본다고 해서 결혼 전에 186가지 질문까지 할 필요는 없다. [67]

헤어지는 남녀나 부부는 만남부터 잘못된 경우가 많다. [68]

불꽃 튀는 사랑도 금방 식는 게 다반사인데 알쏭달쏭한 사이를 그대로 가져가면 금방 사달이 나고 만다.

불타는 사랑은 없다.

사랑은 배신하지 않는다.

다만 사람의 마음이 변할 뿐이다.

그래서 사랑은 서서히 젖어 들고 익어가는 편이 좋다고 했다.

성급히 맺은 사랑은 쉽사리 깨지고 만다.

남녀를 막론하고 사람의 마음은 현실에 민감하다.

사람의 마음은 현실의 어려움에 직면하면 견디지 못하고 이내 무너지고 마는 속성이 있다.

내 아내는 금성에서 온 여자가 확실하다.

나 역시 화성에서 온 남자인 거 같다.

게다가 지구에 와서 각자 지낸 세월이 한참이다.

그러고 만났으니 애초부터 잘 지낸다는 게 이상한 일이다.

세상에 어디 별난 여자 별난 남자가 있겠는가.

처음에 불꽃 튀는 사랑은 금세 식기 마련이다.

그게 영원할 줄 착각하고 살다 보니 어느새 백발이라.

나는 이 지구에 사는 부부들이 싸우더라도 각자 화성과 금성으로 되돌아갈 만큼은 되지 않았으면 한다.

지금 와서 돌아가기엔 너무 멀리 떠나 오지 않았는가.

그래도 가고 싶다면 북망산北邙山 갈 때 잠시 들렀다 가는 건 어떨까.

서로 간의 차이를 인식하고 또 존중하면 모든 문제가 술술 풀릴 것이라고 말한다.

그런데 이것은 어디까지나 쌍방이 이성의 논리를 따를 때이다.

어차피 이성과 감성은 충돌하기 마련이다.

그러니까 여유가 없는 피곤한 일상에서는 이성보다는 감성의 논리가 먼저 끼어든다.

차이를 이해하기보다는 먼저 그 차이에 대해 불만을 갖는다.

"왜 나와 다른거야.
왜 나를 이해할 수 없는 거야.
내 처지를 좀 알아주면 어디 덧나는 거야.
왜 나만 네 말을 들어야 하는데."

나의 짧은 소견으로는 지구의 종말이 올 때까지 화성 남자와 금성 여자는 결코 화해하지 못할 것 같다.

이러한 사실을 인정하는 것이 어려운 관계를 풀어가는 데 오히려 도움이 될지 모른다.

완전한 화해가 불가능한 것은 이런 이유가 아닐까.

남(타인)을 대할 때는 이성의 원리를 따르기 때문에 문제해결 위주로 행동한다.

가족이나 부부 사이에서는 감정으로 위로받기를 원한다.

남한테는 잘하면서 왜 나한테는 그렇게 못하는 거야.

눈에 불이 튈 때는 잘 모르던 버릇이 어느 날부터 대들보처럼 유난히 크게 눈에 거슬린다.

한국 사회에서 사람들은 남에게 관대한 편이다.

감정적인 위로를 받아야 하는 가족한테는 오히려 엄격하게 무엇인가를 요구한다.

아마도 남과의 관계에서는 체면을 지켜야 하기 때문인지 모른다.

그래서 항상 옆집 부모는 자식들에게 잘해주는 것 같이 보인다.

옆집 자식들은 부모에게 그렇게 잘하는 것처럼 보이는데.

옆집 며느리는 시부모한테 그렇게 잘하던데.

이것들은 대부분이 사실이 아니다.

그렇게 보일 뿐이다.

옆집에서도 우리 집을 그렇게 본다.

남녀가 잘못 만나면 서로의 인생이 피곤해진다.

잘못된 만남인지 여부를 잘 알지 못하는 경우가 많다.

문제는 서로가 자신으로 인해 상대의 인생을 망친다는 사실을 모를 수도 있다는 것이다.

이러한 관계를 인내하고 산다는 것은 군자라 할지라도 쉽지 않은 일이다.

물론 잘못된 만남이 운명을 바꾸기도 한다.

소크라테스가 현모양처를 만나 현실에 안주했다면 아마 철학자는 되지 못했을지도 모른다.

악처를 만나 소크라테스가 철학자가 되었다면, 나는 그냥 보통 여자를 만났으면 한다.

나타니엘 호손이 세관에서 해고당했을 때 그의 아내가 저축해 둔 생활비로 견디면서 「주홍글씨」라는 불후의 명작을 썼다고 한다.[69]

나는 철학자가 되고 싶지도 않고 명작을 쓸 생각도 없으며, 다만 나와 같이 인생을 나란히 걸어갈 그런 여자가 좋다.*

때로는 단점을 감싸주고 가끔은 나에게 상처를 주기도 하는 그런 보통 여자 말이다.

나를 구박하다가도 때로는 내가 아플까 봐 은근히 걱정하는 그런 여자가 좋을 것 같다.

나는 내가 누군가와 시비가 붙었을 때 잘잘못을 따지지 않고 내 편을 들어주는 그런 여자가 좋다.

나는 이 험난한 세상을 철학자로 살고 싶지는 않기 때문이다.

우리는 많은 경우에 잘못된 만남을 알면서도 꾸역꾸역 참으면서 살아간다.

이런 잘못된 만남으로 살아가는 인생이 과연 행복할 수 있을까 하는 의문이 드는 건 비단 나만의 생각일까.

---

* I don't want to be a philosopher or write a masterpiece, I just want to a woman who will walk through life with me.

죽고 못 사는 관계도 생활에 매몰되면 금세 흐릿해지고 급기야는 원수지간으로 변할 수도 있다.

2018년에 방영된 「아는 와이프」라는 드라마가 있다.

드라마 제1화의 제목이 다음과 같다.

"내 침대에는 나를 이기는 괴물이 산다."

자기 아내를 두고 이렇게 표현한 것이다.

이로 미루어보면 관계가 극도로 악화되어 있는 것을 실감할 수 있다.

물론 과장된 표현이긴 하지만 사람의 마음은 외부의 악조건을 만나면 금방 돌변할 수 있는 속성을 가지고 있다.

양말 거꾸로 벗어 놓았다고 이혼당하는 게 부부 사이다.

코 곤다고 각 방 쓰는 것이 부부 사이다.

치약 짜 쓰는 게 맘에 안 든다고 쫓겨날 수도 있는 게 부부 사이다.

아마도 너무 가까이한 세월이 길어서 그럴 수도 있을 것이다.

너무 붙어있다 보면 싫증이 나고 조그만 실수도 그냥 넘길 수 없게 된다.

물론 이런 결과는 남편 또는 아내가 아니라 이들을 둘러싸고 있는 조건들이 복잡하게 얽혀서 문제를 일으킨다.

돈도 못 벌어오면서 반찬 투정하는 남편이 이쁘게 보일 리 없다.

아이들 하나 제대로 돌보지 않는 아내가 성에 찰 리가 없다.

그러니까 부부 사이는 잘 가다 어느 순간 와르르 무너질 수도 있는 관계이다.

그래서 언제나 유리 상자 다루듯이 곱게 다루어야 한다.

상대가 싫어하는 버릇을 고치지 않고 적당히 무시하고 넘어가는 남편의 태도가 문제 있는 것은 틀림없다.

또 뒤집어 벗어 놓은 양말로 상대와의 관계를 벼랑 끝으로 몰고 가는 아내의 고집 역시 올바른 태도는 아니다.

부부 사이에서도 일상적으로 대화를 아주 성실하고 구체적으로 해야 한다.

오랫동안 같이 살았으니 눈빛만 봐도 안다고 자만하면 안 된다.

말하지 않아도 서로의 마음을 잘 안다고 생각하는데 이것은 거짓말이다.

어떤 부부 사이에서도 텔레파시는 통하지 않는다.[70]

은퇴 후에 지나친 낭만적인 부부관계를 기대해서는 곤란하다.

은퇴 후에는 특히 부부는 서로가 다른 취미와 성향을 갖고 있다는 사실을 깨달을 필요가 있다.

남편과 아내가 각자 모르고 지내던 성질이나 습관이 속속 드러나도 이해하고 넘어가려는 노력이 필요하다.

이건 내가 모르던 것인데 그동안 나를 속이고 지낸 것인가 따지고 들면 상호관계가 피곤해진다.

남편이 은퇴한 후에 어떤 여자는 점심만은 같이 먹고 싶지 않은 사람으로 남편을 지목하고 있다.[71]

남편은 남의 편이라서 그런가.

"남편이 남자인가, 식구食口지" 하는 어떤 드라마의 대사가 그래도 나은가.

어쩌다 남편은 이런 존재가 되었는가.

동물의 왕국에서 수컷은 전성기가 지나면 대체로 공격성이 줄어든다.

사람의 경우 늙은 남성은 젊은 남성보다 폭력성이 훨씬 덜하지만, 늙은 여성은 공격적인 경우는 드물지만 자기 주장이 강해지는 경우가 많다고 한다.[72]

여성의 목소리가 커진다는 말이다.

결과적으로 남녀는 나이를 먹을수록 한쪽이 양보하지 않으면 충돌할 가능성이 높아진다는 말이다.

Paint & Poem by 古堂

나의 오늘
내가 사는 오늘이 간다.
내일이 오면 아쉬운 마음이다.
그래도 상관없다.
어차피 언제나 오늘이니까.

친구 사이

어떠한 인간관계도 변하지 않고 그대로 멈춰있는 것은 아니다. 세월이 갈수록 상황이 달라질수록 조금씩 또는 급격히 달라질 수 있다.

관계의 한 당사자가 이전과는 다른 상황에 직면했을 때 과거의 관계를 그대로 유지할 수는 없다.

이러한 상황 가운데 중요한 사건이 바로 직장으로부터 은퇴 또는 퇴직하는 것이다.

사람들은 상황이 바뀌더라도 기존의 인간관계를 유지하고 싶으면서도 그럴 수 없는 것이 일반적이다.

사람들은 퇴직 후에 인간관계에 있어서 친구는 대단히 중요하다고 한다.

친구에는 여러 가지 유형이 있겠지만, 직장 생활과 무관하게 오랫동안 관계를 유지해 온 사람들이 친구이다.

은퇴 후 인간관계는 이전의 인간관계와는 사뭇 다르게 전개될 수 있다.

은퇴 전과 같을 수는 없다.

이것은 만나고 연락을 주고받는 정도가 달라지기 때문이다.

하루아침에 달라지는 관계가 있는가 하면, 비교적 그대로 유지되는 관계가 있다.

유지되는 관계라고 해도 그 내용은 얼마든지 다를 수 있다.

평소에 자주 만나던 친구 사이가 뜸해지는 관계로 변할 수도 있다.

은퇴 후의 친구 사이는 연락의 빈도는 달라질지언정 그대로 유지되는 게 일반적이다.

그러나 나이가 들수록 이러한 관계에도 변화가 오는 게 당연하다.

본인의 건강사정이나 현실적인 여건에 따라 얼마든지 친구 사이가 달라질 수 있다.

은퇴 후에 직장에 다니던 장소를 떠나 다른 곳으로 이사하게 되면 아무래도 관계가 소원해질 수 있다.

친구 사이는 시간의 길이와 만나는 빈도에 의해서 관계의 지속 여부가 결정된다고 해도 과언이 아니다.

떨어져 있는 시간이 길수록 관계를 유지하고 복원하는 데 시간이 많이 걸린다.

반면에 자주 만나던 친구는 은퇴 후에도 관계가 유지될 가능성이 높다.

주된 이유는 자주 만나는 사이일수록 대화가 끊기지 않고 이어질 수 있기 때문이다.

초등학교 동창들은 오랜만에 만날 때는 대화가 끝없이 계속된다.
오랜만에 만났을 때는 과거의 추억을 소환하는 데 집중적인 대화가 오가기 때문이다.
그러나 다시 만났을 때는 옛날의 추억이 고갈되고 난 다음에는 거의 할 말이 없어진다.
자주 만나 대화의 소재를 개발하지 않으면 대화를 이어가기 어렵다.
친구 사이의 관계를 유지하기 위해서는 자주 만나야 한다는 결론에 이르게 된다.

노년의 친구라고 하더라도 다 똑같지는 않다.
가까이 살면서 자주 왕래하는 사이가 있는가 하면, 동창회와 같이 오랜만에 많은 수의 친구들을 한꺼번에 만날 수도 있다.
자주 만나는 사이의 친구는 많지 않은 게 일반적이다.
은퇴하고 난 다음에 오래된 친구를 만나는 데는 어려움이 있다.
대개는 만난 지 아주 오래되었기 때문에 친구 사이의 공통된 화제가 거의 없는 편이다.

은퇴 후에 여러 가지 사회활동을 통해서 새로운 친구를 만들기도 한다.

봉사활동에 참여하거나 동호회에 회원으로 가입하여 같은 취미를 가진 사람들을 만날 수도 있다.

은퇴 후의 관계는 관계의 내용과 성질에 따라 상호 조절할 필요가 있다.

절친한 친구 사이도 어느 순간 금이 갈 수 있다.

그래서 친한 사이일수록 예의를 지키라는 말이 있는 것이다.

멀리서 친구가 오니 어찌 반갑지 않으랴.

유붕자원방래 불역낙호 有朋自遠方來 不亦樂乎.

논어 학이學而편에 나오는 얘기다.

이런 정도의 절친한 친구가 있는가 하면, 오가며 인사를 나누는 정도의 친구도 있다.

허물없이 고민을 나누고 도움을 주고받는 관계도 있다.

야밤에 사전 연락 없이 방문해도 반가운 친구가 있다.

노년에 서로 허심탄회하게 마음을 나눌 수 있는 친구가 있으면 얼마나 좋을까 하고 생각해 본다.

그런데 친구 친구 하지만 노년까지 마음 맞는 친구를 가지기는 쉽지 않다.

오래된 친구 또는 친구라는 이유 하나만으로 문제가 있음에도 불구하고 관계를 유지할 필요는 없는 것이다.

나는 대학을 다닐 때 비슷한 가치와 신념을 공유하던 선후배들이 졸업한 한참 후에 전혀 다른 신조와 사상으로 무장한 것을 보고 너무 충격을 받은 경험이 있다.

과거의 추억만으로 관계를 유지하기에는 벅찬 느낌이 들어 점점 소원해지기 시작했다.

흔히 동창회에 가면 정치 얘기는 하지 말라고 한다.

서로 다른 정치적 견해가 충돌하기 때문이다.

그런데 친구들이 만나 정치 얘기 안 하면 금방 얘깃거리가 동나고 만다는 사실을 아는가.

해결방법은 정치 얘기를 하더라도 서로의 견해를 들어주는 관용을 발휘해야 한다.

은퇴 후에는 흔히 친한 친구가 곁에 있어야 한다고 한다.

특히 같은 연배끼리 사귀는 것이 노후를 충실하게 하는 원동력이 될 수 있다.

그러니까 노인들에게 정말로 상대가 되어 줄 사람은 노인뿐이다.

틀린 말은 아닌 듯하다.

그러나 내 생각은 이것과는 좀 다르다.

물론 같은 연배의 친구도 소중하지만 가능하다면 나보다 한 살이라도 어린 사람을 친구로 하면 더 좋을 것 같다.

나보다 젊은 친구면 내가 모르는 새로운 세상에 대한 정보를 나에게 알려줄 것이다.

젊은 사람들과 같이 지내다 보면 나 역시 젊어지는 기분이 들지 않을까 하는 생각도 든다.

젊은 친구들을 만나자면 그들에게 득이 되는 존재가 되어야 한다.

나이가 젊은 친구들의 사고방식, 의상, 생활 습관 등을 이해하고자 노력해야 한다.

건강

＊

사람들은 건강에 관심이 넘친다.
건강에 좋다는 음식을 찾아다닌다.
건강을 위한 모범답안이 있으면 얼마나 좋을까.

신발

요즘 맨발 걷기가 건강에 좋다고 야단법석이다.
발에 신발을 신길 때부터 알아봤다.
발에서 신발을 벗겨내니 얼마나 편하겠나.

Paint & Poem by 古堂

잠이 보약

사람이 살아가는 데 필수적인 활동 중의 하나가 바로 수면이다.
하루에 8시간 정도 자는 것이 건강을 유지하는 데 좋다고 한다.
계산하기 쉽게 우리가 90년을 산다면 30년을 자는 데 소비하
는 셈이 된다.
그러니까 수면이 중요하지 않을 수 없다.
100세를 기준으로 하면 이와는 약간 달라질 수 있으나 비율은
마찬가지일 것이다.

80년을 기준으로 한 인생 시간표가 인터넷에 올라와 있는데
이를 인용해 보면, 일하는 데 26년, 잠자는 데 25년, TV 보는
시간 10년, 먹는 시간 6년을 소비한다.
물론 어떠한 방법으로 계산하였는지는 알 수 없지만 재미있는
시도이다.
이 시간들을 보면 일하는 시간, 잠자는 시간, 기타 시간이 얼
추 각 3분의 1이 되는 셈이다.
통계청이 발표한 '2019년 생활시간조사 결과'를 보면 평균 수

면시간이 8시간 12분으로 나타나 거의 3분의 1을 자는 데 들인다는 말과 들어맞는 것을 알 수 있다.

사람에 따라 덜 자고 더 자는 차이는 있겠지만 건강하게 살기 위해서 8시간을 고집하는 것이다.

악착같이 성공하기 위해 나부대는 사람들에게는 30년의 수면 시간이 얼마나 아깝게 느껴지겠는가.

또 나머지 3분의 1은 일터에서 보낸다.

하루 8시간 근무라면 이 또한 3분의 1을 차지한다.

하루 8시간 근무라는 공식이 점차 깨지는 조짐을 보이고 있으나 아직까지는 이 공식에 따르는 것이 나을 것 같다.

물론 공휴일도 있고 개인적으로 쉬는 날도 있겠지만 출퇴근 시간, 초과근무 등을 포함하면 대략 그 정도가 될 것이다.

물론 요즘에는 약간 달라졌다는 느낌을 받는다.

〈코로나-19〉 팬데믹 이후 재택근무나 근무 형태의 변화에 따라 약간의 차이가 있는 것 같다.

이제 3분의 1이 남는다.

이 3분의 1의 시간 동안 자질구레한 모든 일을 해내야 한다.

수면과 일을 제외한 가장 기본적인 활동에 투자해야 한다.

하고 싶은 일이 있다면 이 시간에 몰아서 해야 한다.

남녀가 사랑을 나누고, 먹고, 싸고, 놀고, 운동하고, 여행하고, 싸우고, 아파 드러눕고, 병원에 다니고, 멍하니 보내는 시간도 여기에 포함된다.

또 몸을 씻고 화장하고 코 후비고 머리 깎고 손·발톱도 깎고 등산하고 운전하고 요리하고 밥 먹고 남 욕하고 수다 떠는 데 이 시간을 쓴다.

특별히 하고 싶은 일이 있다면 이 시간 중의 일부를 아껴야 한다.

자는 데 인생의 3분의 1을 소비하다 보니 사람들이 많은 관심을 기울인다.

자연적으로 수면과 관련된 산업이 최근에 급속도로 팽창하고 있다.

잠에 필요한 도구들, 침대와 이부자리 베개, 잠옷 등이 커다란 시장을 형성하고 있다.

잠을 이루지 못하는 불면증 환자들을 위한 클리닉이 개업하고 수면제 시장이 날로 번창하고 있다.

눕기만 하면 잠에 곯아떨어진다는 실신失神 침대도 있다고 한다.

머리를 대기만 하면 잠이 든다는 기절氣絕 베개도 광고 중이다.

침대 역시 기존의 매트리스를 벗어나 돌침대와 흙침대까지 등장한 지 오래다.

수면에 관해 전문가들이 아무리 무어라고 조언을 해도 실천하
기는 어렵다.
그들의 조언을 참고로 하여 자신만의 방법을 찾아내야 한다.
물론 심각한 경우에는 의사의 상담이나 약물의 도움을 받을
수도 있다.
최근의 연구 결과에 의하면 질 좋은 수면은 남자에게는 5년,
여자에게는 2.5년을 더 살 수 있도록 해 준다는 사실을 발견
하였다.[73]

충분한 수면과 숙면이 건강을 유지하는 데 필요한 요소이다.
그러나 전혀 다른 주장을 하는 사람들도 있다.
호리 다이스케는 『수면혁명』이라는 책에서 6년간 하루에 45분
이하의 수면을 취했다고 한다.[74]
45분만 자고도 낮에 졸리거나 사고력이 떨어진다거나 건강이
안 좋다거나 하지도 않다는 것이다.
오히려 활력이 넘치고 집중력이 높아지며 스트레스도 해소된
다고 한다.
아무튼 아주 짧은 시간 수면은 상식적이라고는 할 수 없을 것
같다.

이와 관련하여 최근에는 낮잠을 자는 것이 건강을 유지하고 수명을 연장하는 데 도움을 준다고 하니 참으로 헷갈리지 않을 수 없다.

이 정도 되면 개인이 각자 알아서 자기에게 알맞은 수면 방법, 수면시간, 수면 기술 등을 찾아서 실천하는 수밖에 없을 것 같다.

은퇴 후의 집밥

사람들은 대단한 목표를 성취하기 위해 안달하는 것처럼 보이지만 사실은 그렇지 않을 때가 많다.
사소한 일상 속에서 사람들은 행복을 느끼며 살아간다.
일상으로부터 오는 즐거움은 여러 가지가 있을 것이다.
조그만 일을 이루고도 기뻐서 어쩔 줄을 모를 수도 있다.
별것 아닌 것에 만족하고 살면 만사가 편해진다.

가장 평범한 일과 중의 하나가 하루 세끼 밥 먹는 일이다.
하루에 세 번씩 챙겨 먹으려면 적잖이 신경 써야 한다.
귀찮은 만큼 맛있는 음식을 먹게 되면 행복감이 충만해진다.
이 때문에 성가시게 여기면서도 맛집을 찾아다니는 걸 즐겁게 생각한다.
음식은 우리 몸에 필요한 에너지를 공급할 뿐 아니라 오묘한 쾌감을 주기도 한다.
새로운 활력은 음식에서부터 나온다 해도 지나친 말이 아니다.

사람들은 음식을 통해서 스트레스도 해소하고 생활의 활력을 얻는다.

은퇴 후에는 모든 것이 달라진다.
그중에서 실감 나게 달라지는 게 바로 밥 먹는 일이다.
직장생활을 하는 중에는 사람마다 차이가 있겠지만 점심과 저녁은 거의 예외 없이 밖에서 해결한다.
저녁을 집에서 해결하고자 노력하지만, 그때마다 뜻밖의 일이 생기곤 한다.
그래서 오죽하면 어떤 정치인은 "저녁이 있는 삶"을 슬로건으로 내세우기도 한 적이 있다.
더욱이 아침을 거르고 출근하는 사람에게는 주말을 제외하고는 집에서 밥 먹는 일이 거의 없다.
수십 년 동안 이런 생활을 끝내고 삼시 세끼를 집에서 해결해야 한다고 해 보자.
아내 입장에서는 거의 지옥이나 다름없이 고통스러울지도 모른다.
맞벌이 부부로 살아왔다면 충격이 조금 덜할지는 모르겠다.
그래도 결론은 마찬가지가 아닐까 하는 생각이 든다.
무언가 적당한 방법을 찾아내지 않으면 남편과 아내 모두 머잖아 숨 막히는 고통을 느낄 것이 확실하다.

여러 가지 방법이 있을 수 있다.

먼저 아침 식사를 간단하게 해결할 수 있는 방법을 찾는다.

그것도 남편과 아내가 돌아가면서 번갈아 준비해 보기로 한다.

맛에 대해서는 서로가 불평하지 않도록 신사협정을 맺는다.

점심은 가끔 각자의 지인이나 친구들을 만나 밖에서 해결한다.

저녁은 가능하면 집에서 해결하되 각자 주도적 역할과 보조역할을 충실히 한다.

여기에 원칙은 없다.

사정에 따라 다양한 조합이 가능하다.

부부의 개별 사정에 따라 서로가 원만하게 합의해 이끌어 가는 것이 최선이다.

직장생활을 하는 동안에는 밖에서 점심과 저녁을 해결하면서 아무렇지도 않게 넘기던 식사 메뉴와 맛이 퇴직 후에는 심각하게 다가올 줄 몰랐다.

아내가 해 주는 식사에 맛을 떠나서 고마워해 본 적이 있던가.

아마 대부분 남편은 아내의 식사 준비가 당연한 것이며, 그래서 맛이 없으면 투정을 부리곤 했던 것에 미안한 생각이 들까.

퇴직 후에 먹는 것이 이렇게 심각한 문제가 될 줄은 아무도 몰랐을 것이다.

그리고 아내가 해 준 따뜻한 밥 한 그릇이 이렇게 행복을 느끼게 해 줄 것이라곤 미처 몰랐을 것이다.

먹는 게 행복의 지름길이라는 원리를 깨닫게 된 것이 너무나 다행이다.

나 역시 직장을 다니는 동안 아침 식사를 집에서 하고 나가면 점심과 저녁은 거의 밖에서 사 먹었다.

그러니까 퇴직 후에 점심과 저녁을 집에서 해결한다는 것은 좀처럼 적응하기 어려운 현실이었다.

이 문제만을 해결하기 위한 것은 아니지만 퇴직하면서 밖에다 사무실을 하나 마련하고 토·일을 제외한 평일에는 언제나 직장에 근무할 때와 마찬가지로 출근한다.

다만 아침 출근 시간은 서두르지 않는다.

또 과거와 차이가 있다면 저녁은 특별한 약속이 없는 이상 집에 와서 아내와 같이 식사하기로 암묵적인 약속을 했다.

그러니까 아침과 저녁은 저절로 집에서 먹는 것이 규칙처럼 되어 버렸다.

자연적으로 아내에게 많은 부담이 돌아가고 마는 결과가 되었다.

그런데 내가 환자라는 핑계로 아내가 그런 부담을 지고도 별로 불평을 하지 않는 것이 고마웠다.

내가 폐암에 걸린 후 6개월이 지날 무렵 아내는 다니던 직장을 3년여 앞당겨 퇴직하였다.

여러 가지 이유가 있기도 했지만 주된 것은 나의 병을 간호하기 위해서였다.

항암치료를 위해 서울에 있는 병원을 오가는 바람에 직장을 병행하기는 무리였다.

처음 3개월간은 일주일에 5일 동안 그리고 면역 항암치료를 위해서는 한 달에 한 번꼴로 이틀 동안 검사와 주사를 맞아야 했다.

지금 시점에서 약 3년간의 치료를 다 마쳤다.

이제는 운 좋게 전이轉移가 발생하지 않거나 재발하지 않으면 정상적인 생활을 할 수 있을 것으로 기대하고 있다.

만약 그런 행운이 나에게 온다면 무엇보다 병원의 의료진에게 그 공을 돌려야 할 것이다.

그리고 인내와 용기로 나의 곁을 지켜준 가족들, 특히 아내와 아들, 딸, 며느리에게 고맙고 미안한 마음을 전하고 싶다.

아무래도 24시간 같이 지내야 하는 아내로서는 여간 힘든 일이 아니었을 텐데 용케도 잘 버텨 주었다.

가끔은 짜증을 내기도 하지만 애교로 봐줄 수 있는 정도이다.

또 때로는 마음에 상처를 주는 말을 본인도 모르게 내뱉는 경우도 없진 않았다.

나 역시 분명 나도 모르게 아내에게 상처를 주는 말을 무심코 했을 테니, 그저 퉁 치는 게 맞을 것 같다.

가끔 아내가 금성에서 왔다는 사실을 깨달았을 때 앞이 막막한 경우도 있었지만, 나 역시 화성에서 온 사실은 숨길 수 없으니 피장파장이다.

아무튼 초기 항암치료 때에 입맛을 완전히 빼앗겨 어떤 것도 제대로 먹을 수 없을 때가 많았다.

이 무렵에 아내는 나의 입맛을 되돌리기 위해 온갖 방법을 찾으려고 무진 애를 썼던 게 기억에 생생하다.

아마도 이때부터 아내는 요리실력을 발휘하여 여러 가지 메뉴를 개발하기도 하고 집에서 직접 만드는 데 시간을 들이기 시작하였다.

그런데 아내의 요리실력이 이 정도로 뛰어난 줄은 몰랐다.

내 눈치로는 아내 자신도 본인이 이런 정도로 요리를 잘할 줄은 몰랐던 것 같다.

겸손하게 본인은 아니라고 하지만 내가 볼 땐 타고난 거 같다.

그래서 농담이 아니라 식당을 열어보는 것이 어떠냐고 제의도 해 보았다.

만약 요리실력만 따진다면 지금 당장이라도 개업하고 싶지만,

장사는 실력만으로 되는 건 아니니까 일단 미루기로 했다.

나중에 알게 된 사실이지만 아내는 우리가 먹을 음식을 할 때 좀 넉넉하게 준비해서 동네 주민센터가 운영하는 푸드뱅크에 기부도 한다니 칭찬할 만한 일이다.

스스로 마음이 동해서 하는 일이라 생각하니 기분이 좋아진다.

퇴직 후에 많이들 삼식三食이가 되어 눈치 보며 집에서 지내는 게 가시방석이라고 하는 말을 하지 않는가.

나는 특별한 약속이 있지 않으면 아침과 저녁을 안심하고 얻어먹을 수 있으니 이런 행운이 또 어디 있단 말인가.

게다가 점심 약속이 없는 날이면 거의 식사에 준하는 간식, 예컨대 찹쌀떡, 토스트, 샐러드, 죽, 과일, 군고구마, 감자 등을 싸주는 덕에 먹는 걱정은 하지 않아도 된다.

물론 이 중에 떡은 내가 좋아한다고 해서 누이가 계절마다 어김없이 보내준 것이다.

아프다는 핑계로 이렇게 돌봄을 받아도 되는가 싶을 정도이다.

이렇게 행복해도 되는가 하는 생각에 은근히 불안감이 스며든다.

모르긴 해도 부모님이 생전에 베푼 덕德이 나에게 돌아오는 것인가.[75]

유명인이 텔레비전에 나와서 어디가 좋다고 하면 당장 난리가 난다.

과거에 소문난 집이라고 해서 가본 적이 있는데 긴 줄을 보고 기겁을 해서 옆집으로 가버린 적이 있다.

사람들은 해장국, 비빔밥, 육개장, 호박잎쌈, 보리밥, 콩나물국 등 잊지 못할 고향의 맛이라고 자랑하지만, 나에게는 아내가 지어주는 밥 한 상에 비할 바가 못 된다.[76]

지금은 토·일요일과 집안일이나 외부 일이 있을 때를 제외하고는 사무실에 출근하는 일을 일상으로 삼고 있다.

퇴직 후에 직장을 대신해서 만든 일상이다.

사무실에 나가면 사람들을 만나기도 하고 책도 보고 그림도 그리고 게임도 한다.

아내와는 보통 아침과 저녁 식사 그리고 일요일은 온종일 같이 지내는 것을 원칙으로 삼고 있다.

그래서 나머지 시간은 각자가 알아서 무엇을 하든 간섭하지 않는다.

그러다 보니 일요일 하루가 소중한 시간으로 다가온다.

일요일엔 느지막하게 일어나 근처 카페로 가서 브런치를 즐기는가 하면, 오후 시간에는 가까운 시립도서관에 가서 책을 보고 대출해 오기도 한다.

그리고 저녁 식사 후에는 인근 공원에 나가 약 1시간 정도 걷기 운동도 한다.

또 텔레비전의 드라마나 영화를 골라서 본다.

과거의 연속극과는 많이 다른 게 다양한 장르의 드라마를 골라 보는 재미가 있는가 하면 요즘 세상의 생생한 모습을 보는 것 같아 좋다.

별로 돈 들이지 않고 시간을 보낼 수 있는 게 여간 다행스러운 일이 아니다.

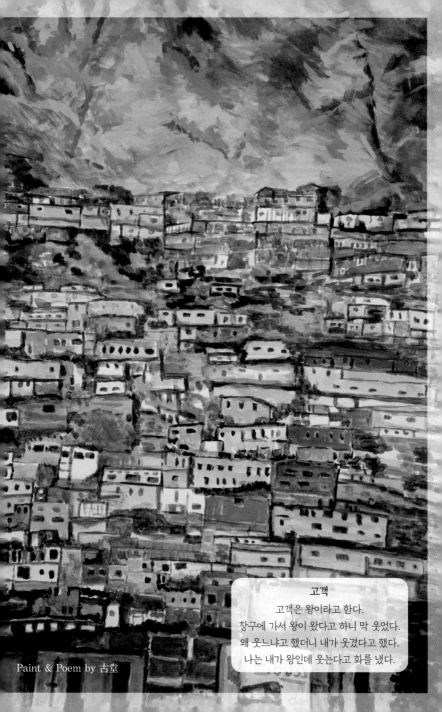

고객

고객은 왕이라고 한다.
창구에 가서 왕이 왔다고 하니 막 웃었다.
왜 웃느냐고 했더니 내가 웃겼다고 했다.
나는 내가 왕인데 웃는다고 화를 냈다.

Paint & Poem by 古堂

일상의 스트레스

건강한 생활을 방해하는 요인으로 스트레스만한 게 없는 것
같다.

스트레스는 우리의 삶에서 심리적 부담을 주는 모든 요인을
말한다.

심리적 부담이 커지면 신체에도 영향을 미친다.

대부분 사람들은 스트레스를 받으면서 일상생활을 한다.

적당한 수준의 스트레스는 오히려 동기를 유발하기도 한다.

개인은 스트레스를 조절할 수 있는 능력을 평소에 길러야 한다.

스트레스를 받게 되면 여러 가지 증상을 유발할 수 있다.

우선 신체적 증상으로는 두통, 위장, 현기증, 심장박동의 증
가, 때에 따라서는 성적性的인 문제를 야기하기도 한다.

정신적인 측면에서는 집중력의 저하, 결정 또는 판단력의 문
제, 지속적인 불안증세, 심지어는 건망증 등과 같은 문제가 발
생하기도 한다.

일상생활에서도 여러 가지 행동의 변화가 일어날 수 있다.

예컨대 수면 장애가 나타나거나 대인 기피 증상을 보이거나 과도한 음주와 흡연 등을 가져올 수 있다.

아마도 가장 심각한 동시에 지속적인 스트레스는 개인의 사회적 역할과 관련되어 있다.
우리는 주어진 사회적 역할을 충실히 이행하는데 많은 시간과 노력을 기울인다.
사회의 구성원으로서 그 역할을 성공적으로 수행해야 한다는 의무감에서 벗어날 수 없다.
이러한 과정에서 오는 스트레스는 사람마다 다르게 느끼고 또 다르게 반응한다.
하나 분명한 사실은 사람이 살아가는 동안 스트레스는 잠시도 쉬지 않고 우리를 괴롭힌다는 것이다.
이 스트레스가 주는 심리적 부담을 견디지 못하는 사람은 인생을 사는 데 피곤할 수밖에 없다.
이런 사람들에 대한 사회적 평가는 냉혹하다.
능력이 없다거나, 노력하지 않는다거나, 세상을 우습게 안다거나 하는 등의 비난을 받는다.
지나치면 자신을 너무 과소평가하는 바람에 마치 낙오자처럼 살아가기도 한다.

우리의 삶에서 스트레스를 일으키는 요인을 좀 구체적으로 보면 주로 일, 가족, 돈, 건강과 관련되어 있다.

일과 관련해서는 직장에서 승진 탈락이나 실직의 두려움, 또는 퇴직 등에 따르는 압력으로 스트레스를 받는다.

가족과 관련해서는 직장 문제로 인한 스트레스가 고스란히 가족한테 옮겨올 수도 있기 때문에 스트레스가 가중되기도 한다.

돈 문제는 주로 생활에 필요한 자금으로 인해 스트레스를 받지만 때로는 사업상 필요한 자금을 금융기관으로부터 대출받고 상환하는 과정에서 스트레스를 받을 수도 있다.

건강에 문제가 생기면 다른 문제와는 달리 일상생활에 상당한 제약을 받을 수 있다.

일, 가족, 돈, 건강 등의 문제는 누구나 부딪힐 수 있는 문제이지만 개인마다 비중이나 영향을 받는 정도가 일정하지 않다.

스트레스가 노화에도 직접적으로 영향을 미친다고 하니 장수를 위해서라도 스트레스를 덜 받을 수 있는 방법을 찾아내야 한다.

그런데 문제는 우리가 스트레스에 대응하는 방법을 각자 강구해야 한다는 점에 있다.

스트레스에 대응하는 표준적인 방법은 없으며, 각자가 자신에게 맞는 방법을 찾아내야 한다.

사람들이 스트레스를 해소하기 위해 동원하는 방법은 각양각색이다.

일상적으로 아무렇지도 않게 넘길 수 있는 스트레스라면 굳이 대응방법을 고민할 필요는 없다.

나는 얼마 전에 야구 글러브와 공 몇 개 그리고 나무 배트를 하나 샀다.

매번 야구 연습장에 갈 수 없으니 아쉬운 대로 이런 방법을 택했다.

오래전 아들이 어렸을 때 공을 주고받던 생각이 나는데 이제는 그런 기회가 오지 않을 것 같다.

혹시 나중에 시골에 집을 짓고 아이들이 주말에 방문하면 잠깐이라도 옛날 생각을 하면서 공을 주고받을 수 있을지는 모르겠다.

지금은 아쉬운 대로 야구 연습장을 종종 찾는다.

나는 야구 경기에 참여해 본 적이 없다.

다만 실내 야구 연습장을 지나치지 않고 한 번씩 들러서 야구 방망이를 휘두르곤 한다.

야구 배트는 길이가 106.7cm, 무게가 900g 정도 된다고 하니 가벼운 것은 아니다.

이 정도이면 운동하기에는 적당하지 않을까 하는 생각이 든다.

골프채 중에서 7번 아이언 무게가 대략 417g이라고 하니 약 2배 이상 무거운 것이다.

지금도 사무실 복도에서 야구 배트를 하루에 100~200번 정도는 휘두른다.

특히 팔다리는 물론 뱃살을 빼고 허리 근육을 유지하는 동시에 손의 악력을 높이는 데 도움이 되는 것 같다.

그러니까 운동도 되고 스트레스도 날릴 수 있는 좋은 방법이 아닐까 한다.

또한 사무실에 갑자기 괴한怪漢이 침입하면 야구 배트를 이용하여 물리칠 수도 있으니 정말 다양하게 쓸 수 있는 도구인 것 같다.

다음에는 양궁이나 국궁을 배워볼 생각도 갖고 있다.

너무 욕심을 부리는 게 아닌가 하는 생각이 들긴 하지만 상상만으로도 기분이 좋아지니 나쁠 건 없다.

활쏘기를 연마하여 내가 동이족東夷族의 후손이라는 사실을 증명해 보이는 것도 나름대로 자부심을 가질 수 있는 일이 아닌가 싶다.

무엇보다 실제로 다 해 보지 못하더라도 생각만으로 행복해진다는 말이다.

이 정도 되면 그동안 꽁꽁 묶어 놓았던 절제된 삶의 한을 풀 수 있지 않을까.

물론 묶어둔 감정을 떨치고 해방감을 맛보는 데는 각자의 방식이 있을 것이다.

한 가지 분명한 사실은 모범생 신드롬에서 벗어나면 인생이 훨씬 가벼워질 수 있다는 점이다.

사회로부터 씌워진 도덕적, 윤리적, 규범적, 직업적, 연령적, 성별적 올가미가 얼마나 사람을 피곤하게 하는가를 깨닫는 시간을 가졌으면 하는 바람이다.

이 올가미를 비난받지 않고 벗어던지는 방법이 바로 내 안에 잠재한 파괴본능을 끌어내 발산하는 것이며, 동시에 훌륭한 취미생활의 일부가 될 수도 있다.

사람들은 각종의 취미활동을 통해 스트레스를 해소한다.

나는 반드시 스트레스를 해소하기 위한 것은 아니지만, 여러 가지 방법 가운데 가벼운 산책이나 수채화 그리기, 책 읽기, 음악감상. 라디오 청취 등을 주로 즐기는 편이다.

목소리를 크게 내는 방법이 스트레스 해소에 좋을 수 있는 것을 알지만 목청 높여 소리 지를 수 있는 장소가 없는 게 흠이다.

등산하면 정상에 올라 '야호!'를 외칠 수 있을 텐데, 지금으로서는 등산을 할 수 없으니 그럴 기회가 없어지고 만 것이다.

그렇다고 혼자 노래방에 가거나 야외로 나가서 크게 목소리를 낼 수도 없는 형편이다.

아무 데서나 소리를 지르다간 미친놈 소리를 듣고 말 것이다.

노인

✳

노인이 되면 지혜가 생긴다고 한다.
그래서 노인이 하는 말에 귀를 기울인다.
나이가 너무 들면 가끔 엉뚱한 소릴 한다.
옛날의 경험으로 오늘을 말하기 때문이다.
이럴 때는 오히려 가만히 있는 게 낫다.

나의 운명
나는 나의 운명을 모른다.
신도 모르면 좋겠다.
그래야 내 운명대로 살지

Paint & Poem by 古堂

늙어가는 대한민국

인구 고령화 문제는 아주 오래전부터 전문가들의 관심을 끌기 시작했다.

그럼에도 특단의 대책을 마련하지 못한 채 오늘에 이르고 있다.

인구문제와 관련하여 귀에 못이 박힐 정도로 자주 듣는 말이 있다.

'늙어가는 대한민국,[77] 머지않아 대한민국과 한국인은 사라질지 모른다.'

오죽하면 얼마 전 열린 대한민국 공익광고제 대상에 '멸종위기 1급 대한민국'이 선정되었을까.[78]

늙어가는 대한민국이 아니라 이미 늙어버린 대한민국이라고 해야 할지도 모른다.

실감이 나진 않지만 섬뜩한 느낌을 주기에 충분하다.

아울러 고령화와 저출산으로 경제가 후퇴할 것이라는 예측은 애교 수준이다.

2015년에 1.23명이던 합계출산율이 2022년에 0.75명으로 줄어든 속도를 감안하면 이러한 비관적인 예측이 현실화될 가능성은 충분하다.

그러나 세상일에는 뜻하지 않은 반전이 일어날 수도 있으니 지켜볼 일이다.

인간의 평균 기대수명이 늘어나는 추세에 비추어 보면 고령인 구가 증가하는 것은 자연스러운 결과이니 놀랄 일만은 아니다.

우리의 고령화가 빠르다고 해서 기죽거나 겁먹을 일도 아니다.

다만 고령화가 유발하는 여러 가지 사회·경제적인 문제들을 어떻게 해결해 나가느냐가 더 중요한 관심사가 돼야 한다.

고령화는 경제적인 면에서 생산 가능한 인구를 감소시킬 뿐만 아니라 노동 인구 중에서 고령자들의 비중을 증가시킨다.

고령의 노동자들은 반드시 그런 것은 아니지만 노동생산성이 낮은 게 일반적이다.

고령화는 또한 불가피하게 노인인구 부양비를 증가시킨다.

노인부양비는 15~64세 생산인구가 부양해야 하는 65세 이상 의 노인인구의 비율을 말한다.

고령화가 진행될수록 생산인구의 부담이 늘어나는 것을 의미한다.

고령화의 속도가 빨라지면 그만큼 미래 세대의 부담이 크게 늘어난다는 말이 된다.

결론은 현재의 출산율과 노인인구를 기준으로 비관적인 예측만을 쏟아 낼 일은 아니라는 말이다.

물론 요행만 기다리고 문제를 가만히 덮어두자는 말은 아니다.

현재 고칠 수 있는 문제를 두려워하지 말고 노인 세대도 미래 세대도 조금씩 양보하면서 상생할 수 있는 방법을 얼마든지 찾아낼 수 있다는 희망을 가져야 한다.

인구문제를 두고 예측이 분분하지만 앞으로 어떤 변수가 발생하여 상황을 반전시킬지는 아무도 모른다.

갑자기 남북통일이 되어 인구문제도 해결되고 경제가 비약적으로 성장하는 국면을 맞이할 수도 있다.

한국의 젊은 남녀가 마음을 고쳐먹고 너도나도 아이를 낳아 잘 길러보자는 결심을 할지도 모르는 일이다.

세상일이라는 것이 어떤 경우에는 뜻하지 않게 일이 잘 풀려 나가는 행운이 우리한테 올 수도 있다.

누가 알겠는가.

지금처럼 한류가 세계에 널리 퍼져 한국에 와서 살고자 하는 외국의 젊은이들이 늘어나면 인구가 갑자기 늘어날 수도 있다.

한국이 세계에서 살기 좋은 나라 6위에 올라 있다는 사실을 아는가.

저출산 문제의 해결은 사회복지에서 찾아야 함에도 복지는 뒤로 하고 있다.[79)]

다만 복지 수준이 어느 정도라야 출산율을 높일 수 있는가의 문제이다.

소위 북유럽 국가의 복지는 저출산 문제를 해결하는데 핵심이 되고 있다.

이들 국가는 국민들이 버는 소득의 50% 이상을 세금으로 거둬들여 교육과 의료를 무상으로 제공한다.

대학에 들어가면 수업료는 물론 생활보조금까지 지급해 준다.

우리 같으면 야단법석이 날 일이다.

우리가 그런 나라들과 같이 되기를 원하는 것은 아니겠지 하는 생각이 든다.

아울러 지나치게 인구 수 자체에만 집중하는 전략도 일부 수정해야 한다.

젊은 남녀들이 결혼하지 않고 혼자 살겠다는 풍조가 널리 퍼지고 있다.

비록 결혼한다고 하더라도 유모차에 강아지를 싣고 다니는 젊은 부부를 보노라면 출산율을 높이겠다는 정책은 민망할 수밖에 없다.

따라서 오르지 않는 출산율을 끌어올리려고 예산을 마구잡이

로 들일 것이 아니라 인구의 질을 높이는 데 주의를 기울여야
한다.

인구의 질은 사람마다 가지고 있는 재능과 자질을 최대한 발
휘할 수 있도록 일당백의 역량을 갖추도록 하는 것을 말한다.

인구의 질을 높이기 위해서는 먼저 다음과 같은 문제에 대한
관심과 성찰이 절대적으로 필요하다.

2020년 발행한 아동학대 연차보고서에 따르면 아동학대 신
고접수 건수는 총 42,251건으로 2019년 41,389건에 비해
2.1% 증가한 것으로 나타났다.[80]
학대 행위자는 부모가 82.1%로 대부분을 차지하고 대리양육
자 2,930건 9.5%, 친인척 1,661건으로 5.4% 순으로 확인되
었다.
이러한 아동학대 통계 수치는 무엇을 의미하는가.
출산율이 문제가 아니라 낳은 아이들조차 학대로 죽음에 이르
게 하는 사회가 도대체 무슨 낯짝으로 출산율을 운운하는가
말이다.
아동학대는 전대미문의 끔찍한 수준에 도달했다.
이게 부모이고 인간인가 의심이 들 정도이다.
두 살 딸에게 음식을 주지 않고 상습적으로 학대해 굶겨 죽인

친모와 계부가 있는가 하면, 한겨울에 네 살짜리 딸을 도로에 버린 친모도 있다.

어린이집에서는 20개월 된 아이를 교사들이 마구잡이로 폭행을 가하기도 한다.

더욱 끔찍한 일은 아이들을 학대하는 부모나 어른들이 이런 사실조차 의식하지 못하는 데 있다.

아이들에 대한 학대는 의외로 다양한 형태로 행해지고 있다는 점이 가슴 아프다. [81]

고아원에서 자라고 있는 아이들은 또 어떠한가.

매년 4,000명이 넘는 아이들이 보육원과 같은 시설로 보내지고 있다. [82]

부모가 이혼이나 생활고로 아이를 양육할 수 없는 상황에 놓인 경우가 많은 것이다.

학대와 방임이 다반사인 가운데 버려진 아이들이 국가와 사회의 보호를 받지 못하는 한 개선의 여지는 없다.

이런 상황을 두고 저출산이니 노동력 부족을 언급할 체면이 있는가.

또한 보육원에서 자란 아이들이 만 18세가 되면 무조건 시설을 떠나야 한다.

이들에게는 지자체가 쥐어 주는 돈 500만 원이 전부라고 한다. 보육원에서 떠난 다음 날부터 주거, 일자리가 막막한 상황이 된다.

어린 청소년들이 어디에서 자고 무슨 일을 하면서 살아가야 할지 난감하다.

복지예산의 아주 조금만 할애하면 이들을 보듬을 수 있을 텐데 정작 정부는 전혀 관심이 없다.

멀쩡히 잘 키울 수 있는 아이들을 앞에 두고도 결혼도 하지 않는 남녀들에게 아이를 낳아달라고 호소하고 있는 꼬락서니를 보노라면 코미디가 따로 없다는 생각이 든다.

전국 곳곳에 있는 결식아동은 35만 명에 이른다는 사실을 아는가.

급식을 받는 취약계층 아동은 무려 50만 명이 넘는다.

이 아이들은 학교가 쉬거나 코로나로 인해 학교가 문을 닫으면 굶어야 하는 처지가 된다.

이런 아이들을 위해 시민들에게 후원의 손길을 호소하는 시민단체가 부끄럽게 느껴지는 이유는 무엇일까.

아이들이 먹고 자고 공부하는 문제를 해결하지 못하고 무슨 정치를 논하는가 말이다.

어떤 사회나 빈부격차가 있고 가난한 사람들을 어떻게 정부가 일일이 다 구제할 수 있겠느냐고 항변한다면 더 이상 할 말이 없다.

밥 한 끼 먹느냐를 두고 아이들이 생사를 넘나드는 시점에서 어른들이 내놓는 대책이라곤 아이들에게 제대로 된 밥 한 끼 줄 수 있도록 종합적인 검토가 필요하다는 말이 전부이다.[83]

이러한 사실은 대개 국회 국정 감사 때 떠들었다가 코미디 같은 대책을 내놓았다가 다음 해 국정 감사를 기다린다.

말이나 안 하면 밉지나 않은 짓을 하고 있는 어른들을 보면 아이들이 더욱 불쌍해진다.

어디 이것뿐이겠는가.

노동 현장에서 과로와 안전사고로 사망한 사람들의 수도 만만치 않다.

자살률 역시 OECD 27개 회원국 중 최고를 자랑하고 있다.

누군가 모든 자살은 타살이라고 했다.

자살은 개인의 선택을 넘어 사회적 타살이다.[84]

내가 아는 바로는 스스로 목숨을 끊는 사람은 이 세상 어디에도 없다.

죽음에는 그것이 자살이라고 하더라도 반드시 이유가 있다.

자살을 자살로 몰아가는 사회가 책임을 져야 한다.

세상에 어느 누가 자신의 목숨을 끊고 싶어 하겠는가.

연예인들은 자신을 비난하는 악플에 시달리다 목숨을 끊는다.
그런 비난을 참지 못하고 스스로 목숨을 버리는 사람이 세상을 살 자격이 있느냐고 하지 마라.
경제적 빈곤을 못 이겨 일가족이 몽땅 목숨을 끊는 일도 다반사로 일어나고 있다.

많은 사람들이 먹고사는 것조차 힘에 부치는 마당에 먹방 너튜브에서는 한꺼번에 30인분 음식을 목구멍에 쑤셔 처넣는 광경을 보고 있자니 구역질이 날 지경이다.
게다가 수십만 명이 낄낄거리면서 이 광경을 지켜보고 있다니 기절초풍할 일이 아닌가.
또 다른 쪽에서는 굶주리고 병든 아이들에게 한 끼 밥이라도 먹일 수 있도록 해달라고 구걸하는 구호단체들의 아우성이 겹쳐져 애절하기만 하다.
조금의 공감 능력만 있다면 이런 한심한 작태는 없을텐데 말이다.
아무튼 아무리 힘들어도 자살은 하지 않았으면 좋겠다.

또 해외로 팔아넘기는 아이들은 어떻게 할 것인가.
너무나 부끄러운 일은 한국이 세계에서 아동을 제일 많이 수출하는 일등국이라는 사실이다.

6·25 전쟁고아로부터 시작해 지금까지 수치스럽게도 1등 자리를 빼앗기지 않고 있다.

지금까지는 그렇다 치더라도 해외입양아들을 위한 대책이라도 만들어야 하는 것 아닌가.

해외입양아들이 그래도 모국을 잊지 못해 찾아오는데 부끄럽지도 않은가.[85]

출산율은 떨어진다고 하면서 아동 수출은 여전하다는 사실이 무엇을 말해 주는가.

선진국이라면서 아동 수출도 1등을 유지해야 하는가.

또 역사驛舍나 길모퉁이에서 하루하루를 지내야 하는 노숙자들은 어떻게 할 것인가.

내일 당장 죽어도 전혀 이상하지 않을 정도로 비참한 지경에 놓여 있는 이들을 외면하고는 우리가 행복을 말할 수 있는가.

편의점에서 김밥이나 분유를 훔치는 생계형 범죄가 나날이 늘어나고 있다는 사실을 아는가.

폭력과 방임으로 죽어가는 아이들, 결식缺食으로 배를 움켜쥔 아이들, 자살로 목숨을 끊는 젊은이들과 노인들, 안전사고로 목숨을 잃는 노동자들, 어처구니없는 사고로 목숨을 내놓는 사람들, 해외로 팔려 가는 아이들, 어린 나이에 어쩌다 소년

소녀 가장이 된 아이들.

생활고로 목숨을 끊는 일가족, 내일을 알 수 없는 노숙자들….

이들을 외면하면서 무슨 인구 정책이 있고 저출산과 고령화

대책을 논할 자격이 있다는 말인가.

Paint & Poem by 古螢

자동차

한국인들은 외제차를 좋아한다.
이스라엘 사람들은 독일차를 안 산다.
일본에서는 한국차가 안 팔린다.

인구문제의 해법

인구문제의 핵심은 인구수의 절대적인 감소로 인해 일할 사람들은 줄어들고 고령화로 인해 부양해야 하는 인구는 늘어나는데 있다.

이래서 인구문제는 곧 경제 문제라는 것이다.

그렇다면 해결 방법은 어떤 것이 있을까.

우선 인구가 준다고 하니 그 수를 늘리는 방법을 찾아야 한다.

그런데 수를 늘리자면 출산율을 높여야 하는 데 그게 잘 안된다는 말이다.

오히려 출산율이 줄고 있으니 기가 막힐 노릇이다.

지난 수년간 수십조 원의 국가 예산을 퍼붓고도 출산율이 오르지 않는 이유가 분명히 있을 텐데 그걸 밝혀볼 생각은 안 하고 계속 돈만 쏟아붓고 있다.

출산율에 매이지 않고 인구수를 늘리는 방법에는 이런 것들이 있다.

하나는 외국인력을 임시 또는 영구적으로 받아들이는 방법을 생각해 볼 수 있다.

인구문제라는 것을 노동력 부족으로 본다면 이 방법이 해결책의 하나가 될 수 있다.

그런데 여기에는 주의할 점이 있다.

무계획적으로 받아들이다가는 나중에 우리가 곤란을 겪게 되는 상황이 벌어질 수도 있다는 점을 명심해야 한다.

지금도 이미 불법체류자와 외국인 범죄가 일부 지역에서는 내국인들의 치안을 위협하는 수준에 와 있다.

서울 대림동 차이나타운은 국내 최악의 치안사각지대로 알려져 있으며, 한국에서 한국어가 통하지 않는 지역이라는 사실을 아는가.

전국 곳곳에 베트남인들이 운영하는 유흥주점이 마약소굴이라는 사실을 아는가.

따라서 이 방법은 외국인력을 법·제도적으로 관리할 수 있는 능력을 갖춰야 유효한 방법이 될 수 있다.

인구문제도 노동력 문제도 해결하지 못하면서 설익은 이민 정책으로 우리 후손들에게 부담을 주는 일은 결코 없어야 한다. 전문가들 역시 실현 불가능한 기상천외의 방법으로 정부의 정책방향을 오도해서도 안 된다.

다른 하나는 남북통일을 하게 되면 북한의 인구만큼 그 수가 늘어나는 효과를 가져올 수 있다.

이렇게만 된다면 민족의 숙원인 통일도 달성하고 노동력 문제도 해결할 수 있으니 금상첨화이다.

현재로서는 통일을 단시일 내에 기대하기 어려우니 현실적인 방법은 아닌 것 같다.

그러나 통일 전이라도 북한의 인력을 적극적으로 활용할 수 있는 방안을 강구해야 한다.

남북이 전향적으로 협상만 잘 한다면 얼마든지 양쪽 모두에 이득이 되는 방안을 찾을 수 있다.

무엇보다도 통일과 핵 문제를 6자회담으로 해결하려는 우愚는 범하지 않았으면 좋겠다.

미국이라면 몰라도 일본, 중국, 러시아가 왜 여기에 끼어들어야 하는지 알 수 없다.

다만 북한 역시 저출산 문제에 직면해 있다니 기대할 만한 대안이 아닐 수도 있다.

결국 이 방법으로 인구를 늘리기에는 명백한 한계가 있다는 말이다.

남은 방법은 현재의 인구수라도 유지하는 방법이다.

고령화로 인해 급속도로 늘어나는 고령인구를 효율적으로 관리하고 활용하는 방법이 있다.

취업 연령 제한을 폐지하고 교육과 훈련을 통해 노인인구를 노동시장에 적극적으로 끌어들이는 전략이 필요하다.

더 나아가 정년을 연장하여 모자라는 노동력을 보충하는 방법도 있을 수 있다.

정년을 얼마나 연장할 것인가는 사회 각 계층과 산업계의 의견을 충분히 반영해 결정할 일이다.

평균수명과 건강수명의 지속적인 연장으로 정년연장을 통한 방법은 현실적으로 보인다.

우리보다 먼저 인구 고령화를 겪고 있는 일본은 정년 연령을 연장한 지 제법 된 것 같다.

아울러 전체적인 인구의 질QOP: Quality of Population을 향상하는 전략이 동시에 요구된다.

특히 청년들의 잠재력을 최대한으로 발휘할 수 있는 제도적 장치를 서둘러 마련해야 한다.

이를 위해 입시 위주의 교육제도를 획기적으로 개혁하고 교육의 자유로운 활동을 규제하는 법률과 관행을 떨쳐내야 한다.

일당백의 능력을 가진 인력을 양성한다는 신념을 가질 필요가 있는 것이다.

이미 명쾌한 대책이 없는 저출산과 노령화에 매달리지 말고 다른 시나리오를 마련해야 한다.

지금 제4차 산업혁명이 이미 시작되었다.

인공지능AI, 로봇, 무인 기술, 사물인터넷 등을 활용해 인구 감소에 따른 한계를 극복할 방법을 찾아내야 한다.

경제활동의 감소 효과를 줄이는 대체 시나리오를 개발해야 한다.

청년들이 노량진과 신림동의 원룸에서 컵라면과 삼각김밥으로 끼니를 때우며 아까운 시간을 허비하지 않고도 일자리를 찾을 수 있게 해야 한다.

결혼하는 젊은 남녀를 위해 값싸고 우량한 주택을 보급해야 한다.

이 과정에서 투기꾼들이 끼어드는 것을 절대적으로 막아야 한다.

아이를 낳으면 보육과 교육을 전적으로 국가가 책임져야 한다.

저출산 고령화 문제에 대한 정부의 정책은 이런 문제를 해결하는 데 초점이 맞춰져야 한다.

노화와 노인

노화는 우리가 태어난 날에 시작하여 죽는 날까지 계속된다고
한다.

이 말의 진실 여부를 떠나서 태어나면서 늙기 시작한다고 하
니 사는 게 두려워진다.

노화는 나이가 들면서 몸의 기능이 저하되고 질병에 대한 감
수성이 급격히 증가하면서 쇠약해지는 과정이다.

기본적으로 노화는 신체 전반의 세포에서 일어나는 생물학적
과정이다.

과학자들은 노화가 일생을 거치면서 세포가 정상적으로 닳고
찢어짐으로써 손상이 축적되어 생긴 산물이라고 믿는다.

질병이 없어도 세포손상의 축적은 정상적인 노화의 일부이다.

신체 작용은 점진적이고 느려서 대체로 변화에 덜 반응적이다.

환경의 변화나 스트레스에 즉시 적응할 수 있는 과정을 유지
하기가 더 어렵다.

폐활량, 심장박동수, 신경세포가 정보를 처리하는 속도는 꾸

준히 감퇴한다.

피부 혈관 근육은 탄력을 잃는데, 이는 주름과 처짐의 원인이
된다.

해가 갈수록 뼈는 더 부서지기 쉽고 척추는 내려앉는다.

대부분 80대까지 키가 2~3인치 줄어든다.

나는 아직 80이 안 되었는데 벌써 키가 약 2cm 줄어든 것 같다.

신장 기능은 효과적이지 못해 체내 독소 제거에 시간이 더 오
래 걸린다.

나는 신장내과에 6개월마다 정기적으로 방문하여 의사의 진
료를 받는다.

그때마다 의사는 노화 과정에서 신장 기능이 저하되는 것이기
때문에 어쩔 수 없다는 말만 반복한다.

음식을 싱겁게 먹고 물을 많이 마시라고만 한다.

점점 신체가 맥박, 혈압, 산소 소비량, 혈당을 조절하기가 힘
들어지고, 폐활량은 30대 중반부터 매년 2~3%씩 줄어든다.

신체가 늙어감에 따라 환경변화에 더 천천히 반응한다.[86]

이러한 노화 현상은 믿지 못할 수도 있지만 20대 이후 계속되
는 과정의 일부에 지나지 않는다.

정상적인 노화로 인한 변화에 갑작스러운 감퇴는 없다.

이것은 그나마 다행스러운 현상이다.

그러니까 40세에서 50세까지의 감퇴가 80세부터 90세까지의 감퇴와 거의 동일하다는 것이다.

또한 낙상이나 질병 같은 생물학적 또는 환경적 스트레스가 없을 때 노화에 따른 변화가 기능을 크게 제한하지는 않는다는 점이 다행이라면 다행이다.[87]

노화를 멈출 수는 없지만 노력하면 지연시킬 수 있다는 생각을 하는 사람들이 많이 있다.

노화가 진행될수록 인지능력이 저하된다는 통념을 부정하는 연구 결과가 발표되기도 하였다.

평균수명이 늘어날수록 과거에 비해 뇌의 노화속도가 느려지고 있다는 점이 이를 증명하고 있다.

또한 인지능력에 있어서도 반응력, 주의집중력, 계산능력은 점차 저하되지만, 삶을 관조하는 지혜나 인생을 관통하는 직관력은 중년 이후에 최고점에 달한다는 것이다.[88]

삶에 대한 통찰력은 바로 이러한 인지능력이 지속해서 성장하기 때문이 아닐까 하는 생각이 든다.

이것만큼은 젊은 나이가 가진 인지능력으로는 따라 올 수 없는 경지가 된다.

이런 능력은 개인차가 있기 때문에 꾸준히 유지하기 위해서는 끊임없이 노력을 기울여야 한다.

운동을 해서 몸에 긴장을 주고 독서를 통해 뇌를 항상 깨어 있게 만들어야 한다.

또한 긍정적 사고방식을 유지하거나 만성질환을 예방하는 데 노력을 기울여야 한다.

노화는 인간에게 주어진 숙명이기 때문에 거역할 수 없다.

그러나 그 과정을 늦춤으로써 좀 더 건강하게 살 수는 있을지 모른다.

다시 말해서 노화를 멈출 수는 없지만 늦출 수는 있다고 한다.

많은 사람들은 여기에 희망을 걸고 있다.

나이가 들면 뇌 역시 노화의 과정을 거친다.

그러니까 노화를 늦추기 위해서는 뇌의 노화를 막아야 한다.

노화를 뇌의 노화로 본다면 뇌를 젊게 만드는 것은 결국 노화를 늦출 수 있다는 말이 된다.

일부 의학자들은 노화에 관한 생물학적 연구에서 노화로 인한 손상을 극복할 수 있는 약이 만들어지기만 하면 인간의 수명에 제한이 없을 거라고 주장한다.[89]

만약 노화를 막을 그런 약이 개발된다면 당연히 수명은 끝이 없게 될지도 모른다.

노화 과정을 늦추거나 멈추거나, 심지어는 되돌리기 위해 우

리가 할 수 있는 일이 있다고 믿는 사람들이 있다.[90]

어쩌면 신의 영역에 도전하는 사람들이다.

주로 의학자들이 이 작업에 매진하고 있다.

이들의 주장은 노화는 질병이기 때문에 질병은 고칠 수 있다고 믿는 데서 출발한다.

노화가 진행될수록 삶에 대한 주도권을 점차 상실해 간다.

아주 나이가 많은 사람들은 죽음이 두렵지 않다고 한다.

죽음보다는 오히려 여러 가지 기능들, 청력, 기억력, 친구들, 지금까지의 생활방식을 잃는 것이 두렵다고 한다.

이러한 기능을 잃게 되면 죽음은 나중 문제가 된다.

즉 이런 상태에서 죽음을 걱정할 겨를이 없어지기 때문이다.

일리 있는 말이다.

내 생각도 이와 비슷하다.

내가 두려운 것은 죽음 그 자체가 아니라 내가 사랑하는 사람들, 나의 손때가 묻은 물건들, 내가 아끼던 생각들 모두를 잃고 만다는 데서 오는 두려움이다.

나이가 든다는 것은 계속해서 무언가를 잃는 것이다.[91]

노화의 끝에는 죽음이 찾아온다.

지금은 나와 아내가 같이 살고 있지만 언젠가는 한 사람이 먼저 죽게 될 것이다.

두 사람 모두 각자 이런 경우를 대비해야 한다.

보통의 경우는 남자가 먼저 가는 것이 순리인 것처럼 여긴다.

나도 분명 그럴 것이다.

내가 죽고 난 다음 아내가 잘 버티며 살다가 때가 되어 내 곁으로 왔으면 좋겠다.

우리 아이들도 충분히 관대한 어른이 되어 행복한 인생을 살았으면 좋겠다.

가끔은 나를 떠올리며 위안이 되었으면 좋겠다.

나이가 들었다고 모든 게 끝나지는 않는다.[92]

노년기는 인생의 종착역을 향한 불가피한 여정이지만 나이가 들었다고 모든 게 끝나지는 않는다.

노년기는 단지 인생의 또 다른 경로일 뿐이다.

엄청난 잠재력을 지닌 우리가 이제 막 이해하기 시작한 인생의 한 단계일 뿐이다.[93]

후진국

모자라는 인간이 통치할 때가 많다.
좀처럼 가난에서 벗어날 수 없다.
잘사는 나라가 도와줘도 밑빠진 독에 물 붓기다.
왜 못사는지 잘 모르는 거 같다.

Paint & Poem by 古堂

나도 노인인가?

노인이란 노화가 진행되면서 신체적, 인지적, 심리적, 사회적 측면에서 능력과 기능이 저하되어 개인의 자기 유지기능과 사회적 역할 기능이 약화되고 있는 사람을 말한다.

평균수명이 꾸준히 늘어나는 상황에서 연령을 기준으로 노인을 구분하는 것은 크게 의미가 없어졌다.

현재 65세 이상으로 되어 있는 노인 연령에 대한 조정이 필요하다고 한다.

노인 연령에 대한 조정은 여러 가지 사회문제와 관련되어 있어서 기본적으로 사회적 합의가 필요한 주제이기도 하다.

일부를 제외하고는 여전히 노인에 대한 부정적인 인식이 더 큰 것으로 여겨진다.

노인에 대한 부정적인 시각은 일시에 해소될 수는 없다.

특히 한국에서 노인은 벼랑 끝에 놓여 있다고 해도 과언이 아니다.

2018년 기준으로 노인의 상대 빈곤율은 43.4%에 달한다.

은퇴 후에도 일해야 생활을 유지할 수 있는 노인들이 적은 수가 아니다.

2020년 기준으로 노인 고용률은 34.1%에 이르며, 노인 자살률은 OECD 국가 중 부동의 1위를 차지하고 있다.

그래서 노인老人을 No人이라고 말하는 것조차 낯설지 않은 게 현실이다. [94]

나는 지금까지 내가 노인이라는 사실을 의식하지 못하고 살아왔다.

다만 버스나 지하철을 탔을 때 나에게 좌석을 양보하는 학생들을 보면서 내가 노인이라는 사실을 깨닫는다.

나는 아직까지는 나에게 자리를 양보해도 거절하는 편이다.

학생들이나 젊은 직장인들도 공부하느라 또 일하느라 피곤할 텐데 자리를 양보한다고 털썩 앉기에는 미안한 마음이 들어서다.

그리고 아주 먼 길이 아니면 서서 가는 것이 다리 근육도 키우고 몸의 균형을 잡는 연습도 되어서 좋다.

또 한 가지가 있다면, 핸드폰을 켤 때마다 배경 화면에 올려놓은 손녀 사진을 보면서 나도 모르게 미소 지을 때마다 내가 한참 늙었구나 하는 사실을 깨닫는다.

아마 모르긴 해도 시간이 지날수록 나 역시 무대의 뒤편으로 물러날 준비를 해야 할 것이다.

마치 과거에 밥상머리에서 아이들이 어른들의 대화에 끼어들지 못하는 것과 같이 이제는 어른들이 가족들의 대화에 주책없이 끼어들지 말아야 하는 때가 온 것이다.[95]

나는 얼마 전부터 대중교통을 이용해 사무실에 출·퇴근을 한다.

직장인들이나 학생들의 출근 또는 등교 시간보다 늦은 시간에 집을 나서 버스와 지하철을 이용하다 보니 많은 노인과 마주친다.

우리나라의 인구 고령화를 실감할 수 있는 장면을 목격하니 참으로 걱정이 앞선다.

노인들의 지하철 무임승차를 두고도 나이와 소득수준에 따라 차등적으로 적용해야 한다면서 노인들의 자존심을 건드리고 있다.

나 역시 지방자치단체가 발행해 준 지하철 무임승차 카드를 사용하고 있다.

지하철을 탈 때마다 고마운 마음이지만, 지하철 적자 얘기를 들으면 마음이 편치만은 않다.

우리보다 인구 고령화에 앞서가는 일본에서 노인은 그야말로 비참한 상황에 놓여있다고 한다.

일본의 노인들은 주변의 시선에 체면을 세우기 어려워 절망감으로 남몰래 자살하는 경우가 많다고 한다.[96]

더욱 안타까운 일은 1986년 일본의 통산성은 은퇴한 일본인들을 스페인의 코스타 델 솔[97]이나 호주 등지로 분산시키는 '실버 콜롬비아'를 계획했다가 호주 정부가 노인 수출이라고 비난함에 따라 실패했다고 한다.

1990년에도 한 미국회사가 통산성과 협의하여 세네갈에 일본마을 건립을 추진했다고도 한다.

과연 일본, 일본인 다운 발상이라 측은하기까지 하다.

아무튼 일본에는 "지진, 태풍, 천둥, 그리고 노인, 이 네 가지는 항상 두려워하라"는 속담이 있을 정도라고 한다.[98]

장수국가로 알려진 일본의 겉모습과는 전혀 다른 실상에 아연할 정도이다.

아무리 노인 문제가 심각하다고 하더라도 우리는 이런 면에서 일본을 추종하지 않았으면 하는 마음이 앞선다.

기초연금이니 노령연금이니 하면서 노인들의 자존심에 상처를 주는 일은 없어야 한다.

지금까지 살아온 그들의 인생을 비참하게 만드는 것은 결코 우리가 해서는 안 될 일이다.

가난한 이 나라에 태어나 영욕을 함께하면서 버텨온 이들의 얼마 남지 않은 삶에 생채기를 내는 일은 없어야 한다.

적어도 이들의 삶이 대단한 것은 아닐지라도 힘들었던 삶과 화해하고 눈을 감을 수 있도록 해야 한다. *

죽어서 다시 태어나더라도 이 나라와 다시 인연을 맺고 싶은 바람을 가지도록 하면 더욱 좋은 일이다.

특급호텔의 하룻밤 숙박비에도 못 미치는 돈으로 한 달을 살아야 하는 노인들이 수두룩한 나라가 어찌 선진국이라고 할 수 있는가.

노인들의 자존심이 땅에 떨어진 나라가 세계 선진국을 외칠 수 있는가.

빈부격차를 두고 고장 난 자본주의 탓으로 돌리는 경제 전문가들의 진단이 낯부끄럽다.

자본주의가 고장 난 게 아니라 고장 난 인간들이 많기 때문이라는 사실을 깨달아야 한다.

청년실업이 사회문제로 된 지 오래인데도 누구 하나 진심으로 관심을 두지 않는 것 같다.

기껏해야 인턴이니 수습사원이니 하는 해괴駭怪한 방법으로 임

---

* At least, they should be able to reconcile with their hard lives and close their eyes even if their lives are not great.

금 착취하는 대기업들에게는 국민경제에 공헌한답시고 법인세까지 감면해 주는 선심을 베푼다.

나이를 먹어 노인이 되면서 많은 변화를 맞이하게 된다.
가장 흔한 것이 바로 몸에 따라붙는 질병이다.
누구나 질병을 피하고 싶겠지만 어디 그게 마음대로 되겠는가.
사람은 나이를 먹어 늙게 되면 자신의 의지와는 관계없이 병에 걸리게 되어 있다.
수많은 질병이 노인들을 노리고 있다.
물론 노인에게만 따라다니는 질병이 따로 있는 것은 아니지만 노인성 질환이라는 게 바로 그런 것이다.

노인성 질환이란 노화와 관련하여 발생하는 신체적, 정신적 질병을 말한다.
노인성 질환에는 여러 가지가 있겠지만 중요한 것만 나열해 보면 치매, 고혈압, 당뇨병, 뇌혈관 질환, 퇴행성 질환 등이 있다.
나는 폐암으로 고생하면서도 혈압과 당뇨에 문제가 없어서 그나마 다행이라고 생각했다.
그러나 불행히도 얼마 전 심근경색을 치료하기 위해 복용하는 약물의 부작용으로 인해 혈압에 문제가 생기기 시작하였다.
내가 나이를 먹어서 그런지 일상생활의 주변에서 과거에는 알지 못했던 치매, 뇌혈관 질환, 파킨슨병, 고혈압 등을 앓고 있는 사람들을 자주 보게 된다.

그래도 오늘날에는 평균수명이 늘어난 탓에 65세 이상 노인들도 건강하게 생활하는 경우가 많다.

또한 질병을 앓고 있으면서도 부지런히 건강관리를 해나가는 노인들이 늘어나고 있다.

병원의 의료혜택이 보편화되어 누구나 발달한 의료기술의 도움을 받을 수 있다.

어떤 질병을 막론하고 사전 예방하는 것이 가장 좋은 방법이다.

노화는 멈출 수는 없지만 늦출 수는 있다는 것이 전문가들의 중론이다.

아울러 노년 심리에 관한 최근 연구에서는 노년의 기능 감퇴가 불가피한 현상은 아니라는 사실을 입증하고 있다.[99]

또한 노년의 기능과 관련하여 엄청난 개인차가 있다고 하니 노화 현상의 문제를 더욱 어렵게 만든다.

더욱 놀라운 사실은 인간에게는 노화로 인한 기능 변화에 효과적으로 대응하기 위한 창의적인 행동을 할 수 있다는 점이다.

즉 노화에 적응하기 위해 뇌의 구조·기능적 변화가 일어난다는 말이다.

이를 신경가소성[100]이라고 하는데, 뇌가 성장과 재조직을 통해 스스로 신경회로를 바꾸는 능력을 말한다.

뇌의 노화를 늦출 수 있는 방법에는 여러 가지가 있다.
두뇌 회전을 많이 할 수 있는 놀이나 독서가 그중 하나이다.
건전한 수준의 게임, 바둑, 카드놀이, 고스톱과 같은 종합적
인 인지 능력을 요구하는 놀이가 건망을 예방하는 데 도움이
된다.

겨울

기온이 갑자기 뚝 떨어지면 정신이 버쩍 들 때가 있다.
겨울이 깊어지면 봄이 기다려 진다.
봄이 와도 겨울에 머물러 있는 사람들이 제법 있다.

Paint & Poem by 古堂

수채화 공부

치매를 예방하는 방법에는 여러 가지가 있다.

물론 치매가 유전적 요인에 의해 발생할 때는 막을 도리가 없지만, 적어도 진행 속도를 늦추는 방법은 있을 수 있다.

전문가들은 뇌를 끊임없이 움직이게 하는 것이 치매에 걸릴 확률을 줄인다고 이구동성으로 말한다.

뇌 활동을 지속하기에는 악기 연주, 그림 그리기, 글쓰기와 같은 활동이 적합하다.

실제 치매 예방 효과는 알 수 없지만 나는 얼마 전부터 수채화를 배우기 시작했다.

폐암 진단을 받고 나서 1차 항암치료가 끝난 후부터이다.

이러다 죽기 전에 그렇게 배우고 싶은 수채화를 못 할 수도 있겠다는 생각이 들었다.

오래전부터 언젠가는 시도해 봐야지 하는 생각을 갖고 있었다.

암 치료를 시작한 후 대략 1년의 세월이 지나 비교적 안정 단계에 접어들자 무엇인가를 해야겠다는 생각에서 시작하게 되었다.

처음에는 문화센터에 갔으나 개인지도가 없이는 하세월일 것 같아 사무실 근처 화방畫房 주인의 추천을 받아 가까운 입시 전문 미술학원에 가게 되었다.

지금은 거의 3년쯤 되어가지만 아직은 까마득한 느낌이 드는 것이 사실이다.

그러나 절망하지 않는 이유는 많은 사람이 수십 년 동안 한 일을 시작하자마자 만족스러운 성과를 기대하는 것은 어불성설이기 때문이다.

그런데 수채화는 결국 색의 조합이라는 생각이 든다.

왜냐하면 나타내고자 하는 색이 원색으로 존재하지 않기 때문에 내가 원하는 색깔을 조합해서 찾아내는 수밖에 없기 때문이다.

색을 조합하여 원하는 색을 얻기 위해서는 수많은 작업을 반복해야 하는 경험을 쌓아가야 한다.

그러니까 이 작업은 뇌를 쓰지 않으면 불가능해 치매를 예방하거나 늦추는 효과가 있지 않을까 하는 것이다.

수채화를 공부하는 데는 또 다른 장점이 있다.

자주는 아니지만, 학원에 가서 배우는 시간 외에 혼자서 수채화를 그리는 시간은 정신을 집중하지 않고는 불가능하다.

따라서 그 시간만큼은 다른 잡념을 떨칠 수 있어서 좋다.

지루하지 않게 시간 보내기에는 안성맞춤이다.

은퇴 후에 가장 잘한 일은 아마도 그림 공부를 시작한 게 아닌가 한다.

물론 수채화 말고도 개인적으로는 기타 연주를 배우고자 시도한 적이 있다.

수개월 동안 백화점 문화센터에 가서 배운 적이 있다.

강사는 많은 수강생을 개별 지도할 수 없으니까 그냥 따라 하라고만 했다.

그것도 일주일에 한 번 배우는 것으로는 일 년이 되어도 노래한 곡 제대로 연주할 수 없는 정도였다.

원래 음악에 소질이 없는 내 탓도 있지만 개별 지도가 없이는 불가능한 일로 생각되었다.

돌이켜보면 중학교 시절 음악 시간에 악보를 모른다고 음악선생이 30cm 대나무 자尺를 세워 손등을 때린 적이 있는데, 그때 고통과 마음의 상처를 지금도 잊을 수가 없다.

지금도 음치를 벗어나지 못하는 이유는 이런 기억 때문이 아닌가 의심이 든다.

나중에 안 일이지만 이런 폭력적 지도방법은 분명 왜정倭政으로부터 물려받은 고약한 유산이 아닌가 싶다.

다시 시도해 보기에는 하고 싶은 일이 너무 많아서 그럴 여유가 생길지 모르겠다.

결국 지금은 포기하고 수채화만 부지런히 공부하고 있다.
음악과는 달리 그림 공부는 좋은 기억이 남아 있다.
초등학교 시절 담임선생님과 함께 학교 뒷산에 올라 그림을
그리고, 사생寫生대회에도 참가한 기억이 남아 지금까지 수채
화에 대한 미련을 버리지 못한 거 같다.

고독은 죽음을 부른다

고독孤獨, 세상에 홀로 떨어져 있는 듯이 매우 외롭고 쓸쓸함을 말한다.

특히 나이가 많은 고령자들에게 고독은 삶의 질을 떨어뜨리고 수명을 단축하는 결과를 가져온다.

고독은 무서운 질병에 걸리는 것처럼 위험하다.

고독이 길어지면 우울증에 걸릴 확률이 높아지며, 그에 따라 극단적인 선택을 할 가능성도 커진다.

고독이 건강에 미치는 영향은 널리 알려져 있다.

무엇보다 고독이 미치는 악영향에 대한 정확한 인식이 필요하다.

고독은 사회적 관계에서 단절되는 것을 의미한다.

어울려 살아야 하는 사람들이 사람들과 떨어지면 고독과 외로움을 느낀다.

물론 일시적으로 자신만의 시간을 갖기 위해 고독을 선택할 수는 있다.

문제는 의도하지 않는 가운데 사회적 관계가 단절되는 데 있다. 이른바 경제적 또는 심리적 고통을 겪는 사람들이 자신의 의지와는 상관없이 고독한 삶을 살아야 하는 것이 문제이다.

사회적 고립은 하루에 담배 15개비를 피우는 것과 마찬가지 수준으로 해롭다고 한다.

외로움은 특히 치매, 심장병, 뇌졸중에 걸릴 위험성도 높인다. 외로움은 조용한 킬러, 즉 살인자라고도 한다.

사회적 관계에서 사람들은 각자의 역할을 수행한다.

가족은 가족의 역할이 있고, 친구는 친구의 역할이 있다.

친구라고 해서 또는 가족이라고 해서 모든 역할을 대신할 수는 없다. [101]

고독의 원인은 일반적으로 다음의 둘 중 하나이다.

곁에 사람이 없거나, 사람들에 둘러싸여 있으면서도 누구 하나 내 말에 귀 기울여 주지 않는다는 느낌을 받을 때 고독감을 느낀다.

혼자 있는 시간을 두려워하는 대신 즐기는 법을 배워야 한다.

그림을 그리거나 악기를 연주하거나 좋아하는 것을 하면서 시간을 보낸다.

외출을 시도하거나 혼자 맛집을 찾는 것도 좋다.

어깨를 펴고 혼자 마음껏 즐기는 방법을 알게 되면 고독이 사라질 수 있다.

고독에 관한 생각도 바꿀 필요가 있다.

<u>고독한 건 나 혼자만이 아니라는 사실을 깨달아야 한다.</u>

내가 좋아하는 이해인 수녀의 「어느 날의 커피」를 인용해 본다.

『어느 날 혼자 가만히 있다가 갑자기 허무해지고
아무말도 할 수 없고 가슴이 터질 것만 같고
눈물이 쏟아지는데 누군가를 만나고 싶은데 만날 사람이 없다.
주위엔 항상 친구들이 있다고 생각했는데
이런 날, 이런 마음을 들어줄 사람을 생각하니
수첩에 적힌 이름과 전화번호를 읽어내려가 보아도 모두가 아
니었다.
혼자 바람 맞고 사는 세상
거리를 걷다 가슴을 삭이고 마시는 뜨거운 한 잔의 커피
아, 삶이란 때론 이렇게 외롭구나.』

갑자기 내 핸드폰에 저장된 전화번호가 몇 개인가를 떠올려보
았다.

〈코로나-19〉의 대유행은 일상생활의 방식을 완전히 바꿔 놓
았다.

이로 인한 비대면 문화의 확산은 거부할 수 없는 추세로 자리 잡아 가고 있다.

비대면 문화는 혼자만의 생활을 더욱 부추긴다.

진작 나타난 현상이기도 하지만 특히 나홀로족이 부상하고 있다.

대중식당은 물론 패스트푸드 점에는 아예 1인석이 반 이상을 차지하고 있다.

혼밥(혼자서 끼니를 때우는 일)이라는 말이 유행한 지는 아주 오래되었다.

우리는 보통 사람들과 만나서 같이 밥을 먹는다.

밥을 같이 먹는 동안 대화를 나누면서 혼자가 아니라는 사실을 깨닫는다.

같이 시간을 보내면서 생활의 안정감을 느낄 수도 있다.

혼자 밥을 먹는다는 것은 여러 가지 변화를 상징적으로 보여준다.

같이 먹을 사람이 없어서 혼자 밥을 먹기도 한다.

아니면 같이 먹는 게 귀찮고 부담스러워서 아예 혼자 밥을 먹기도 한다.

혼자가 된 우리 옆에는 반려동물이나 식물 또는 물건이 대신하고 있다.

밥을 같이 먹느냐 아니냐가 중요한 이유는 밥을 먹는 행위가 단순히 끼니를 때우는 데만 있지 않기 때문이다.

식사를 같이하면서 사회적 소통과 교류가 행해지기 때문이다.

혼밥과 혼술은 이제 무시할 수 없는 트렌드가 되었다.

혼밥이 처음 등장한 것은 2014년 1월이다.[102]

청년들이 취업을 준비하면서 자발적으로 관계 단절을 선택한 자발적 아웃사이더(아싸)의 일상으로 혼밥이 출현한 것으로 보도하였다.

혼밥 혼술과 함께 나홀로족이 탄생한 것이다.

혼밥과 혼술이 자발적으로 선택한 사람들의 일상이라면 그나마 다행이다.

왜냐하면 때때로 우리는 혼자만의 시간을 갖고 싶을 때가 있으니 말이다.

그러나 가족이나 친구가 없어서 비자발적으로 혼밥을 선택한 것이라면 문제는 심각해진다.

비자발적 혼밥이 가지는 자조와 외로움, 그리움이 사람들을 힘들게 할 수 있다.[103]

일본의 종교학자 시마다 히로미島田裕巳는 일본을 '무연사회'無緣社會라고 규정하고 혼자 살다 혼자 죽는 사회가 도래하고 있다고 개탄하였다.[104]

한국 사회 역시 일본 못지않게 고령화로 인하여 고독한 사회가 되어가고 있다.

한편으론 현실 비관보다는 달라진 상황에 적응해 새로운 가능성에 주목한다면 두려워할 필요가 없지 않을까 하는 생각도 든다. [105)]

Paint & Poem by 古螢

선진국
선진국이라고 너무 좋아하지 마라.
1등 미국은 세계 곳곳을 돌아다니며 나쁜 짓을 일삼는 깡패다.
2등 중국은 선진국도 아니면서 아무데나 쑤시고 다니며
제일이라고 착각하는 양아치다.
3등 일본은 자신이 저지른 만행을 기억 못 하고 여기저기 질질 싸며
아무나 집적대는 치매환자다.

노인들의 고독사

노인들의 고독사가 사회문제로 된 지는 오래되었다.

막을 수 있는 방법은 없는가.

공동체 의식의 회복이 도움이 될 수 있는가.

그러나 복잡하고 개인주의적인 현대사회에서 더불어 사는 공동체 정신을 회복한다는 것이 쉬운 일은 아니다.

고독사가 노인들한테만 해당하는 것은 물론 아니다.

고독사라고 하면 혼자 사는 노인을 연상하게 되는데 최근에는 4, 50대 중년층, 심지어 2, 30대 청년층에서도 점점 늘어나는 추세이다.

고독사가 젊은이들에게 전염되고 있다는 말이다.

얼마 전에는 죽은 지 2주가 지난 뒤에야 발견된 30대 청년에 관한 보도가 있었다.

죽은 청년의 곁에는 구직 노력을 한 흔적이 그대로 남아있는 노트가 발견되었다.

우리 사회에 이런 어두운 그림자가 드리워지고 있다는 것은 새삼 놀라운 일이 아니다.

그럼에도 대다수 우리는 관심도 없고 의식도 하지 않고 지낸다는 게 우리를 더욱 슬프게 만든다.

고독사는 어디에서 오는가.

두 가지 원인이 있다.

첫째는 사회적 고립에서 온다.

사회적 동물인 인간이 다른 사람들과의 관계가 단절되면 죽음이나 마찬가지다.

그런데 왜 노인들이 사회적으로 고립되는지를 아직 잘 모르고 있다.

둘째는 경제적 빈곤에서 온다.

먹고 사는 게 힘들어 스스로 극단적인 선택을 하는 경우가 많다.

한국의 노인빈곤율은 OECD 국가 중에서 가장 높은 것으로 알려져 있다.

특히 최근에 밝혀진 바에 의하면 75세 이상 노인의 빈곤율이 52.0%로 심각한 수준에 와 있다고 한다.

우리보다 고령화가 높은 일본에서도 노인 빈곤이 사회적 문제가 된 지 오래되었다.

일본에서는 빈곤을 탈출하려고 일부러 범죄를 저지르고 감옥

행을 택하는 노인들이 부지기수라고 한다.

한국에서는 일본과 달리 감옥 대신 고독사를 택하는 독거노인들이 늘고 있는 추세이다.

어떤 사회가 오로지 이기적인 관심사로만 지탱될 때 사회 구성원들은 서로 분리되고 고립된다.

바로 이런 일이 우리에게 지금까지 줄곧 벌어지고 있다.

우리는 지금 계속해서 나락으로 굴러떨어져 가고 있다.

우리가 정치에서 목격하는 부패는 우리의 도덕적 문화적 토대에 똬리를 튼 부패에서 기인한다.

정치의 부패를 얘기하지만 기실 부패는 정치인에서 비롯되는 것이 아니라 부패를 용인하고 동조하는 보통 사람들의 머릿속에 씨앗이 싹트고 있다는 것을 깨달아야 한다.

정치인의 부패를 척결하려고 하기보다는 모두가 내 안에 있는 부패의 꿈과 욕망을 억제하는 것이 훨씬 효과적인 방법이다.

왜냐하면 부패는 특정인, 예컨대 권력자들이나 정치인들이 혼자 저지를 수 없는 연결고리를 광범위하게 갖고 있기 때문이다.

이러한 부패집단은 내부의 결속력을 가지고 외부인들을 끌어들이는데 기막힌 전략을 갖고 있다.

대부분 일반인에게는 이런 집단의 유혹이 달콤하게 느껴진다.

우리와 함께하면 조그만 특혜라도 받을 수 있다는 당근이 이들이 건네는 급부給付이다.

이런 순간이 반복되면 어느새 많은 사람들이 부패집단에 자신을 맡기는 결과를 가져오고, 이는 마치 처음부터 그랬던 것처럼 그들의 친숙한 일부가 되어 버리고 만다.

이 정도 되면 사회는 더는 구제하기 어려운 나락으로 빠지고 만다.

설사 소수의 정의로운 집단이 의식을 일깨워 전환을 도모해도 이미 부패한 기득권 세력을 이길 수는 없다.

더군다나 권력마저 부패한 세력에 편승하여 약자에게는 조금의 관용도 허용하지 않는다.

폭동이나 혁명은 안전과 질서만을 추구하는 법 자체에 가로막혀 꿈도 꿀 수 없다.

고독사를 예방하기 위해서는 노인들을 고독에서 구출해야 한다.

노인들의 고독이 사회적 관계의 단절과 경제적 궁핍에서 온다면 이 두 가지 문제를 해결하면 된다.

먼저 노인들의 고독을 유발하는 관계의 단절을 막아야 한다.

가장 바람직한 방법은 가족과의 관계를 유지하고 복원할 수 있는 방법을 찾아야 한다.

그러나 가장 밀접한 관계인 자식들과의 관계는 지리적으로 떨어져 있는 경우가 많아 24시간 돌봄은 불가능하다.

대안적인 방법으로 사회복지사나 요양보호사가 방문하여 말동무가 되어 준다거나 청소 등의 서비스를 제공할 수 있으나 24시간 돌봄과는 거리가 멀다.

이쯤에서 우리 사회는 거의 포기 상태에 이르게 된다.

그러나 다행히도 제4차 산업혁명의 핵심을 이루는 인공지능의 발달에 힘입어 AI 돌봄로봇이 등장하여 복지사의 돌봄서비스를 대신할 수 있게 되었다.

국내에서 모 통신사의 '인공지능 돌봄' 서비스가 세계이동통신사업자연합회GSMA의 우수사례로 선정되어 고령화 문제해결에 유용한 대안이 될 가능성을 보여주고 있다.

인공지능 스피커 '누구NUGU'를 활용한 인공지능 돌봄서비스는 이미 2020년 7월부터 사회취약계층인 독거노인의 사회안전망 역할을 수행하고 있다. [106)]

인공지능 돌봄서비스는 외로움 해소, 안전 제공(긴급 SOS), 치매 예방으로 구분하여 제공된다. [107)]

노인 돌봄 AI서비스를 두고 통신사 간의 경쟁이 심화될 것으로 보인다.

아울러 정부 차원에서도 정보통신기술을 활용한 노인 건강관리 사업을 육성하고 있는 터라 돌봄서비스의 새로운 지평이 열릴 것으로 기대하고 있다.

이러한 서비스로 인해 특히 독거노인들의 외로움이 해소되고 건강한 삶이 회복되기를 희망한다.

정보통신기술을 활용한 복지기술산업은 더욱 진화하고 있다. 특히 최근에 일본의 한 기업에서는 와이파이 센싱 기술을 활용해 집안 내부를 감시하는 기기를 개발하여 독거노인이 거주하는 주택에 적용하고 있다고 한다.[108]

이 기술은 독거노인의 거주지에 여러 개의 센서를 설치해 실내에서 사람의 움직임과 호흡, 위치 등을 24시간 365일 감지할 수 있으며, 움직임이 감지되지 않을 경우 가족이나 관할 지자체 담당자에게 통보되도록 시스템을 구축했다고 하니 기대할 만하다.

행복

✳

행복이란 무엇인가.
행복은 자기 만족이다.
행복하기 위해서는 삶에 만족해야 한다.

자본주의
고장 났다고 한다.
잘 모르고 하는 얘기다.
고장난 건 인간이다.

Paint & Poem by 古堂

행복한 인생

인생과 행복은 우리의 일상을 지배하는 가장 핵심적인 단어이다.

인생을 말하면서 행복을 말하지 않을 수 없고, 행복을 말하면서 인생을 논하지 않을 수 없다.

인생과 행복은 불가분의 관계에 놓여있다.

나는 행복이 뭔지 잘 모르겠다고 하는 솔직한 철학자를 좋아한다.

추운 날 거리에서 적선을 기다리는 걸인乞人에게 행복이 뭐냐고 물었다.

대답은 오늘 저녁 먹을 끼니와 잠잘 곳이 있으면 행복한 것 아닌가.

나는 한 사람이라도 더 행복하면 기분이 좋을 것 같아서 길가에 쪼그리고 앉아 구걸하는 노숙인을 그냥 지나치지 않는다.

모르긴 해도 노숙인을 뺀 나머지 사람들은 죽을 때까지 행복이 무엇인지 깨닫지 못할 것 같은 느낌이 든다.

경제가 어려우면 길거리로 내몰리는 노숙자들이 많아진다.

우리의 경험으로는 지난 1997년 말 외환위기로 인해 수많은 사람들이 일자리를 잃고 가정이 파탄 나는 바람에 노숙老宿으로 몰린 적이 있다.

이들에게 행복은 대단한 것이 아니라 하루 한 끼 해결하는 것이다.

나는 지하철역이나 기차역 지하도를 지날 때 노숙인을 보면 천 원짜리, 5천 원짜리, 1만 원짜리를 주머니에 있는 대로 그들에게 건넨다.

언제부터인가 주머니에 1만 원짜리 지폐가 없으면 불안한 느낌마저 들게 되었다.

아울러 비참한 노숙인들의 모습이 한동안 내 머릿속을 괴롭히곤 한다.

사람들은 모두 지금의 처지를 그들의 책임으로 돌리지만, 만약 한 끼 해결이 그들의 행복이라면 나는 그 행복에 조금이라도 보탬이 되고 싶다.

행복은 평범한 일상생활에서 온다고 한다.

일상이 지겨울 때는 일상의 틀을 깨면 즐거움을 느낄 수 있다. [109]

이 정도 얘기면 행복을 알 것도 같고 모를 것도 같다.

철학에서 행복은 그 자체로 궁극적 목적이라고 한다.
행복은 시간과 공간에 따라 그 기준이 다르다.
행복은 백인백색百人百色이라 함부로 말하기 어렵다.

나는 지금까지 살면서 특별히 행복하다거나 불행하다고 느낀 적이 없다.
행복이란 것이 원래 좀처럼 실체를 드러내지 않아 의식하기 어렵기 때문이기도 하다.
행복의 가장 직접적인 의미는 기쁨이나 즐거움 같은 감정 혹은 느낌을 말한다.
이런 느낌은 일시적이며 분명하고 특별한 현상을 갖고 있기도 하다.[110]
행복을 오래도록 간직하려면 삶의 한쪽에 행복이 들어올 자리를 마련해야 한다는 것이다.[111]
틀린 말은 아닌 것 같다.
지나가던 행복이 내 마음에 빈자리가 없으면 들어올 수가 없을테니 말이다.

행복은 또한 분명히 주관적이다.

행복은 개인적인 마음의 상태이기 때문에 객관적으로 정의하기 어렵다.

따라서 어떤 누구도 남의 행복을 논할 수 없다.

행복은 또한 상대적이다.

객관적인 행복의 요소가 있어서 그것을 성취하면 행복할 수 있는 것은 아니라는 말이다.

오히려 다른 사람에 비해 자신이 좀 더 나은 삶을 살고 있다거나 또는 덜 불행하다고 느낄 때 행복을 느낀다고 한다.[112]

그러나 품격있는 삶을 원한다면 남의 행복 역시 존중할 줄 알아야 한다.

타인의 행복을 해치면서 자신의 행복을 추구하는 것은 정당화될 수 없다.[113]

행복하기 위해서는 남과 비교하지 말라고 한다.

행복과는 무관하게 인생에서 남과 비교하지 않으면서 살기란 쉽지 않다.

혼자서 살면 모를까 남과 어울려 사는 이상 비교하지 않을 수 없다.

누가 나보다 더 똑똑한지, 누가 나보다 월급을 더 많이 받는지, 누가 내 마누라보다 더 이쁜 여자를 얻었는지, 누가 내 남편보다 더 잘난 건지, 누가 나보다 부모를 더 잘 만났는지 등

비교하자면 끝이 없다.

비교하는 유혹을 떨쳐내고 사는 사람은 극히 드물다.

만약 비교 안 하고 비교당하지 않고 살 수 있다면 그건 아마도 천국이 아닐까.

우리는 비교하면서 행복을 느끼기도 하고 불행을 느끼기도 한다.

특히 다른 사람의 불행을 보면서 행복을 느끼는 고약함이 인간의 마음속에 자리 잡고 있다.

이러한 심리를 샤덴프로이데Schadenfreude라고 한다.

독일어로 남의 불행을 보았을 때 기쁨을 느끼는 심리라고 한다.[114]

남과 비교할 때 행복을 느끼는 사람들에게 행복은 마음에서 오는 것이라고 하는 말이 얼마나 우습게 들리겠는가.

진정한 행복은 남의 불행을 보고 내가 행복해지는 것이 아니라, 남의 행복을 보고 나도 행복하다고 느끼는 것이다.

우리는 그날그날 기분 좋은 일이 생기면 행복하다고 느끼고 대부분 경우에는 행복에 무덤덤하게 생활하고 있는 것이 현실이다.

어느 순간에 우연히 행복한 느낌을 갖기도 하고, 또 다른 순간에는 불행하다고 느끼기도 한다.

그렇다고 해서 삶을 포기할 정도로 불행하게 느끼는 것도 아니고 죽고 못 살 정도로 행복감을 느끼는 것도 아니다.

일상생활에서 행복을 지나치게 의식하는 것 자체가 어쩌면 삶을 너무 피곤하게 만드는 것은 아닌가를 생각해 볼 필요가 있지 않을까.

우리는 언제나 행복할 수도 없고 늘 불행하지도 않다.

아주 가끔은 무더기로 행복이 찾아올 수도 있다.

행복이 곁에 가까이 와도 의식하지 못할 때도 있다.

일상에서 나만의 행복을 찾는 방법이 있을까.

남의 집 자식들은 부모 말도 잘 듣고 예의도 바르고 공부도 잘한다고 하더라.

사실 여부에 무관하게 행복을 쫓아내는 말이다.

옆집 며느리는 시어머니를 얼마나 공경하는지 동네에 소문이 자자하더라.

남의 집 마당의 잔디가 더 푸르러 보이게 마련이다.[115]

사실인가는 그렇게 중요하지 않다.

남과 비교하는 순간 행복은 달아나고 만다.

행복은 비교급이 아니다.

행복하면 행복한 거지 더 행복하고 덜 행복한 건 없다.

행복과 돈

행복은 돈으로 살 수 없다고들 한다.

그러나 돈이 없이는 행복할 수 없다는 것도 모두 다 아는 바다.

돈이 행복을 사기에는 모자라는 게 아니냐는 우스갯소리가
있다.

돈을 가졌다고 항상 행복할 수는 없지만, 돈이 없어도 행복하
다는 말은 아니다.

돈 없이도 행복할 수 있다고 하는 건 일종의 정신적 허영이
다.[116]

돈이 행복하게 만들어 줄 수 있다고 생각하는 이들은 보통 돈
이 없는 사람들이다.[117]

나 역시 행복을 돈으로 살 수 없다고 믿는 사람 중의 하나이다.
행복을 돈으로 살 수 없는 건 확실하지만 그렇다고 돈 없이 행
복할 수 있다고 한다면 그것도 거짓말이다.*

---

* I'm sure you can't buy happiness with money, but if you say you can be
happy without money, that's a lie.

누군가는 돈을 싫어한다고 말하는 사람들을 위선자이거나 바보라고 한다.

나는 돈이 없이도 행복할 수 있다고 하는 사람들은 아직 행복이 무엇인지를 잘 알지 못하는 사람들이 아닐까 생각한다.

행복과 돈은 밀접하게 연결되어 있다.

끼니 걱정을 하면서 돈 때문에 자존심을 버려야 할 정도이면 결코 행복하다고 할 수 없다.

물론 어느 정도의 돈, 경제적 여유가 행복을 담보하는지는 아무도 모른다.

사람은 가깝게 지내는 사람들의 장점과 가치를 제대로 못 보는 경향이 있다.

가끔 마주치는 다른 사람들이 훨씬 좋아 보이게 마련이다.

외출을 위해 꾸미고 나왔으니 당연히 그렇게 보일 수는 있다.

그러나 눈에 보이는 것과 전혀 다를 수 있다는 사실을 명심해야 한다.

그래서 행복은 늘 가까이서 찾아야지 멀리 가면 보이지 않는다고 한다.

나의 개인적인 행복과 사회 구성원 다수의 행복은 전혀 다르다.

개인의 노력과 사정에 따라 개인은 얼마든지 행복할 수도 있고 아닐 수도 있다.

그러나 사회적인 차원에서 다수의 행복은 규정하기 쉽지 않다.

개인 행복의 합이 모두의 행복이 아닐 수 있다.

즉 개인이 행복하다고 해서 사회의 모든 구성원이 다 행복한 것은 아니다.

더불어 사는 사회에서 나 혼자 행복할 수는 없다.

그런데 누구나 더불어 행복을 추구하는 것은 아닌 것 같다.

니체Friedrich Nitetzsche는 인간의 마음속에는 타인의 행복을 질투하는 감정, 즉 르상티망이 깔려있다고 한다.[118]

르상티망ressentiment은 물리적으로 패배했지만, 정신적으로는 자신이 더 우월하다는 약자의 자기방어 심리로 일종의 정신승리를 말한다.

현실적으로도 시기와 질투로 이유 없이 타인을 미워하는 사람들이 의외로 많다는 것을 종종 목격한다.

사람들은 흔히 내려놓으면 행복해진다는 말을 자주 한다.

무엇을 어떻게 내려놓을 것인가.

그냥은 내려놓는 게 어렵다.

어려운 이유는 우선 무엇을 내려놓을지 잘 모르기 때문이다.

대상에는 여러 가지가 있다.

물건도 있고 돈과 명예도 있고 지식도 있고 쉽게 가늠할 수 없는 마음도 있고 정情도 있다.

물건에도 많은 종류가 있고, 마음에도 수만 가지가 있다.

그냥 내려놓기에는 어려우니까 어떤 계기가 있어야 하지 않을까.

헤어나기 힘든 절망에 빠지거나 죽음에 가까워지거나 또 다른 불가항력적 힘에 의해 어쩔 수 없이 놓아야 하는 경우가 있다.

지금의 나와 같이 암에 걸려 치료에 집중해야 하는 상황이 발생할 때도 적당히 내려놓을 시기로는 안성맞춤이다.

우선 생존의 문제가 급해서 웬만하면 내려놓고 싶은 충동이 생기기 마련이다.

나는 이것을 실천해 가고 있다고 생각한다.

은퇴 후에 특히 항암치료를 받는 동안에 나는 많은 것을 내려놓았다.

일상에 감사하고 만족하는 습관을 들이니까 순식간에 행복지수가 상승했다.

버리면 행복해진다는 사실을 비로소 깨닫게 되었다.

왜 우리는 행복하지 않다고 생각하는가?

행복이란 것을 측정할 수나 있는 것인가.

아침에 행복했다고 해도 저녁에 불행할 수 있지 않은가.

늘 행복할 수도 없고, 늘 불행할 수도 없는 것이 아닌가.

오늘 행복하다고 내일도 행복할 것이라고 보장할 수도 없다.
그 반대도 마찬가지다.
어떤 누구에게나 고장 난 하루가 있을 수 있다. [119]
현재에 만족하면 내일을 걱정할 필요가 없다.

행복이란 오랜 시간 동안 끊임없이 다듬고 가꾸어온 결과로
얻어지는 것이다.
은퇴 후의 남은 30~40년의 시간은 지금까지 살아온 시간과
맞먹을 정도로 길다.
앞으로 그 시간 동안 늘 행복하면 이를 데 없는 삶이라고 할
수 있다.
그러나 이러한 행복이 남은 생애 동안 지속되리라 기대하기는
어렵다.
삶이란 원래 행복하기도 하고 불행하기도 하고 또 무미건조한
날들이 계속되기도 한다.
그래서 일시적으로 불행한 날들을 이겨내고 무미건조한 날들
을 견딜 수 있는 지혜가 필요하다.
행복에 목매지 말고 그냥 주어진 대로 살아가는 지혜가 필요
한 것이다.
간혹 불행하더라도 왜 나한테 이런 불행이 오는가 원망할 일
도 아니다.

행복과 불행은 번갈아 가면서 사람들의 인생에 찾아온다.

무엇보다 명심할 일은 행복과 불행은 내가 만든다는 점이다.

행복해서 내가 행복한 것이 아니라 행복하다고 생각해서 내가 행복한 것이라고 믿어야 한다.

행복해서 웃는 게 아니라 행복하기 위해 웃는 연습이 필요하고, 또 웃다 보면 행복해진다.

불행하다고 생각하면 더 불행해지는 법이고, 그럴 수도 있다고 믿으면 불행이 떠나간다.

현실에는 노년을 행복하게 지낼 수 없게 만드는 요인들이 많다.

일하면서 노년을 유익하게 보내고 싶지만 일자리가 없다.

사회는 노인기초연금 몇 푼을 주면서 세금을 갉아먹는 벌레쯤으로 생각한다.

그런데 노인인구가 늘어날수록 이들을 어떻게 활용하느냐에 따라 사회 진보가 결정된다.

언제까지나 공공근로사업으로 노인들을 공원에서 쓰레기나 줍게 할 것인가.

노인들이 일할 능력이 못 된다고 불평하지 말고 활용할 방법을 찾아야 한다.

인구절벽 시대에 노인 인력을 활용할 수 있는 지혜가 필요하다.

교육과 훈련은 청년에게만 필요한 것이 아니다.

청소년 교육을 통해 노동력으로 활용하듯이 노인 인력도 재교육을 통해 활용해야 한다.

노인들을 위해서만이 아니라 국가 경제를 위해서도 반드시 필요한 일이다.

교육훈련을 통해서도 구제할 수 없는 노인들이 있다면 그들이 먹고살 수 있도록 국가가 도와야 한다.

국세청

세금 내려 세무서에 갔다.
어떻게 해야 할지 몰라 물었더니 세무사한테 가라고 한다.
저런 공무원은 나도 하겠다.
월급은 얼마나 받는지 궁금하다.

Paint & Poem by 古堂

젊은이들의 행복

젊은이들만의 행복이 따로 있는 건 아니다.

다만 젊은이들이 행복하지 않은 사회가 행복할 수 없다.

행복하고자 하는 노력이 실패를 거듭하면 아예 포기하거나 좌절하는 경향이 있다.

이러한 경향은 노인뿐 아니라 젊은이들에게도 나타난다.

오히려 젊은이들에게 더 두드러지게 나타날 가능성이 있다.

꽤 오래전부터 이런 경향이 젊은이들 가운데서 유행하고 있다.

취업 준비에 지칠 대로 지친 젊은이들이 기댈 곳은 꿈을 줄이고 현실에 만족하는 것이다.

다시 말해서 아무리 노력해도 앞이 보이지 않을 때는 꿈을 버리고 만다.

정치가 그들만의 리그에 몰두해 있을 때 젊은이들은 절망에 휩싸인다.

1평 남짓한 고시촌에서 굶주릴 때 〈헬조선〉을 머리에 떠올린다.

우리 사회가 기득권 세력을 양산할 때 젊은이들은 점점 더 주변으로 밀려난다.

대한제국이 망한 이유도 근본적으로 기득권의 확장 때문이다. [120)

백성이 도탄에 빠져 있을 때 탐관오리들은 오히려 기득권을 더 확장하는 데 힘을 쏟는 바람에 나라가 일제에 먹히고 만 것이다.

물론 그릇된 가치관과 이기적 세계관에 사로잡혀 남의 나라를 침탈하려는 일본 위정자들의 탐욕 때문이긴 했지만.

부와 권력을 좇는 현재의 기득권 세력과 무엇이 다르겠는가.

민주주의를 빙자한 지방자치는 전국을 발기발기 찢어 중앙권력이 청년들을 위해 신경 쓸 수 없게 만들었다.

지방자치랍시고 전국으로 확대된 분권화는 나라를 모래알로 만들어 놓아 주워 담기도 어렵게 되었다.

지방정치의 확대는 많은 무능력자들을 정치판의 기득권 세력으로 끌어들여 수많은 젊은이들을 절망의 늪에 빠트리고 있다.

지방자치는 결국 중앙과 권력을 나눠 먹고 제주도와 강원도 땅을 중국 인민의 손에 넘기는 어처구니없는 일이 생겨도 중앙정부가 끽소리 한 마디 못할 지경이 되었다.

서울 소재 대학의 주변에는 중국유학생들을 위한 중국집들이 진을 치고 한국학생들을 밀어내고 있다.

이런 상황이 결국 젊은이들을 벼랑 끝으로 밀어내는 결과를 가져온 요인 중 하나이다.

젊은이들은 절망을 거듭하다 꿈을 갖기 이전의 상태로 회귀해 버리고 만다.

기득권 세력은 이런 사정은 이해하지 못하고 젊은이들의 나약함을 나무란다.

'라떼'를 비웃는 이유가 여기에 있다.

결론적으로 행복을 향한 노력이 실패하면 포기하고 만다.

이른바 소확행 현상이 이를 대변해 주고 있다.

일상의 소소하지만 확실한 행복을 추구하는 것이다.

이 말은 원래 일본어 소확행小確幸에서 온 말이라고 한다.

〈위키피디아〉에 의하면 일본의 소설가 무라카미 하루키가 레이먼드 카버의 단편소설 〈A Small, Good Thing〉[121]에서 가져와 만든 신조어라고 한다.

한동안 이 말은 한국에서도 유행하며 사회적 추세를 선도한 적이 있다.

물론 이러한 경향은 여전히 계속되고는 있다.

워라밸이라는 말도 유행하고 있다.

워라밸Work and Life Balance은 힘든 노동에서 일과 일상의 균형을 찾으려는 노력에서 나온 말이다.

쉽게 말해 돈보다는 생활의 여유와 삶의 질質을 중요시하는 태도이다.

경제적 여유가 뒷받침되면 나무랄 일이 아니다.

최근에는 조용한 사직quiet quitting이라는 말이 등장하고 있다.[122)]

조용한 사직은 직장에서 아무리 열심히 일해도 받는 보상이나 월급은 동일한데 일부러 죽을 힘을 다해 일할 필요가 없다는 회의懷疑에서 나온 태도이다.

즉 실제 직장을 그만두지 않으면서 주어진 일만 하고 정시퇴근하는 등 회사 일로 스트레스를 받지 않으려는 생활 태도를 말한다.

직장에 입사한 초기에는 의욕적으로 열심히 일하고 그에 대한 보상으로 조만간 파이어족이 되고자 하는 목표가 좌절되면서 사람들은 조용한 사직이라는 유혹에 빠지고 마는 것이다.

사람들은 어떤 목표를 달성하기 위해 아무리 노력해도 잘 안되면 평범한 일상으로 회귀하는 성향을 나타낸다.

우리 인간의 욕구는 기본적인 생리적 욕구에서 자기실현 욕구로 진화하는 경향이 있다는 것이 욕구이론의 정석이다.

만약 생리적 욕구가 반복해서 충족되지 않으면 더 이상 상위의 욕구로 나아가지 않고 하위 욕구에 머무르는 습성이 있다.

더 나아가 상위욕구의 충족이 좌절되면 하위 욕구로의 회귀현상이 일어난다.

조용한 사직과 마찬가지로 영혼 없는 출근이라고 하는 프리젠
티즘presenteeism은 몸 상태가 안 좋아도 휴가를 내지 못하고 출
근하여 업무성과를 저하시키는 것을 말한다.[123]
프리젠티즘은 근로자의 생산성과 직결되는 문제이기 때문에
관리자로서는 관심을 갖지 않을 수가 없다.
여기에서 한발 더 나아가 영혼 없는 출근에다 불만까지 나타
내는 것을 리젠티즘resenteeism이라고 하는데, 분개憤慨주의 정도
로 해석할 수 있다.[124]

"어차피 우리가 우주를 정복할 것도 아니고 사법고시를 보는
것도 아닌데, 큰 목표를 잡고 아등바등 살기보다 작은 목표를
여러 번 성취하는 게 더 기분이 좋다."

이들은 뜬구름 잡는 행복 대신 내가 당장 해낼 수 있는 일을
해내며 성취감을 얻길 바란다.
숏폼short form에 익숙한 MZ세대는 목표 달성 시간도 짧을수록
좋다고 한다.

소확행이나 워라밸을 추구하는 청년들의 선택을 일방적으로

비난하는 것은 옳지 못한 일이다.

일자리조차 구하지 못하는 어려운 경제 상황에 놓여 있는 청년들에게 용기를 불어넣을 수 있는 방법을 찾아내야 한다.

우리 사회가 좀 더 유연성을 가지게 되면 청년들이 자유롭게 자신의 이상을 실현할 수 있지 않을까 하는 생각을 해 본다.

국가는 기득권과 패거리 집단에 의해 점령당한 지 오래되었다.

국가는 물론 지방자치단체까지 각종의 규제와 간섭으로 국민의 호주머니를 털어가는 앵벌이 노릇을 하고 있으니 국민이 살아가는 게 얼마나 피곤하겠는가.

한번 기득권의 자리에 오르면 좀처럼 물러나고 싶지 않은 관성이 생긴다.

보통 사람들이 태어나면서 물고 나온 흙수저는커녕 똥수저라고 해도 과언이 아닌데 그마저 색깔이 쉽사리 바뀌지 않는다.

노력을 하지 않아서가 아니라 사회구조가 그 틈을 보이지 않기 때문이다.

공무원이라도 해야 중간에 안 짤리고 입에 풀칠이라도 할 수 있는 걸 두고 젊은이들이 꿈이 있느니 없느니 구시렁대는 기득권 세력이 얄밉기만 하다.

젊은이들을 괴롭히는 것은 기성세대가 아니라 기득권 세력이다.

장사로 돈 벌면 부동산 투기해서 재산 불리고 그걸 지키기 위해 권력에 눈독을 들인다.

기업을 하다 언제 망할지 모르니 안전장치로 부동산에 눈을 돌리고 권력에 줄을 대는 것이다.

기득권에 진출하여 세세손손 부귀영화를 누릴 꿈에 부풀어 잠을 못 이룬다.

정권은 이런 기득권 세력의 눈치를 봐야 하니 올바른 부동산 대책이 나올 수가 있겠는가.

눈치를 보는 게 아니라 아예 한 패가 되어 서로 주고받는 끈끈한 의리를 신조로 삼는다.

보이스 피싱Voice Phishing으로 10년간 3조 2,000억 원이 넘는 사기를 당했다고 한다. [125)]

디지털 강국을 외치면서 국민을 등쳐먹는 사기집단을 처단하지 못하고 있다.

기껏해야 국민에게 조심하라고 충고하는 게 금융 사법당국이다.

이처럼 무능한 국가의 국민은 각자도생의 길을 찾을 수밖에 없다.

정권이 먹히지도 않을 엉뚱한 정책을 내놓으면 국민은 각자도생의 대책을 세워야 한다.

바다

여름이 아니라도 바다가 그리울 때가 있다.
겨울 바다가 더 좋다는 사람들도 있다.
멍하니 수평선을 바라보기만 해도 가슴이 트이는 기분이다.
여름이 지날 무렵 한번 가보고 싶다.

Paint & Poem by 古堂

뒤늦은 사모곡

나의 부모님은 오래전에 돌아가셨다.

부친은 어머니보다 15년 먼저 1981년 여름에 돌아가셨다.

어머니는 1996년 여름에 노환으로 7개월간 병원에서 투병하시다가 돌아가셨다.

부친께서 돌아가셨을 때는 나의 삶이 순탄치가 않아 상실감을 오롯이 느낄 수가 없었다.

게다가 객지에 살던 나로서는 곁에서 간호할 수 있는 처지가 못 되었다.

지금 와서 돌이켜 보면 이런 모든 것이 핑계에 불과하다는 사실을 깨닫게 된 것이다.

그때를 떠올리면 지금도 가슴이 답답하고 숨이 막히는 것 같다.

장례를 치르고 49재를 모시고 난 다음 아무렇지도 않은 듯 일상으로 돌아가야 했다.

고향에 혼자 남으신 어머님에 대해서는 크게 걱정하지 않았다.

그때 이미 어머님은 65세가 넘은 노인이었는데도 말이다.

부모님의 늙음은 자식들이 크게 의식할 문제가 아니었던가

보다.

부모님은 으레 늙어가는 것이라고 단정해서 그런지 그 늙어감을 안타까워하지 않는다.

당시에 얼마나 무관심했는가를 떠올리면 소름이 끼칠 정도이다.

부모는 자식이 철들 때까지 기다리지 않는다고 한다.

지금에 와서 이 말은 가슴속에 한으로 남아 지워지지 않고 있다.

만약에 암과 싸우면서 죽음을 떠올려 보지 않았다면 지금도 부모님의 존재에 대해 별다른 생각 없이 지내고 있을지도 모르겠다.

내가 나이 먹어 부모가 되고 죽을 때가 다가오니 부모님의 외로움을 달래드리지 못하고 보내 드린 것이 못내 죄스럽다.

너무 늦게 깨닫게 된 살아생전 어머님의 마음을 이제야 어렴풋이 떠올려 본다.

부모님의 죽음에 충분히 슬퍼하지 못한 게 한恨으로 남아있다.

당시로서는 어떻게 보내 드려야 하는 줄도 몰랐다.

슬퍼할 줄도 모르고 사는 게 피곤해서 마음껏 슬퍼할 겨를도 없었다.

지금 와서 보니 이것이 모두 핑계라는 것을 알게 되었다.

나는 살면서 세상사에 대해 크게 억울하다고 생각해 본 적이 없는 것 같다.

다만 한 가지만 빼놓으면 말이다.

아버지와 술 한잔 주고받은 기억이 거의 없다는 것이다.

술 한잔 앞에 놓고 이런저런 말씀도 듣고 나의 얘기도 좀 들려드리고 한 적이 아무리 생각해도 한 번도 없다는 것이다.

새참에 논 밭두렁에 앉아 어머니가 빚은 손두부 안주 삼아 막걸리 한잔 따라 드리지 못한 게 천추의 한이 된다.

바보같이 어른들의 일에 끼어들면 안 된다는 말을 철석같이 믿고 엄두도 감히 내지 못한 나 자신이 너무나 원망스럽기까지 하다.

아버지의 어깨 위로 무겁게 내리쬐는 따가운 여름 햇빛을 보면서 아무런 각오도 다지지 못한 내가 부끄럽기 짝이 없다.

남들은 부모님의 고생을 보면서 철이 빨리 든다고 했는데, 왜 나는 그러지 못했는가를 떠올리면 한심하다.

내 나이가 죽을 때가 머지않아 책상 앞에 놓여 있는 빛바랜 부모님 사진 한 장에 비로소 생전의 자식 사랑에 보답하지 못함에 뒤늦게 눈시울을 적셔본다.

아니 부모님은 나에게서 이런 걸 전혀 기대 안 했을지도 모른다는 생각이 든다.

왜냐하면 효도라는 것이 부모님에게 무엇인가를 해 드리는 것이 아니라는 걸 지금에야 비로소 깨달았으니 말이다.

내가 부모 되어 보니 자식들이 나에게 무언가를 해주기보다 아무 탈 없이 건강하게 자기들 몫을 하면서 사는 걸 보는 게 행복이더라.

조금 더 바란다면 가끔은 나에게 전화로 일상에 있었던 사소한 일들을 털어놓고 안부를 전해주면 더 좋을 것 같다.

특히 힘들고 외로울 때 전화로라도 어리광을 부려준다면 더없이 내가 행복할 것 같다.

내가 살아있는 동안 우리 아이들의 든든한 버팀목이 되어주면 얼마나 좋을까 생각하면서 그렇게 남은 하루들을 보내고 싶다. 혹시 만에 하나라도 우리가 사는 집에 짬을 내서 자식들이 와준다면 당황하지 않고 저희 엄마가 지져낸 부추전 하나에 젓가락 부딪히며 지는 해를 보냈으면 좋겠다.

사실은 이게 모두 내가 부모님에게 해보고 싶은 것들이라는 생각이 불현듯 든다.

지금은 모두 지나간 일이라 부질없긴 하지만 죽을 때까지 가슴으로라도 부모님이 베푼 은혜를 되뇌면서 살고 싶다.

단 하루라도 살아생전 그때로 돌아갈 순 없을까.

문간 사랑방에서 어머니 아버지 사이에 끼어서 자고 싶다.

우리 자식들 걱정을 두런두런 나누시는 두 분의 목소리가 너무 그립다.

나의 기억에 남아 있는 부모님은 너무나 아련하다.
어릴 적 사랑방에서 맡던 아버지의 담배 냄새와 체취가 새삼
그리워진다.
돌아가시고 난 다음에 간직할 수 있는 기억이 많지 않아 너무
나 아쉽다.
어머니 아버지의 일상의 피로와 고뇌를 알지 못해 정말 죄송
하다.
눈에 넣어도 아프지 않은 자식들은 객지에 내보내고 보고 싶
은 마음을 달래야 하는 그 아림이 너무나 시리다.
내가 다시 태어난다면 결코 부모님 곁을 떠나지 않고 할 수 있
는 일을 찾을 것이다.
보고 싶은 마음의 고통을 충분히 헤아리고 싶다.

부모가 살아생전에 효도를 다 하는 효자들도 많이 있다.
나는 이런 효자들을 존경하고 또한 그들에 대한 부러움을 감
출 수가 없다.
간단히 말해서 나는 그러지 못했기 때문이다.
지금 와서 그러지 못한 데 대한 핑계라도 있었으면 좋겠다.
그렇다고 해서 용서를 구할 수 있는 일은 아니지만 말이다.

대신 기억이 가물거릴수록 어머니 아버지가 너무나 보고 싶다.

아마도 내가 아파 죽음을 앞두고 있기 때문에 그런지도 모르 겠다.

아무튼 세월이 더할수록 꿈에라도 한번 만나고 싶다.

〈정채봉〉 시인의 「엄마가 휴가를 나온다면」이라는 시가 있 다.[126)]

『하늘나라에 가 계시는
엄마가
하루 휴가를 얻어 오신다면
아니 아니 아니 아니
반나절 반시간도 안 된다면
단 5분
그래, 5분만 온대도 나는
원이 없겠다.

얼른 엄마 품속에 들어가
엄마와 눈맞춤을 하고
젖가슴을 만지고
그리고 한 번만이라도
엄마!
하고 소리내어 불러보고

숨겨놓은 세상사 중
딱 한 가지 억울했던 그 일을 일러바치고
엉엉 울겠다.』

어머니를 보고 싶은 마음을 이렇게 담담하면서도 애절하게 나타낸 글이 어디에 또 있을까.

딱 내 마음을 드러내는 것 같아 몇 번씩 읽고 또 읽으면서 눈시울을 적시기도 했다.

왜 부모님은 우리가 철들 때까지 기다려주지 않는가.

아마도 기다려도 철들지 않을 걸 알기 때문이 아닐까.

이런 푸념은 공연한 변명에 불과하다.

홀로 지내시는 시간을 그대로 두고 보면서 그 쓸쓸함과 외로움을 알지 못하였다.

혼자 계시는 동안 말동무하고 싶을 때 말은 하지 않더라도 옆에라도 있어 드려야 하는 건데 말이다.

좋은 음식은 고사하고 입에 맞는 음식을 해드리지 못한 아쉬움이 아직도 나를 괴롭힌다.

곁에서 편찮으시기 전에 눈치채고 병원에 억지로라도 모시고 가서 병으로 인한 고통을 조금이라도 줄여드렸어야 하는데.

아니라고 괜찮다고 하면 그런 줄 알고 그냥 넘어간 것이 이렇게 후회스러울 줄은 감히 상상조차 못 했다.

혼자 계시는 외로움을 왜 진작 헤아리지 못하고 괜찮다는 말에 정말이라고 생각하고 넘어갔을까.

내가 죽음을 가까이 두고 보니 외로움이 나를 가장 괴롭힌다는 것을 겨우 알게 되었다.

일제 식민지, 해방 후 좌우 대립, 6·25 전쟁, 보릿고개, 군부 독재 등 파란만장한 세월을 이겨 낸 부모님의 강인한 정신력에 경의를 표하지 않을 수 없다.

하루하루가 지옥 같은 시절을 감내하면서도 자식들의 미래를 위해 모든 것을 희생하신 부모님의 헌신과 사랑은 무엇으로도 바꿀 수 없는 지고의 가치로 존중받아 마땅하다.

나에게는 부모님에 대한 기억을 소환할 수 있는 것이 불과 사진 몇 장뿐이다.

파란만장했던 부모님의 삶에서 무엇인가 남겨둔다는 것이 비현실적이기 때문에 더욱 그랬던 것 같다.

지금에 와서 뒤늦게 사진 몇 장으로 기억을 되살리려니 정말 힘들고 가슴이 아프다.

삶의 고통과 외로움을 짐작조차 못 하면서 짜증만 부린 걸 생각하면 지금도 나 자신이 너무 미워진다.

오늘은 뒤늦은 사모곡으로 허전한 마음을 달래본다.

『어머니 아버지께 감히 말씀드립니다.

저는 다시 태어나도 어머니와 아버지가 저의 어머니 아버지가
되어 주시길 간곡히 부탁드립니다.

부모와 자식의 인연으로 다시 태어나 어머니 아버지께 이번 생
애 하지 못한 효도를 다 하며 살고 싶습니다.

그때는 어떤 일이 있어도 절대로 저를 객지로 보내지 마세요.

어머니 아버지 얼굴을 못 보면서 객지에서 떠돌고 싶지 않습니다.

아침저녁으로 어머니 아버지 곁에서 부족한 때로는 든든한 아들
로 평생을 보내고 싶습니다.

어릴 때는 어리광도 좀 피우고 어머니 아버지 속도 좀 썩히고 하
면서 지내고 싶어요.

조금 철이 들면 어머니 아버지 마음도 좀 아는 그런 아들이 되고
싶습니다.

출세하기 위해 어머니 아버지 곁을 떠나서 외롭게 지내고 싶지
않아요.

객지에 금은보화가 있고 출세길이 있다 해도 다시는 부모님과
떨어져 살고 싶지 않습니다.

더운 여름날 저녁에는 우물가에서 시원하게 등물도 해드리겠
어요.

안마당에 모깃불도 제가 피우겠어요.

겨울날 아궁이에 군불 역시 제가 피울께요.

사랑방에 호롱불을 켜놓고 겨울철 긴 밤을 지새울 땐 어머니 아
버지 어깨와 팔다리도 주물러 드리겠어요.

따뜻한 아랫목에 다리를 묻고 어머니 아버지 살아오신 내력을
듣고 싶어요.
농사일은 제가 도맡아서 하겠어요.
저한테 맡기고 마음이 놓이지 않으시면 그냥 조금만 거들어 주
세요.

가을에는 잠시라도 짬을 내어 어머니 아버지 모시고 단풍놀이도
가고 싶어요.
사진도 많이 찍어두었다가 나중에 보고 싶을 때 언제든지 꺼내
보고 싶어요.
어머니 아버지 세월이 많이 지났는데도 아직도 여전히 그립습니
다.』

부동산
한국 사람들은 부동산을 좋아한다.
외국인도 덩달아 좋아한다.
왕서방이 한국 땅을 제일 좋아한다.

Paint & Poem by 古堂

죽음

＊

나는 죽음이 두렵다.
그래도 때가 되면 죽어야 한다.
잘 죽고 싶다.

죽음이란 무엇인가

죽음이란 인간의 삶만큼 아리송한 말이다.

삶과 마찬가지로 알 듯하면서도 손에 잡으려면 빠져나가 버리고 마는 것이 죽음이다.

그래서인지 너무 많은 사람들이 죽음이 무엇인가를 알아내기 위해 몸부림친다.

과학자, 의사, 문화인류학자, 철학자, 사회학자, 심리학자, 종교학자, 심지어는 심령과학자, 점성술사에 이르기까지 다양한 분야의 사람들이 죽음을 연구한다.

보통 사람이 죽음을 알기 위해 달려들기에는 너무 무거운 주제이기 때문에 어쩔 수 없이 이들의 노력에 기댈 수밖에 없다.

죽음에 대해 이들이 일궈낸 업적을 살피면서 간접적으로 죽음을 이해한다.

그런데 문제는 이들의 연구가 죽음을 우리에게 설명하기에는 너무나 아리송한 면이 많다는 점이다.

우리는 왜 죽음에 대해 알아야 하는가.

죽음을 알면 우리한테 이익이 되는 것이 무엇인가.

죽음을 논하는 전문가들은 예외 없이 "죽음에 대해 배우면 삶이 행복해진다"는 말을 내뱉는다.[127]

쉽게 이해할 수 있는 명제가 아니다.

죽음을 배울 수 있는지, 배울 수 있다면 무엇을 어떻게 해야 하는지 알지 못한다.

죽음은 자신의 인생에 대해 돌아보고 성찰함으로써 가진 것에 감사하고 인생의 본질적인 부분을 되돌아보게 해준다.[128]

마치 인생의 끝을 보고 되돌아와 무엇을 해야 하는가를 알아내는 것과 같다.

〈한국죽음학회〉[129]에 따르면 죽음을 자주 마주하는 의사들이 오히려 죽음에 대해 갖는 공포와 불안이 일반인들보다 더 크다고 한다.

물론 다른 사람들의 죽음을 목격하면서 느끼는 불안과 공포가 자신의 죽음을 상정하고 느끼는 불안과 공포와 얼마나 다른지 우리는 알지 못한다.

죽음을 연구하는 사람들은 죽음의 실체를 파악하면 죽음의 두려움으로부터 어느 정도 해방될 수 있다고 믿는다.

또한 죽음은 소멸하는 것이 아니라 삶을 마무리하는 과정이라고 한다.

중요한 것은 죽음 이후의 삶이 실존하는가를 두고 벌이는 논쟁이다.

하나는 과학적인 접근에서 죽음 이후의 삶을 부정하는 쪽이며, 다른 하나는 죽음 이후에 또 다른 형태의 삶이 존재한다고 믿는 쪽이다.

그런데 이 문제는 실제적 증거를 가지고 증명할 수 있는 문제가 아니라 어느 한쪽에 대한 신념에 의해 결정된다.

어느 쪽이든 간에 증거에 의해 설득당하는 경우는 드물다.

만약 죽음 이후에 무엇으로든 존재한다면 나는 무엇을 할 수 있을까 상상해 본다.

지금부터라도 내공을 키워 내가 죽은 다음에도 세상을 내려다볼 수 있으면 좋을 거 같다.

그래서 내가 사는 동안 나에게 애정과 관심을 베풀어 준 사람들을 지켜 주는 수호신이 되고 싶다.

그런데 이런 상상은 하지 않는 게 좋겠다.

만약 이게 가능하다면 하늘은 귀신으로 뒤덮이고 말 것이다.

일부 과학자들은 사람이 죽으면 에너지로 변한다고 한다.

그 에너지를 키워서 내가 살다 떠나온 이 세상을 더 살만한 세상으로 만드는 것이 나의 소원이다.

살아생전에 이루지 못한 성공을 죽어서라도 성취할 수 있다면 나름대로 의미가 있진 않을까.

자기가 태어나기 전보다 세상을 조금이라도 더 살기 좋은 곳으로 만들어 놓고 떠나는 것이 진정한 성공이라고 하지 않았던가.[130]

자신이 한때 이곳에 살았음으로 해서 단 한 사람의 인생이라도 행복해지는 것이 진정한 성공이다.[131]

나는 죽음에 대해 안다고 해서 죽음에 대한 두려움이 정말 없어질까에 대한 의구심을 갖고 있다.

아직은 내가 수행이 덜 된 탓인지, 아니면 죽음에 대해 알지 못해서 그런지는 모르겠다.

아무튼 솔직히 말해서 죽음을 아는 사람은 아무도 없는 것 같다.

왜냐하면 죽어 본 사람이 없기 때문이다.

요즘 죽는 경험을 한 사람들이라고 하면서 증언을 가끔 하기도 한다.

사람들은 그런 얘기에 관심을 두지 않는다.

사실 믿을 수 없기 때문이다.

그런데 문제는 죽음에 관한 이야기들이 너무 많다는 점이다.

특히 죽음에 관한 전문가들이라고 할 수 있는 의사나 간호사는 물론 철학자에 문학가들까지 둘째가라면 서러울 정도로 죽음을 논한다.

솔직히 나는 어쩌라는 것인지 잘 모르겠다.

죽음을 모르면 지옥이라도 가야 하는 건지 아니면 죽기도 어려운 건지도 모르겠다.

때로는 억울한 죽음도 있고 아쉬운 죽음도 있다.

때로는 죽기가 두려워서 거부해도 결국 죽는다.

여기에다 대놓고 겁내지 말고 품위 있게 죽어야 한다니 무슨 주제넘은 훈수란 말인가.

사람들은 앞으로도 별다른 저항 없이 죽음을 맞이할 것이다.

가끔가다 죽기 억울한 사정이 생기면 인간이니까 조금 앙탈을 부릴 수도 있다.

그걸 보고 잘 죽어야 한다면 뭘 어쩌란 말인가.

왜 이렇게 죽음에 관한 얘기들이 부쩍 많아졌는지 그 이유를 잘 모르겠다.

사람들의 평균수명이 연장되어 죽음을 미루고 싶어서일까.

아니면 삶에 대한 궁금증이 해결되어서 이제 죽음에 대한 호기심으로 옮겨간 것인가.

한동안 기승을 부린 〈코로나-19〉로 인하여 많은 목숨이 죽어나가서 죽음을 떠올리는가.

작금의 상황은 14세기 중반 유럽 대륙을 휩쓴 흑사병으로 인해 당시 유럽 인구의 3분의 1이 희생된 역사를 떠올리고도 남음이 있다.

당시에 무서운 속도로 번져가던 흑사병에 유럽은 손 쓸 틈이 없었다.

의학도 종교적 믿음도 그 어떤 것도 별로 도움이 되지 않았다.

특히 가난한 사람들은 도망갈 곳도 없이 꼼짝없이 동네에 갇혀 죽어갔다.

날마다 수천 명이 페스트균에 감염돼 집과 길거리에서 생의 마지막을 맞이했다.

이때 등장한 것이 〈아르스 모리엔디〉Ars Moriendi, 즉 죽음을 준비하는 방법을 안내하는 소책자라고 한다. [132]

이 무렵에 비슷한 내용의 책들이 무수히 많이 출간되었다고 한다.

잘 죽으려면 잘 살아야 한다는 전제가 모든 주장의 바탕이 되었다.

또 잘 살기 위해서는 일생에 거쳐 다가올 죽음을 공동체 안에서 준비해야 했다.

심지어 〈아르스 모리엔디〉가 하나의 문학 장르로 자리 잡기도 하였다.

그러니까 서구 사회는 이미 이때부터 어떻게 하면 잘 살 수 있

을지, 또 잘 죽을지 고민해 온 것이라고 할 수도 있다.[133)

이런 역사적 사실을 보면 오늘날의 상황과 너무나 흡사하여
경악을 금치 못할 지경이다.
〈코로나-19〉라는 팬데믹 상황으로 수많은 생명이 죽어가고
흑사병 때보다 훨씬 진보된 의술과 위생환경에도 불구하고 속
수무책으로 당하고 있으니 말이다.
아마도 이러한 조건들로 인해 많은 사람이 죽음에 관해 얘기
하고 있는 게 아닌가 하는 생각을 지울 수 없다.

폐암에 걸리다

은퇴 후 2년 동안은 그런대로 큰 문제 없이 잘 지내고 있던 편이었다.

그러다 3년이 지날 무렵 예기치 않는 사건이 발생하였다.

바로 폐암肺癌 진단을 받은 것이다.

그것도 폐암 중 비중이 적은 소세포small-cell암이라는 것이다.

폐암 가운데 소세포암은 약 10~20% 발병 확률로 나타나며, 수술이 불가능한 암이라고 한다.

항암치료 효과는 좋지만, 재발률이 높은 것이 문제라고 한다.

폐암에 걸렸다는 충격에 내일 당장 죽을 것만 같은 공포가 숨을 조여오기 시작했다.

아무것도 정리하지 못한 채 죽을 거 같은 두려움이 정신을 혼미하게 만들었다.

내 삶에 대한 후회가 마구 밀려들었다.

진작 죽음을 준비할 걸 하는 생각이 나를 괴롭혔다.

그러나 이미 늦었다는 생각에 몇 날 며칠 뜬눈으로 지새워야 했다.

항암 주사를 맞기 시작한 지 불과 1주일 후에는 순식간에 머리카락이 무더기로 빠지고 말았다.

남의 일로만 생각하던 고통이 나에게 현실로 다가온 것이다.

다행인 것은 일상생활을 그대로 할 수 있었던 터라 별수 없이 가발센터에 가서 통가발을 하나 마련했다.

생전 처음으로 써 보는 가발이 어색하긴 했지만, 사람들은 눈치채지 못하는 듯했다.

입맛이 돌아오고 빠졌던 머리카락이 나기 시작한 것은 항암 주사와 방사선치료가 끝나고 난 한참 후였다.

아무튼 수술을 하지 않았기 때문에 수술로 인한 후유증이 없는 것이 그나마 다행이라고 생각했다.

나는 이것 역시 부모님의 음덕이라고 믿었다.

믿거나 말거나 직감적으로 그런 느낌이 들어서 하는 말이다.

그리고 잘 치료가 되어서 10여 년 정도만 더 살게 해 준다면 얼마나 좋을까 하는 분에 넘치는 생각도 하게 되었다.

만약 염라대왕이 이 소릴 듣는다면 아마도 네가 건방지게 누구 맘대로 얼마를 살겠다고 하느냐며 나무랄지도 모를 일이다.

그래도 내가 우기는 게 아니라 좀 봐달라는 부탁이니까 그렇게 야박하게 굴 일은 아닐 수도 있다.

나중에 안 일이지만 오늘 암에 걸리고 내일 당장 죽는 일은 없다는 사실이다.

"죽음은 먹이를 덮치는 맹수처럼 그렇게 부지불식간에 다가오지는 않는다. 친절하게도 미리 죽음의 순간을 준비할 수 있도록, 죽기 전에 남은 이들을 위로할 수 있도록 경고해 준다."[134]

암이 일상적인 질병이 되어버린 만큼 사람들의 관심이 높다.

암에 걸린 사람이든 걸리지 않은 사람이든 모두가 암에 대하여 여러 가지 상식을 가지고 있다.

그래서 어떤 사람들은 암과 싸워서 이기기 위해서는 암에 관해서 열심히 공부해야 한다고 충고한다.

또 다른 사람들은 암은 싸워서 이길 수 없는 존재이니 그냥 잘 달래서 함께 살아가야 한다고 주장하기도 한다.

혈액종양내과의 전문의들은 대체로 후자의 견해를 가지고 있는 것 같다.

내가 경험한 바에 따르면 암과 싸워서 이길 수 있는 것도 아니고 암을 달래서 같이 살아가는 것도 아닌 것 같다.

그냥 암에 걸리면 병원의 의사를 찾아 최선을 다해 치료를 받아야 하는 것이 바로 암이다.

어떤 암에 걸리고 어느 단계에서 암을 발견하고 어떤 의사를 만나고 하는 것은 선택의 문제가 아니다.

우리는 어떤 병에 걸리는 것을 선택할 수 없다는 사실을 잘 알고 있다.

그런데 병을 치료하기 위한 병원과 의사를 우리가 선택할 수 있다고 착각한다.

어떤 병원의 어떤 의사가 어떤 병을 잘 치료하는지는 알 수 있을지 모른다.

또한 우리는 병원과 의사에게 환자로서 우리의 권리를 주장할 수 있다고 믿는다. [135]

이렇게 한다고 해서 우리가 병을 치료할 수 있다고 장담할 수는 없다.

운이 좋으면 조기에 암을 발견하고, 또 운이 더 좋으면 효과적인 치료제를 가진 암에 걸리고, 또 운이 좋으면 유능한 의사를 만나서 더 좋은 치료를 받는 것이다.

그렇다고 의사들의 전문성이나 치료제의 효과를 부정하는 것이 아니라, 환자 입장에서는 선택할 수 있는 게 많지 않다는 말이다.

과연 암이 정복될 수 있을지 아닐지 현재로서는 누구도 알 수 없다.

인류를 괴롭힌 많은 질병이 결국엔 인간의 노력으로 정복되었으니 희망을 걸 수도 있지 않을까 하는 생각이 든다.

암에 관한 지식이 암을 이길 수 있다고 한다면, 의사가 암을 이길 수 있는 방법을 알려줄 것이고, 환자는 그것에 따르면 된다. 의사가 암에 걸리면 암에 관해 알고 있으니 암을 이길 수 있단 말인가.

나는 암 진단을 받고 난 후에 암에 관해 알려고 하지 않았다. 사람들이 주장하는 것처럼 암에 관해 잘 안다고 해서 암을 이겨낼 수 있는 것은 아니라고 생각했기 때문이다. 아무래도 내가 암에 관해 알 수 있는 것은 기껏해야 인터넷에 떠도는 정보가 전부이다. 그러니까 우리가 알 수 있는 정보는 상식적인 수준을 넘지 못한다는 말이다.

나는 암에 관한 정보와 지식을 배우는 대신 나의 병을 치료하는 의사의 지시에 충실히 따르기로 했다. 물론 가끔은 미심쩍은 부분이 있기는 했지만. 의사가 나의 병을 치료하기 위하여 최선을 다하기를 기대하면서 말이다. 만약 나의 의사가 나의 병을 제대로 치료하지 못하면 어떻게 할 것인가. 그렇다고 하더라도 내가 할 수 있는 일은 별로 없다.

만약 내가 의사를 잘못 만나면 그것은 순전히 운이다.
의사가 실수를 한다면 그건 운이 없는 것이다.
의사들도 인간이니까 실수를 할 때가 있는 것이다.[136)]
그런데 그런 불운은 내가 피할 수 있는 것이 아니다.

나에게 운이 따라서 그런지 지금까지는 항암치료가 순조롭게
진행되어 얼마 전에 모든 치료를 종결하였다.
이제는 3개월 또는 6개월마다 재발과 전이를 확인하기 위해
검사를 받는 일만 남았다.
정말 운이 좋아 5년 동안 재발이나 전이가 발생하지 않으면
이른바 관해寬解 상태가 된다고 하는데, 이는 비소세포암에서
일반적으로 말하는 완치完治와 비슷한 상태라고 한다.

항암치료는 어쩔 수 없는 선택이지만 그에 따른 부작용은 심
각할 때가 많다.
다행히도 내 경우는 수술할 수 없는 소세포암이라 수술로 인한
후유증은 걱정하지 않아도 되었으니 그나마 다행이었다.
그래도 항암치료에서 오는 부작용을 완전히 피할 수는 없는
일이었다.
부작용이 여러 가지가 있지만 가장 심각한 것 중 하나는 면역
력의 저하이다.

면역력의 저하는 각종의 질병에 노출될 개연성을 높여주기 때문에 대단히 위험하다.

시력(視力)

안경을 쓰고 잘 보인다고 좋아하지 마라.
망원경으로 멀리 본다고 신기해하지 마라.
선글라스로 햇빛을 가릴 수 있다고 착각하지 마라.
세상은 맨눈으로 볼 때 제일 잘 보인다.

Paint & Poem by 古堂

죽음을 맛보다

음식을 미리 맛보면 그 음식이 나에게 맞는 것인지 또는 다른 사람에게 권해도 좋을지를 판단할 수 있다.

죽음도 이와 같은 것이 아닐까 불현듯 생각해 본다.

차이가 있다면 음식은 원하지 않으면 먹는 것을 거부할 수 있지만 죽음은 피할 수가 없다는 점이다.

이런 차이 때문에 더욱더 죽음에 대한 맛보기가 필요한 게 아닌가 하는 생각도 든다.

그런데 커다란 문제가 우리 앞에 가로놓여 있다.

<u>우리는 죽음을 미리 맛볼 수가 없다는 것이다.</u>

왜냐하면 우리는 죽어보고 난 다음 다시 돌아올 수 없기 때문이다.

일시적으로 죽었다 살아왔다고 주장하는 사람들이 있다.

의사를 포함한 과학자들은 죽었다 살아난 극소수의 사람들을 대상으로 한 연구에서 죽음 이후의 세계가 있다고 주장한다.

물론 반드시 죽어봐야 죽음을 아는 것은 아니다.

마치 음식을 꼭 먹어보지 않더라도 먼저 먹어본 사람들의 말을 듣고 먹을지 말지를 결정할 수 있다.

인간은 대단한 상상력을 가지고 있어서 주변의 죽음을 목격하면서 죽음을 이해할 수도 있다.

특히 가까이 있는 사랑하는 사람의 죽음을 목격하면 더욱 생생한 죽음의 모습을 알 수도 있다.

사람이 100세를 산다고 해도 언젠가는 죽음의 순간이 온다.

아무리 건강한 노년이라고 해도 혼자 설 수 없는 순간이 찾아온다. [137)]

갑작스러운 사고로 인해 아무런 준비 없이 죽음을 맞이하기도 한다.

사람들이 운이 없으면 자신의 의지와는 상관없이 죽을 수 있다고 생각한다.

동물들 역시 죽음을 예측하지 못한 채 죽는 경우가 허다하다.

야생에서 동물들의 삶은 항상 비극적으로 끝나며 늙어서 자연사하는 법은 없다고 했다. [138)]

사고나 질병으로 죽거나 포식자에게 잡아 먹혀 목숨을 잃기 일쑤다.

동물원의 동물이 야생동물보다 대체로 오래 사는 이유는 잡아 먹히거나 마실 물이 부족할 염려가 없기 때문이다. [139)]

어떤 면에서 인간 역시 각종 사고로 운 없이 죽음을 맞이하는 경우가 많다.

나는 죽음에 대하여 막연한 생각을 갖고 있었다.

주변의 죽음을 보면서 나도 언젠가는 죽겠구나 하는 정도로 생각하며 지냈다.

처음에 죽음을 준비한다고 할 때 도대체 무엇을 준비한다는 건지 이해하지 못했다.

이후에 나는 나중에 올 나의 죽음을 상상해 보았다.

지금부터 죽을 때까지 살 날이 얼마나 남았는가.

나의 죽음이 언제쯤 다가올까.

앞으로 사는 동안에 무엇을 할까를 생각하기 시작했다.

우선 떠오른 것이 사는 날이 얼마 남았더라도 깔끔하게 죽기 위해서는 하나씩 정리해 나가야 하겠다는 마음을 먹었다.

혹시라도 예상보다 빨리 죽게 될 상황을 떠올려 보면 그 뒤처리를 해야 하는 가족들에게 너무 미안한 생각이 든다.

어차피 사람은 한번은 죽으니까 그렇다고 아무렇게나 죽어도 된다는 말은 아니다.

누구나 한번은 죽게 되어 있으니까 상관없다는 말이 아니다.

특히 전문가들 사이에 어떻게 죽음을 맞이할 것인가를 두고 여러 가지 방법을 제시한다.

심장마비나 사고를 제외하면 죽음은 점진적으로 다가온다.

병에 걸려 병원을 드나들고, 점차 면역력이 떨어지며, 기력이 쇠하면 조금씩 움직이기 어려워진다.

경제적인 여유가 있는 노인들은 요양병원이나 요양원을 이용하며 죽는 날까지 도움을 받는다.

안타깝지만 그렇지 못한 노인들은 불행한 죽음을 맞이할 가능성이 높아진다.

사회학적 죽음과 생물학적 죽음이 지속되는 시간이 길어질수록 본인은 물론 주변 가족들까지 여러 가지 어려움을 견뎌내야 한다.

가정방문 요양보호제도가 활성화되어 있지만 어디까지나 제한된 범위에 머문다.

죽음에 대한 애도는 죽음을 현실로 받아들이는 자세에서 출발한다. [140]

조문객들에게 음식을 대접하고 친인척과 이웃의 고인에 대한 회상이 이어진다.

죽은 사람이 살아 있는 사람의 입을 통해 부활하면서 회상은 과거에만 머물지 않는다.

슬픔을 억압하는 것이 죽음을 진지하게 받아들이는 것이라고
생각하는 건 곤란하다.

죽음이 가지고 있는 안타까움과 두려움의 속성을 혼자서 감당
하기에는 어려운 일이다.

시끌벅적한 가운데 살아 있는 사람들이 서로를 위로하면서 통
합할 기회를 주는 것이 장례의식이 하는 역할이다.

장례는 산 사람들의 삶에서 죽은 사람의 자리를 온전히 비워
낼 수 있도록 산 사람들에게 마련된 유일한 의식이다.[141]

유일하다고 할 수는 없으나 장례식은 산 사람을 위한 의식이
라는 점은 확실하다.

마찬가지로 장례식이 간소해진 것은 살아있는 사람을 위한 것
이다.

슬픔과 원망을 해소하지 못한 장례식은 결코 살아있는 사람을
위한 것이 아니다.

장례식을 통해 죽은 사람에 대한 버림과 비움의 시간이 필요
하기 때문이다.[142]

오래전에 서울의 한 대학병원 장례식장에 간 적이 있다.

병원 측에서는 문상객이 너무 왁자지껄하게 떠드는 바람에 유
족들이 피곤할까 봐 오래 머물지 못하도록 빈소 밖에 의자 몇

개만 놓아두었다.

병원의 생각과는 달리 문상객들이 빈소에서 유족과 인사를 마치고 난 다음에 세상에 이런 장례식장은 처음 본다며 불평을 늘어놓기 시작했다.

또한 문상객들이 그냥 돌아가기 아쉬웠던지 광화문까지 나와 포장마차에서 한 잔씩 걸치고 돌아간 적이 있다.

후에 그 병원의 장례식장 역시 다른 곳과 마찬가지로 문상객들이 고인에 대한 기억을 살릴 수 있도록 별도의 장소를 마련하였다는 전언이다.

유산관리자라는 것도 생겨났다.

아이폰iPhone에는 유산관리자를 지정할 수 있는 기능이 추가되었다고 한다.

내가 갑자기 사망하더라도 상속인이 유산관리자로 부여받아 가지고 있던 접근키와 사망진단서로 내 기기의 데이터들에 엑세스할 수 있도록 한 것이다.

죽음을 준비하는 기술도 점차 진화하고 있다는 사실을 알 수 있다.

죽음을 예상할 수 있는 나이가 있다.

일반적으로 기대수명이나 평균수명이 바로 그것이다.

그러니까 기대하는 수명의 나이가 되면 죽을 때가 되었다고 할 수 있다.

물론 개인차가 있어 사람마다 서로 다른 나이에 죽게 된다.

개인마다 차이가 나는 이유는 무엇일까.

운도 있을 것이고 개인의 건강관리에 따라서도 달라질 것이다.

상식적으로 보면 기대수명에 이르기 전에 죽으면 애석한 일이다.

병에 걸리거나 사고가 나면 이 수명은 당겨진다.

죽을 나이보다 더 적은 나이에 죽게 되면 우리는 억울하게 생각한다.

우리는 주위에서 수많은 죽음을 목격한다.

죽음이 정당화되는 그 무엇이 있어야 우리의 슬픔이 조금은 줄어든다.

우리가 어쩔 수 없이 받아들여야 하는 그 무엇이 있어야 한다는 말이다.

나이가 죽음의 예상 나이를 넘어섰다든지,

병에 걸려 오랫동안 씨름을 했다든지,

갑자기 예상치 못한 사고를 당했다든지,

술을 많이 마셨다든지,

담배를 오래 피웠다든지,
평소에 남을 괴롭혔다든지,
나쁜 짓을 많이 했다든지.

나는 언제 어디에서 죽을까

죽음에 대한 두려움은 죽음을 앞둔 사람들만의 전유물은 아니다.

다만 일상에 매여 죽음을 상기하지 않을 뿐이다.

실체를 모르는 모든 불안은 죽음에 대한 불안이라고 할 수 있다.

죽음에 대한 불안은 우리의 무의식에 늘 존재하며 우리가 종교, 섹스, 젊음, 지식, 부, 권력에 보이는 집착 역시 죽음의 공포를 극복하기 위한 무의식적인 보상행위라고 주장한다.[143]

심리학적으로 일리 있는 말이다.

다른 활동에 매진하여 죽음의 두려움을 벗어나기 위한 것이다.

죽음의 공포를 통해 내게 주어진 현재를 잘살고 있는지 돌아보는 계기가 주어지는 것이다.

나다운 삶을 살지 못하고 있을 때 우리는 실존적 죄책감을 느낀다.

나의 운명, 내 삶의 존재 이유, 나에게 주어진 역할, 나만이 해

낼 수 있는 무언가가 세상에는 존재하며, 그것을 찾아내고 실현하며 살아나가는 것이 우리의 의무다.[144]

이를 깨닫게 해주는 것이 죽음의 공포가 갖는 순기능이다.

사람들은 평소에는 어디에서 죽을지 생각하지 않는다.

그러나 우리는 죽음을 수없이 목격하면서 사람들이 죽는 장소가 정말 다양하다는 것을 알 수 있다.

사고로 인하여 불특정한 공간에서 갑자기 죽는 것을 제외하면 집 아니면 병원이 일반적이다.

집이라는 곳도 다양하다.

보통 집이라고 하면 자신이 꾸준히 살던 공간을 말한다.

가옥의 형태나 크기는 상관없다.

죽는 사람의 체온이 깃들고 가족들의 손길이 닿는 곳이 곧 집이다.

집이 아닌 곳에서 사람이 죽을 때 우리는 보통 객사客死라고 해서 안타까운 마음을 나타낸다.

그런데 과거에 병원이 많지 않던 시절에는 싫건 좋건 집에서 운명을 맞이했다.

그러나 병원의 수가 늘어나고 또한 죽음을 맞이하는 환자들의 마지막을 돌볼 수 있는 의료진과 시설이 마련되어 있어 사람들은 죽는 장소로 병원을 선호한다.

환자는 물론 가족 구성원들 역시 병원이나 요양시설을 선호한다.

한국에서도 병원을 선호하는 경향이 뚜렷해지고 있다.

집에서 임종을 맞이하기에는 너무나도 부실한 여건이다.

나도 운이 닿는다면 집에서 가족들이 지켜보는 가운데 죽고 싶다.

자연을 내음으로 느낄 수 있는 그런 집에서 죽고 싶다.

비가 오든 눈이 오든 바람이 불던 눈으로 보고 느낄 수 있는 그런 장소 말이다.

고층빌딩이나 고층 아파트가 아니라 문밖에 나서면 흙이 드러나 있고, 창문만 열면 냉기든 열기든 코끝으로 내음을 맡을 수 있는 그런 곳에서 숨을 거두고 싶다.

나는 오래전부터 높은 곳이 아니라 땅으로 가까이 가고 싶었다.

어차피 흙으로 돌아가서가 아니라 땅에서 솟아나는 흙내음이 좋아서다.

물론 내가 병원이나 요양병원에서 죽음을 맞이할 수도 있다.

그래도 불평할 생각은 없다.

나의 죽음으로 인해 아내와 우리 아이들이 부담스럽지 않았으면 좋겠다.

혹시 나중에 한적한 곳에 집을 마련하면 옆 마당에 나무 한 그루 심고 그 주변에 내 유골을 뿌려주면 좋겠다.

세월이 오래 지나면 나무가 자라서 정원에 시원한 그늘을 마련해 주면 얼마나 좋을까.

조금 더 바란다면 우리 아이들이 "여기에 밤잠 설치며 나라 걱정하던 우리 아버지가 묻히다"라는 표지석이라도 하나 세워주면 하늘을 나는 기분이 들 것 같다.

누구는 죽기 좋은 날이 있다고 한다.

날씨가 화창한 날, 비 온 뒤 무지개가 뜨는 날, 아니면 함박눈이 내리는 날, 그도 아니면 노을이 붉게 떠오르는 날.

이런 날을 고를 수만 있다만 얼마나 좋을까.

나는 내가 죽기 좋은 날을 고를 수 있을까.

우리가 말하는 좋은 죽음이란 적당한 시기에, 사랑하는 가족들에 둘러싸여, 고통 없이, 모든 것을 완전히 정리한 후, 편안하고 존엄하게 죽는 죽음을 말한다.[145]

우리에겐 다른 삶이 있을 뿐 틀린 삶은 없듯이 틀린 죽음도 없다.

죽음은 그저 태어남과 동시에 결정된 피할 수 없는 삶의 일부이다.

좋은 죽음이든 존엄사든 안락사든, 우리 모두는 그저 살던 대로 살다 가는 자기다운 마무리를 맞을 것이다.[146)

나는 지금까지 살아오면서 여러 차례 죽을 뻔한 고비를 넘겼다.

그때마다 살아남는 행운이 나에게 다가왔다.

여러 차례 위험한 고비를 넘기고 지금까지 살아 있다는 사실이 참으로 신기할 따름이다.

그때마다 운이 참 좋구나 하는 위안도 가지고 부모님의 음덕이라고 믿고 싶었다.

역시 사람에겐 운명이 있나 보다 하는 생각이 불현듯 머릿속을 스친다.

아마도 나에게 혹시라도 못다 한 일을 마저 하고 오라고 하는 계시啓示인가.

평소에 내가 걱정하던 일, 머릿속을 어지럽게 하던 일, 그러면서도 제대로 하지 못한 일을 그대로 두고는 떠날 수 없다는 생각이 든 것이다.

아무튼 이렇게 저렇게 마지막 같은 또 하루가 저물어 가고 있다.

한류

한류를 두고 말들이 많다.
우리가 좋아서 한 건데 남도 좋아한다.
배 아파하는 나라들이 몇몇 있다.
따라 하고 싶은데 잘 안되기 때문이다.

Paint & Poem by 古堂

또 다른 복병을 만나다

은퇴 후 나이가 들면서 맞닥뜨리는 질병에는 쉽게 치료되는 것도 있고 목숨을 다투는 것도 있다.

운이 좋아 쉽게 치료할 수 있는 질병에 걸리거나 의사를 잘 만나 크게 고생하지 않고 언제 그랬냐는 듯이 일상으로 돌아오기도 한다.

이것은 참으로 운이 좋은 경우다.

반면에 성인병이라고 하는 고혈압, 당뇨병, 심장병, 신장병, 각종 암 등에 걸리면 완치를 기대하기 어렵다.

이러한 질병은 사실 갑자기 오기보다는 평소에 건강에 주의를 기울이지 않는 습관 때문에 제법 오랜 시간에 걸쳐 조금씩 다가온다.

따라서 별로 의식하지 못한 채 질병에 노출되고 만다.

병에 걸린 사실을 자각할 무렵에는 병이 상당히 진행된 사실과 마주하게 된다.

노인들을 괴롭히는 질병은 나열하기 어려울 정도로 그 수가 많다.

신체를 구성하는 모든 부위를 가리지 않고 언제든지 질병에 걸릴 수 있다.

평소에 건강에 유의하는 습관을 갖고 꾸준히 관찰하지 않으면 자칫 놓치는 경우가 많다.

나의 경우에 평소에는 특별히 몸에 이상을 느끼지 못했는데 퇴직 후 3년이 경과할 무렵에 우연히 받은 신체검사에서 폐암을 발견하고 커다란 충격을 받았다.

다행히도 치료를 잘 받은 덕에 거의 4년이 경과한 지금에는 재발이나 전이가 발견되지 않아 일상으로 복귀할 수 있는 행운을 얻게 되었다.

그러나 폐암의 종결을 앞두고 있을 무렵에 뜻밖의 문제가 생겼다.

폐암 치료를 받는 동안에 시력視力에 대해 별로 의식하지 않고 지내다가 안과를 방문해서 검사한 결과 황반변성이 나타났다는 의사의 진단을 받았다.

황반변성은 황반에 발생하는 변성으로 시력 저하는 물론 실명까지 유발하는 퇴행성 질환이다.

원인이 정확히 밝혀지지도 않았고, 완치도 되지 않는 것으로 알려져 있다.

결론적으로 이제는 폐암이 문제가 아니라 실명失明을 우려해야
하는 처지가 되었다.

완전하지는 않지만 진행을 지연시키거나 멈추게 할 수 있는
방법이 있다고 해서 일정한 간격으로 치료를 진행하고 있다.

황반변성으로 부족했는지 수개월이 지난 지금 양쪽 눈에 모두
백내장白內障이 오고 말았다.

빨리 조치를 취해야 한다는 의사의 권고에 따라 백내장 수술
을 하는 것으로 결론을 내렸다.

먼저 왼쪽부터 일주일 간격으로 오른쪽까지 하는 것으로 계획
을 짰다.

왼쪽 눈의 백내장 수술을 성공적으로 마치고 난 다음 날 전혀
예기치 못한 복병伏兵이 출몰한 것이다.

폐암과는 상대가 안 되는 엄청난 폭풍이 아주 짧은 순간에 닥
친 것이다.

상상조차 하기 힘든 끔찍한 급성 심근경색이 나에게 찾아온
것이다.

급성 심근경색에도 불구하고 멀쩡하게 살아 있는 것은 무언가
기적이 일어났기 때문이다.

출근하던 중에 갑자기 가슴에 묘한 현기증을 느낀 나머지 곧
바로 119 구급차를 불렀다.

다행히도 내가 머물던 버스정류장에서 불과 5분 만에 출동한 구급차는 나를 대학병원 응급실로 이송하였다.

이송 도중에 구급대원들은 아주 능숙하고 침착한 솜씨로 병원의 응급실과 소통하는 동시에 심정지를 일으킨 나를 CPR(심폐소생술)로 살려냈다.

이때 응급처치로 인한 가슴압박 때문에 한동안 가슴 통증으로 인해 몸을 심하게 움직이지 못하였다.

의사의 말에 따르면 통증이 제대로 가라앉으려면 길게는 3개월 이상의 시간이 필요하다고 했다.

목숨을 구한 것에 비하면 가슴의 통증 정도는 충분히 감내할 수 있다고 해야 한다.

급성 심근경색이란 관상동맥이 갑자기 막혀 심장 근육이 죽어가는 질환이다.

혈전이 심장의 관상동맥을 갑자기 막아 심장근육으로 혈액이 공급되지 않아 발생하는 치명적인 질환이다.

심근경색이 일어나면 병원에 도착하기 전에 사망하기도 하고, 병원 도착 후에 적절한 치료를 받더라도 5~10%의 사망률을 가진 질환이다.

이런 점을 감안하면 내가 급성 심근경색으로부터 살아남은 것은 천운天運이라고 해야 할 것 같다.

누군가에게 이 얘기를 들려주었더니 나를 지키는 수호신이 있는 것 같다고 했다.

언제 어떻게 이 수호신이 나타나는지 잘 모르겠지만 앞으로도 위급한 때 나타나 주었으면 좋겠다.

물론 아주 나중에 죽을 때가 되어 모르는 척하면 편하게 죽을 수 있을지도 모르겠다.

심근경색을 치료하는 방법은 혈관확장술을 시행하고, 스텐트를 삽입하여 혈관을 넓혀준다.

다행인 점은 혈관성형술과 스텐트삽입술은 수술이 아니기 때문에 시술 직후에 곧바로 일상생활로 복귀할 수 있는 장점이 있다고 한다.

아무튼 기적적으로 살아나서 오늘 하루도 숨 쉬고 있는 것은 아직 죽을 때가 아닐뿐더러 더 할 일이 있다는 것이 아닐까 하고 믿는다.

물론 지금도 긴장된 분위기 속에서 하루하루를 살고 있다.

아직은 죽을 수 없는 이유

우리는 종종 누군가의 격려와 지지로 삶의 힘든 고비를 이겨
낸다.

특히 주변의 가까운 가족이나 친구는 힘들 때 언제나 기댈 수
있는 언덕이 된다.

이럴 때 나는 혼자가 아니라는 사실에 너무나 행복해하기도
한다.

인생에서 어떻게 하고 싶은 걸 다 하고 살 수 있겠는가.

인생이 어찌 자기 마음대로 돌아가겠는가.

보통으로 살아가는 게 얼마나 힘든가는 아무도 모른다.

평범한 삶이라는 게 쉬운 일이 아니라는 걸 누가 알겠는가.

삶이 힘들 때 한 번이라도 내 편이 되어줄 사람이 있다면 얼마
나 좋을까.

내가 좀 부족하더라도 어깨를 쓰다듬으며 위로 한마디 해주는
누군가 곁에 있으면 얼마나 좋을까.

내가 조금은 잘못했더라도 괜찮아 다시 하면 되지, 걱정하지

말라고 말해 주는 사람이 있다면 얼마나 좋을까.

내가 힘들 때 그래 쉬어 가도 괜찮다며 나에게 손을 내밀어 주는 누군가가 있으면 얼마나 좋을까.

내가 절망의 나락에 빠져 헤맬 때 아무 말 없이 곁에 앉아 내가 일어설 때까지 기다려주는 누군가가 있으면 얼마나 좋을까.

2020년 3월 폐암 진단을 받고, 내가 죽을지도 모른다고 동네방네 소문낼 일은 아니었다.

이유는 간단했다.

사람들의 궁금증이 나를 힘들게 할 수도 있기 때문이었다.

조금은 혼란스러운 상황이었지만 병원과 의사의 처방에 충실히 따르기로 했다.

처음 암 진단을 받고 정밀검사를 하는 동안에는 솔직히 모든 것을 포기하고 죽음을 기다리는 수밖에 없다고 생각했다.

모든 의욕을 잃고 이제는 죽음을 준비해야겠다고 마음먹었다.

죽음에 대한 두려움은 여기에서 온다고 생각했다.

검사와 치료과정에서 가족 외에도 애틋한 애정과 위로의 말로 나에게 용기를 주어 지금까지 살아있게 만들어 준 이들에게 너무나 감사한 마음을 전하고 싶다.

그들의 걱정과 격려에도 불구하고 쉽게 삶을 포기한다면 비겁하기까지 하다고 생각했다.

병원에 근무하는 제자들의 안타까움에서 진한 위로의 마음을 읽을 수 있었다.

  "선생님 더 오래 우리 곁에 머물러 주세요"
  "교수님 오래도록 보고 지냅시다."

검사과정에서 핵의학과에 근무하는 제자는 "선생님, 제가 간호사밖에 되지 않아 해드릴 수 있는 게 없어 죄송해요" 하는 말이 눈시울을 뜨겁게 만들었다.

오랜만에 만난 제자에게 암에 걸린 사실을 고백하자, 왜 진작 말해 주지 않았냐고 하면서 버럭 화를 내는 것을 보고는 진한 삶의 의욕을 갖기도 하였다.

이런 위로를 저버리고 삶을 지레 포기한다는 것은 도저히 상상할 수 없는 일이었다.

오래 살 수는 없더라도 이들의 안타까움을 조금이라도 달랠 정도는 살아야겠다는 마음을 먹었다.

사랑하는 이들의 위로 못지않게 삶을 포기할 수 없게 만든 재미있는 사실을 또 하나 발견하게 되었다.

암 진단에 앞서 받아야 하는 검사 중에는 여러 가지가 있었다.

심장 초음파 검사가 그중 하나였다.

초음파 검사는 심장이 위치한 복부에 끈적끈적한 젤을 바르고
난 다음에 약 20여 분 동안 각도를 달리해서 스캔하여 심장의
운동상태를 점검하는 것이라고 한다.

물론 이러한 사실도 처음으로 알게 된 것이다.

그런데 약간 모로 누웠을 때 우연히도 모니터에 비친 내 심장
을 목격할 수 있게 되었다.

무심코 보게 된 나의 심장이 너무나 진지하고 씩씩하게 쉬지
않고 움직이고 있다는 사실을 발견하였다.

마치 주인에게 내가 이렇게 잘하고 있다는 것을 자랑이라도
하듯이 말이다.

심장 판막은 아주 쉼 없이 운동하고 있었다.

팔딱팔딱 쉴새 없이 규칙적으로 뛰고 있는 심장을 보노라니
경건한 마음까지 들 정도였다.

심장의 판막은 혈액의 역류를 막아주는 역할을 한다고 한다.

이런 판막이 열고 닫힘에 문제가 있을 때 판막질환이 생긴다
고 한다.

여닫이를 규칙적으로 반복하는 판막을 보면서 문득 한가지 바
보 같은 질문이 떠올랐다.

순간 간호사에게 이것(판막)이 멈추게 되면 어떻게 되냐고 물
었다.

간호사는 어이가 없다는 듯이 찰나의 망설임도 없이 "죽지요"
라고 응수했다.

순간 민망하고 부끄러운 생각이 동시에 들었다.

심장은 나의 생명을 유지하기 위하여 이렇게도 열심히 작동하
고 있는데 내가 여기에서 포기한다는 것은 건강한 내 심장의
수고에 대한 예의가 아니라는 생각이 들었다.

내가 힘들 때마다 나의 심장이 열심히 작동하는 걸 보면서 희
망과 용기를 얻기 위해 심장 초음파 검사한 녹화 디스크를 하
나 복사해 달라고 부탁했다.

지금도 나의 사무실 책상 서랍에는 그 디스크가 보관되어 있다.

나의 심장이 나의 생명을 유지해 줄 것을 기대하면서 말이다.

이후로는 심장이 멎을 것 같다는 말을 절대 떠올리지 않기로
했다.

얼마나 무서운 말인지 비로소 알게 되었기 때문이다.

우리는 살면서 자주 절망적인 상황에 맞닥뜨릴 때가 있다.

그때마다 포기할 수 없는 이유는 언제나 우리 주변에 누군가
나를 지켜주고 있기 때문이라고 생각한다.

고故 박원순 전 서울시장은 2014년 선거 때 "당신 곁에 누가
있습니까"라는 당시로서는 선뜻 공감이 가지 않는 표어로 재

선에 성공하였다.

이 표어를 두고 캠프의 선거 전문가들조차도 반대했다는 후문이다.

물론 이 표어로 표를 얻어 당선된 것은 아니겠지만 서울시민에게 든든한 버팀목이 되어 줄 것을 약속한 것이 아닌가 하는 생각이 든다.

힘들고 어려울 때 심지어는 죽고 싶을 때조차 누군가가 한 마디 위로의 말을 건네거나 기댈 어깨를 내어 줄 때 우리는 삶에 대한 의지를 되찾을 수 있다.

비가 올 때 우산보다는 같이 비를 맞을 누군가 곁에 있으면 힘을 얻지 않을까.

우리는 누군가에게 서로 이런 존재가 되면 얼마나 살만한 세상이 될까를 상상해 본다.

노인들은 어차피 주변 사람들로부터 조금씩 멀어진다.

자식들은 성장하면 독립해서 집을 떠나간다.

부부 중 한 사람이 먼저 저세상으로 가면 남은 한 사람은 혼자가 된다.

건강한 상태라면 그런대로 일상생활을 버틸 수 있겠지만, 그것도 오래 갈 것이라고 기대할 수 없다.

여기에다 어려운 경제적 사정까지 겹치면 하루하루 지내는 것이 지옥이 된다.

또 혼자라는 외로움이 엄습해 오면 노인의 삶은 더 이상 돌파구가 없어진다.

지금도 후회되는 것이 있다.

어머님이 병원에 입원해 계실 때, 아침에 출근할 때 한번, 저녁에 퇴근할 때 한 번씩 들르곤 했다.

게다가 특별한 경우가 아니면 10분에서 30분 정도 머물렀다.

그때마다 어머님은 얼른 들어가서 쉬라고 말씀하셨다.

나는 그게 진심인 줄 알았다.

마치 어머니는 짜장면을 싫어하시는 것처럼 말이다.

어머니는 언제나 생선 대가리만 좋아하시는 줄 알았다.

지금 와서 생각해 보면 좀 더 내 곁에 있다 가라고 한 것이 진심이 아니었을까.

누이들이 뜸하게 한 번씩 방문하면 하룻밤을 묵고 가면 안 되냐고 하시던 말씀이 뼈를 때린다.

얼마나 외로웠으면 그런 말씀을 하셨을까.

고독은 곁에 함께 할 사람이 없으면 반드시 오게 되어 있다.

이런 말이 떠오른다.

만약 누군가를 사랑한다면 그들에게 줄 수 있는 최고의 선물

은 바로 당신의 존재라고 한다. [147)]

베트남의 승려 틱낫한Thich Nhat Hanh 스님이 한 말이다.
너무나 맞는 말이라고 생각한다.

등대

사람들은 등대가 외롭다고 한다.
늘 혼자 서 있기 때문이다.
출렁이는 파도와 끼룩끼룩하는 갈매기가 지켜주는 걸 모른다.
언제나 외로운 건 인간이다.

Paint & Poem by 古堂

죽음을 연습하다

죽음을 맞이하기 전에 미리 연습해 두면 죽음이 편안해질까.
죽음을 연습할 수 있는 방법은 있을까.
아직까지 죽음을 연습해 보고 죽었다는 사람은 없다.
삶으로부터 영원히 이별하는 것은 참으로 안타까운 일이다.

할 수만 있다면 떠나는 연습은 분명 죽음을 준비하는 좋은 방법일 것이다.
죽음으로 다가가는 연습을 해 봄 직하다.
그런데 죽음을 어떻게 연습한단 말인가.
연습할 수만 있다면 지금부터라도 해 보고 싶다.
나는 매일 죽음으로 가는 길을 걷고 있다.
언젠가부터 나는 내일 당장이라도 죽음을 맞이할 준비를 하고 있다.
내가 내일 죽어도 삶에 아무런 미련을 남기지 않고 떠나고 싶다.
어떤 누구도 나의 죽음으로 인해 성가신 일을 떠맡지 않았으면 좋겠다.

나의 죽음을 아쉽게 생각하는, 나를 사랑하는 이들이 조만간 일상으로 돌아갈 수 있기를 바란다.

나는 이를 위해 하루하루를 내 삶의 정리에 힘쓰고 있다.

아직은 완전히 정리하지 못했지만, 조만간 그야말로 당장 죽어도 아무런 남김이 없도록 준비해 나가고 있다.

죽음을 준비하는 교육에서는 죽음에 대한 생각을 일부러 유도하여 죽음을 일깨워주는 방법이 있다고 한다.[148]

자신의 죽음에 대한 에세이 쓰기, 죽음과 연관된 질문지에 대답 작성하기, 죽음에 대한 사색, 공동묘지 방문 등이 있다.

특히 죽음을 상기할 수 있는 장소, 예컨대 재해 지역, 전쟁터, 포로수용소 등을 방문함으로써 죽음과 삶에 대한 통찰력을 가질 수 있다.

이를 다크 투어리즘dark tourism이라고 하는데 죽음을 가까이 목격할 수 있는 기회를 제공한다는 점에서 의미가 있다고 한다.[149]

확실히 알 수는 없지만 죽을 때까지 시간이 충분히 남았다면 또 그렇게 생각한다면 여러 가지 준비를 할 수도 있을 것이다.

억세게 운이 없어 불의의 사고로 죽지 않는 한 누구나 금방 죽지는 않는다.

내일 어찌 될지 알 수 없는 말기 암 환자나 임종을 앞둔 환자가 아닌 다음에는 얼마든지 죽음을 각오할 시간적 여유가 있다.

나는 암 진단과 이어지는 항암 치료를 하는 동안에 끊임없이 죽음을 되뇌었다.

다름 아니라 죽음으로 떠나는 연습을 하는 것이다.

떠나는 시점을 내가 알거나 정할 수는 없지만, 하루 이틀 또 한두 달 아니면 일 이년 후에 떠난다고 가정하고 살아간다.

이는 혹시라도 갑작스러운 죽음을 대비하는 것이기도 하지만 죽음에 대한 두려움을 서서히 떨쳐 내는 효과도 있는 것 같다.

내가 1970년대 초 대학에 입학하여 읽은 플라톤의『국가론』 번역본 맨 마지막 페이지 여백에 적은 말이 내 머릿속을 혼란스럽게 만든다.[150]

　"나는 어제 사랑하고, 오늘은 고민하며, 내일은 죽는다."

지금은 처음 암에 걸려 금방 죽을지 모른다는 공포는 상당한 정도로 주저앉았다.

그리고 죽음을 상상하고 죽을 때를 대비해 여러 가지 준비할 수 있게 해 준 나의 운명에 진심으로 감사한다.

나는 어떤 종교의 독실한 신자는 물론 아니지만, 운명이 나에게 주는 소명을 믿는다.

나를 여전히 삶에 붙들어 놓는 이유가 분명히 있을 것이라고 믿는 편이다.

나는 그것이 무엇인지는 아직 모른다.

그보다는 인간인 나로서는 아마도 알아내지 못할지도 모른다.

그러나 하나 분명한 것은 나 자신과 또 주변의 가족이나 사랑하는 이들만을 위해 나를 여기에 더 머물게 한 것은 아니라는 점이다.

이런 깨달음은 나로 하여금 더 치열하게 살아가도록 만드는 추진력을 주고 있다.

나 아닌 누군가를 위해 무엇인가 해야 한다는 소명 의식을 가지고 오늘 하루도 떠오르는 여명과 함께 행복한 마음으로 출발한다.

19세기 미국의 시인 에머슨Ralph Waldo Emerson은 "자기가 태어나기 전보다 조금이라도 더 살기 좋은 세상을 만들어 놓고 떠나는 것이 성공"이라고 했다. [151]

나는 이런 성공을 장담할 수는 없지만 적어도 노력은 해 보고 싶다.

죽음이 분명 인간사에서 중대한 이벤트인 것은 확실하지만 우리가 그게 무엇인지 알아내는 데는 한계가 있다.

어쩌면 잘 알지 못하기 때문에 사람들은 여기에 매달리는 것인지도 모르겠다.

그리스 철학자 소크라테스는 "죽음은 인간이 받을 수 있는 축복 중 최고의 축복"이라고 한 말이 전해진다.

이 말을 이해한다면 죽음을 전혀 두려워할 게 아니라 행운으로 받아들여야 한다.

그런데 어떻게 죽음이 축복으로 될 수 있는지 나는 잘 모르겠다.

죽음이 삶의 고통으로부터 해방시켜 주기 때문일까.

아니면 죽음이 완전한 멈춤이 아니라 또 다른 세계로 가는 이어짐이기 때문일까.

죽음에 대한 궁금증은 또 다른 의문을 낳고 사람들을 더욱 궁금하게 만든다.

갑작스러운 죽음에 대비하는 방법은 죽음을 가정해서 미리 준비하는 것이다.

통계적으로 10명 중 1~2명은 갑작스러운 죽음을 맞이한다고 한다.[152]

갑작스러운 죽음에 내가 포함될지도 모른다니 생각만 해도 아찔하다.

1~2명에 속하지 않기를 바라면서 죽음을 준비하고 연습할 시간을 갖는 것만 해도 다행이라고 생각한다.

물론 죽음 준비를 다 하지 못하고 1~2명에 들어가 버릴지는 모를 일이다.

미국의 정신과 의사 엘리자베스 퀴블러 로스와 데이비드 케슬러는 죽음을 받아들이는 다섯 단계를 부정, 분노, 타협, 우울, 수용으로 구분하였다. [153)

세상에 똑같은 죽음은 없다.

이 단계는 내가 나의 죽음을 맞이하면서 갖는 자세이기도 하지만 가까운 사랑하는 사람의 죽음을 목격하면서 보이는 반응이기도 하다.

돌이켜 보면 나의 부모님께서 세상을 떠날 때도 그랬고, 얼마 전 나보다 나이 어린 동생이 저 세상으로 갔을 때도 같은 감정을 가졌다.

다만 다섯 단계가 날마다 순서가 바뀌어 나타나기도 하고 때로는 한 단계에 한참 머물러 있기도 했다.

죽음을 준비하는 일은 죽음을 가정하고 많은 경우 삶을 하나씩 정리해 나가는 과정으로 이해할 수 있다.

관계를 정리하고 물건을 정리하고 오래된 기억을 정리하고 떠
날 준비를 하는 것이다.

특히 나는 우리 아이들이 오롯이 나의 죽음을 슬퍼할 수 있게
해주는 것이 나의 마지막 의무라고 생각한다.

내가 부모님을 잃었을 때 마음껏 슬퍼하지 못한 것이 지금에
야 한스럽다.

못다 한 말들이나 부탁을 사람들에게 전하는 것도 죽음 이전
에 해야 할 일이다.

살면서 많은 도움을 받았다거나 평소에 좋은 관계를 유지한
사람들에게 마지막 인사쯤은 해도 좋을 일이다.

나는 일찍부터 객지 생활을 한지라 알게 모르게 많은 사람들
의 도움을 받았다.

그래서 일일이 찾아가지는 못하겠지만 감사의 인사를 하고
싶다.

내가 어려울 때 돈을 빌려준 친구도 있었다.

너무 오랜 세월이 지나 잊어버리고 갚지 못했다.

대학 다닐 때 학교 앞 식당 주인집 아줌마에게도 폐를 많이 끼
쳤다.

분명 외상으로 먹은 밥값이 있을 텐데 잊고 갚지 못했다.

옛날 식당이 그 자리에 있는지도 확인할 수 없다.

마음속으로 고맙다는 인사만이라도 전하고 가야겠다.

특히 가족에게는 할 말이 많다.

아내에게도 아이들에게도 형제·자매들에게도 친척들에게도 하고 싶은 말이 많다.

친구들에게도 미안한 일들이 많다.

어떤 형식으로 마지막 이별을 알리는 게 좋을까.

어떤 사람들은 죽기 전에 유서를 미리 써 놓는다고 한다.

좋은 방법이라고 생각한다.

죽고 난 다음에 공개될 거니까 부끄러울 일은 없을 테니까 좋은 생각인 것 같다.

얼마 전 방영된 「서른, 아홉」[154]이라는 드라마가 있었다.

마흔을 함께 바라보는 서른아홉 살 세 친구의 일상을 이야기로 엮어낸 드라마이다.

드라마의 주인공 세 명 중 하나인 〈전미도〉(정찬영 역)는 마흔이 되기 전에 갑작스레 시한부 판정을 받게 된다.

떠나기 전에 가까운 친구들을 불러 모은다.

모두가 주인공이 시한부 판정을 받은 사실을 이미 알고 모인다.

장례식에 가는 것보다 살아 있을 때 마지막으로 작별 인사라
도 나누면 얼마나 좋을까.

사정이 된다면 나도 따라 해 보고 싶은 좋은 방법인 것 같다.

승리

상대가 실수하면 내가 이긴다.
내가 실수하면 상대가 이긴다.
내가 이기려면 내가 더 잘해야 한다.
전쟁도 마찬가지다.

Paint & Poem by 古堂

왜 죽음이 두려운가

누가 뭐라 해도 나는 죽음이 엄청 두렵다.

왜 두려울까.

불완전한 인간이라서 그럴까.

이 세상과의 인연 때문이 아닐까 생각한다.

이 세상에서 사람과 사물과 맺은 관계들에 너무 큰 아쉬움이
남기 때문이다.

의지와는 상관없이 병으로 인해 죽음을 또록또록하게 목격하
면서 죽는 게 두려운 것이다.

죽음은 삶의 완전한 멈춤을 의미한다.

죽은 다음에는 아무도 죽음을 두려워하지 않는다.

죽을 시간이 얼마나 남았든 간에 살아있는 동안에 죽음을 두
려워하는 것이다.

우리는 인간이기 때문에 누구나 삶에 대한 미련을 가지고 있다.

삶의 과정에서 맺은 사람들은 물론 물건들과의 관계를 죽음이
끊어버리기 때문에 두려운 것이다.

죽음은 완전한 상실과 이별을 가져온다.

사랑하는 사람들과의 관계, 삶에서 얻은 행복한 추억, 살면서 사용하던 때 묻은 물건들로부터 영원한 이별을 생각하면 두려워지는 것이 당연하다.[155]

사람들은 어떻게 죽는 것이 행복한가를 얘기하곤 한다.

자는 숨결에 죽음을 맞이하는 게 얼마나 편안한 죽음일까를 상상해 본다.

우리가 삶과 그 방식을 의지로 선택할 수 없듯이 죽음도 우리가 임의로 선택할 수 없다.

죽음이 두려운 이유는 여러 가지가 있는 것 같다.

이유 있는 두려움이 있는가 하면 이유 없는 막연한 두려움도 있다.

사실 원인을 알 수 없는 막연한 두려움이 훨씬 크다.

죽음 이후 미지의 세계에 대한 인간 본래의 원시적인 공포가 두려움의 진원지일 수도 있다.[156]

말할 나위도 없이 지금까지 지속해 온 사랑하는 사람들과의 관계가 사라지고, 내가 아끼던 손때 묻은 사물과의 이별도 죽음이 주는 두려움의 원인이다.

죽음의 순간이 고통스러운지 아닌지 자신 있게 말할 수는 없다.

은퇴 후에는 죽음이라는 말이 성큼 다가오는 게 일반적이다.
특히 내가 암 진단을 받고 치료를 받는 동안에는 거의 매일 죽음을 떠올리게 되었다.
죽음이란 피할 수 없는 현상이라는 것을 깨닫게 된 것이다.
내가 매일 죽음을 떠올리는 이유는 죽음에 대한 두려움을 없애기 위해서다.
그런데 죽음을 떠올리면서 죽음에 대해 알고 준비하는 것은 바람직한 일이다.
죽음에 대한 두려움을 떨칠 수 있는 것은 덤으로 얻을 수 있는 좋은 점이다.
그러나 한편으로는 지나치게 죽음을 떠올리면 마치 죽음이 가져올 어두운 그림자 속에서 살아야 하는 것이 된다.
이해인 수녀(당시 76세)는 「나는 치매 의사입니다」[157]라는 책의 추천사에서 죽음을 준비하면서 물건을 정리하는 일에 두서가 없고 죽음에 관한 책을 너무 많이 읽다 보니 명랑한 기분이 사라지고 자주 우울해지는 자신을 발견한다고 했다.
나는 이 말에 동의하는 편이다.

오래전의 기억을 되살려 보면 부친의 임종이 비교적 평화로운 것 같았다는 생각이 든다.

병으로 인해 얼마간의 고생을 하신 부친께서는 병원에서 고향의 집으로 돌아와 며칠을 병석에 누워서 보냈다.

아버지의 곁에서 떨어지고 싶지 않았으나 집안 어른들의 명령으로 임종을 문밖에서 지킬 수밖에 없었다.

지금도 그때를 회상하면 가슴이 아려온다.

어린 자식을 두고 가야 하는 부모라면 두려움이 앞설 수밖에 없다.

죽음이 두려운 가장 눈에 잡히는 이유는 세상과 맺은 관계 때문이다.

세상과 맺은 수많은 끈이 단절된다는 사실 때문에 죽음을 무서워한다.

주렁주렁 매달린 끈을 하루아침에 싹둑 잘라내기란 쉽지 않다.

끈이란 결국 삶의 과정에서 맺은 관계를 말한다.

사람들과 맺은 인간관계가 아마도 가장 놓기 어려운 끈일 것이다.

불교나 도교에서는 인연이라고 한다.

인연에는 우연도 있고 필연도 있다.

인연은 이어지기도 하고 끊어지기도 한다.

인간은 끊어진 인연에도 미련을 두는 습성이 있다.

나를 행복하게 하는 관계에 집중하고 필요 없는 관계에 얽매이지 말아야 한다.

행복한 인간관계를 위해서는 놓아야 할 사람과 놓치지 말아야 할 사람을 구분하는 지혜가 필요하다.[158]

은퇴 후에는 부부사이, 부모와 자녀, 친구 사이, 이웃 사이 등의 인간관계를 재정의하고, 남은 인생에서 붙잡아야 할 것과 거리를 두어야 할 것을 분별하는 지혜가 필요한 것이다.[159]

관계에는 물론 인간관계만 있는 건 아니다.

어쩌면 사물과의 관계가 더 소중할 수도 있다.

내가 살면서 아끼던 물건은 내 삶의 흔적을 말해 준다.

「무브 투 헤븐」Move To Heaven이라는 드라마는 유품정리사를 등장시켜 삶과 죽음의 경계를 넘나들며 죽음의 의미를 깨닫게 한다.

내가 사후에 무엇인가를 남겨둔다는 것은 남은 가족들이 나의 흔적을 더듬어 볼 수 있게 하는 단초端初를 주는 것이다.

물론 가족들이라고 해서 나의 때 묻은 물건에 얽힌 사연을 다 알아차릴 수는 없다.

다만 상상으로라도 가끔 기억을 상기하는 일은 나쁘지 않을 것 같다.

우리는 유명인들이 남긴 물건들을 보면서 그들의 삶을 기리기도 하고 삶의 흔적을 교훈으로 삼기도 한다.

부모님이 남긴 유품으로 생전의 관계를 기억하며 못다 한 애정과 관심을 아쉬워하기도 한다.

부자들이 고가의 미술품이나 골동품을 남기는 것과 다르지 않다.

내가 폐암 진단을 받은 후 치료하는 동안은 물론 지금까지 한순간도 죽음을 떠올리지 않은 적이 없다.

지금은 한없이 죽는 게 겁나지만 죽는 순간 아무것도 느끼지 않았으면 좋겠다.

물론 운 없이 사고로 죽는 경우도 있겠지만, 기력이 다해 정신이 혼미해지면 아마도 두려움을 느끼지 못할 것이라고 위안을 삼는다.

아무튼 겁쟁이라고 할지라도 죽음이 두려운 건 어쩔 수 없다.

사람들이 죽으면 그만이라고들 하지만 그게 얼마나 진심인가는 의심스럽다.

아마 짐작하건대 진정 죽음을 목전에 둔다면 누구나 두려워할 것이라고 생각한다.

그래서 나는 사람들에게 외치고 싶다.

체면 차리지 말고 또 부끄러워하지 말고 죽음을 두려워하라고
말이다.

죽음을 두려워하는 건 결코 창피한 일이 아니다.*

죽음을 두려워하지 않는 사람은 성직자이거나 아니면 위선자
이다.

죽음을 앞두면 누구나 후회하게 마련이다.

죽음을 앞두고는 모두가 착해진다고 한다.

아마도 아쉬운 일들이 주마등처럼 눈앞을 스쳐 갈 것이다.

잘한 일보다 못한 일, 바보 같은 일들이 더 많다고 느낄 것
이다.

나도 그렇다.

드라마에서나 해피엔딩이지 실제로는 지옥일 때가 많은 게 인
생이다.

영혼까지 팔아야 하는 생존의 문턱을 넘나들 때가 많다.

드라마 「최강 배달꾼」[160]에 보면 가난한 사람은 사는 게 아니
라 생존하는 것이라고 한다.

인간은 인간 때문에 피곤하게 사는 경우가 많다.

〈김혜수〉 주연의 드라마 「직장의 신」[161]에서 주인공은 번거로

---

* Fear of death is never a shame.

운 인간관계를 피하기 위해 악명 높다고 하는 비정규직을 자청한다.

인간관계로 얽힐 때쯤이면 다른 직장으로 옮긴다.

직장에서 갑질 당하는 것도 싫고 혼자일 때가 가장 행복하다는 것이다.

욕심

짐승은 배가 부르면 거기서 멈춘다.
인간은 배가 불러도 더 먹는다.
짐승보다 못하다는 말은 여기서 나온다.
짐승이 들으면 자존심 상할 얘기다.
짐승보다 못한 인간들이 너무 많다.

Paint & Poem by 古堂

죽음을 슬퍼하다

<u>죽음은 남아 있는 사람들에게 슬픔을 가져다준다.</u>

가까운 사람이나 사랑하는 이들의 죽음은 우리를 더욱 슬프게 만든다.

우리는 부모, 형제, 친척, 친구, 이웃사촌의 죽음을 언제든지 목격할 수 있다.

나는 살면서 부모님을 보낸 슬픔을 아직도 간직하고 있다.

수많은 친척, 친지들을 보내기도 했다.

동년배의 친구들도 다수 이 세상을 떠났다.

그때마다 슬픔을 이기지 못할 때도 있었다.

나는 나보다 세 살 어린 동생을 갑자기 잃고 말았다.

부모님이 돌아가셨을 때보다 훨씬 큰 아픔을 느껴야 했다.

4년이 가까이 다가오는 지금에도 잠을 설칠 정도로 힘들다.

아직도 동생을 마음속으로부터 보내지 못하고 있는 것 같다.

보내고 싶지 않은지도 모르겠다.

죽음이라는 것이 이렇게 힘든지 예전에는 미처 몰랐다.

왜 그렇게 후회스러운 일들이 떠 오르는지 모르겠다.

내가 살릴 수도 있었을 텐데 하고 생각하니 도저히 참을 수가 없다.

어떻게 애도哀悼해야 할지 모르겠다.

떠난 사람은 아무것도 모를 테지만 뒤에 남은 사람들을 이렇게 고통스럽게 할지는 정말 몰랐다.

장례식장에 부의금을 내고 한 두 시간 머무르다 나오면 되는 죽음이 아니었다.

얼마 전에는 동생의 묘를 누군가 헤집는 사건이 일어났다.

경찰에서는 정신이상자의 소행이라고 추정했다.

동생의 죽음 이후에 새삼스럽게 깨달은 사실이 하나 있다.

우리 사회에 '아픈 사람들'이 많다는 것을 알게 되었다.

자신과 아무런 관계도 없는 사람에 대하여 욕하고 비난하는 '환자'들이 부지기수라는 사실을 깨닫게 되었다.

어떤 사람인지 전혀 모르면서도 비난하는 '아픈' 사람들이 많다는 사실이다.

그들이 '병든' 인간이 아니고는 할 수 없는 비난을 해대고 다닌다는 사실이다.

전생에 원수가 져도 이럴 수는 없는 것이다.

'병든 인간들'이 나쁜 것은 애도의 시간을 주지 않기 때문이다.

동생이 운명한 다음 날에도 장례식장에 진을 치고 온갖 몹쓸 짓을 하는 걸 보면서 헬조선이란 걸 떠올렸다.

고향으로 운구하는 날에도 피해자라고 주장하는 여자와 그를 변호하는 노랑머리는 길길이 날뛰면서 말이 없는 죽은 자가 땅에 묻힐 여유조차 주지 않았다.

혹시라도 동생의 죽음을 억울해하면서 누군가 한마디 할라치면 2차 가해라고 거품을 물고 약자를 몰라주는 사회라고 불만을 나타내기도 했다.

사람들은 속세를 살면서 누군가를 미워하기도 하고 누군가를 사랑하기도 한다.

그러나 자신이 만난 적이 없거나 알지 못하는 사람을 미워하지는 않는다.

그럼에도 인간이란 괴이한 동물이라 그런지 이유 없는 증오심을 나타내기도 한다.

인간의 마음속에는 완전히 죽이고 싶은 인간도 있고, 반쯤 죽이고 싶은 인간도 있고, 팔다리 하나쯤 잘라버리고 싶은 인간도 있을 것이다.

다른 한편으로는 자신의 목숨을 내놓고도 지켜주고 싶은 사람이 있을 수도 있다.

어느 쪽이든 만난 적도 없고 본 적도 없고 알지도 못하면서 증오와 애정을 나타내거나 행동으로 옮기면 분명 정신병을 의심해봐야 한다.

이러한 정신병을 의심해봐야 하는 사람들 중에는 보통 사람들보다 소위 지식인들이 더 많다는 사실을 최근에 와서야 알게 되었다.
왜냐하면 이들은 섣불리 배운 지식으로 사람들을 다 안다고 생각하기 때문이다.
퇴직 전에는 내 일에 바빠 생각하지 못했는데 은퇴 후에 이런 인간들이 의외로 많다는 사실을 깨닫게 되었다.
불행히도 그들은 하루도 쉬지 않고 전문가랍시고 부지런히 입을 놀린다.
마치 문학평론가들이 작가의 마음을 알지도 못하면서 어려운 말로 잘난 척하는 것과 다름없다.
나도 남이 보기에 잘난 척하는 것으로 보이지 않게 하려고 지금이라도 말과 행동을 끊임없이 살피고 있다.

이제는 이런 속세의 광란에 대응하지 말라고 하고 싶다.

『전후 사정을 모른 채 돌아서서 등에 칼을 꽂는 해바라기들을 위해 그렇게도 애를 썼단 말인가.

애초에 가지 말아야 하는 흙탕물에 발을 들여놓지 못하게 말리
지 못한 내 잘못이 크구나.

이제 이곳에 남아 있는 사람들을 위한 일은 생각조차 하지 말
거라.

그곳에서 네 마음과 영혼을 위로해 주는 종자기鍾子期[162]를 만
나 편안하게 지내거라.

혹시 윤회輪迴[163]의 수레에 올라타더라도 지구촌 그중에서도
한국에는 절대 오지 말거라.

그래도 미련이 남아 지구촌에 오고 싶거든 다른 때와 다른 곳
에 태어나 평범한 인생으로 한 번 살아 보거라.』

한국 사람들은 죽음을 애도하는 데 인색하다.

무엇 때문에 그런지는 모르겠다.

아마도 죽은 사람은 어쩔 수 없고, 산 사람은 살아야 한다는
것인가.

일설에 의하면 현세를 강조하는 유교적 전통에서 비롯된다고
주장하기도 한다.

죽음, 이별, 질병 등의 상실을 억누르는 습성이 한국인에게 있
는 것 같다.

이것을 한恨이라고 하는 것으로 굳어져 쉽사리 떨쳐버리지 못
한다.

그러니까 이러한 상실과 부족함이 켜켜이 쌓여 한이 되는 것

이다.

한은 하루 이틀에 만들어진 것이 아니기에 해소하기 어려울 수밖에 없다.

일상생활에서 생기는 욕구불만은 그 요인이 해소되면 없어지는 게 보통이다.

그러나 한은 말 못 할 사연이 무수히 쌓여 응어리로 굳어진 것이기에 녹일 수 있는 방법을 찾기란 쉽지 않은 것이다.

심지어 해소되지 않은 한은 대물림되기도 한다.

부모가 가진 한은 자식들에게 전수된다는 말이다.

부모가 못 배운 게 한이 되면 자식들은 어떻게 해서든 공부해서 성공하려고 한다.

부모가 가난한 게 한이 되면 자식들은 무슨 수를 써서라도 부자가 되려고 한다.

부모가 권력으로부터 피해를 보았다면 자식들은 반드시 권력을 잡고 싶어 한다.

한이 긍정적으로 작용하면 성취동기가 될 수 있지만, 부정적으로 나타나면 자신과 사회를 극한적인 경쟁상태로 몰아넣을 수 있다.

상실 특히 죽음을 애도하는 것이야말로 남은 자들이 삶을 제대로 살아갈 수 있는 방법이다.[164]

우리는 좋아하는 것과의 이별, 좋아하는 존재의 부재 등에 대처할 수 있어야 한다.

주변인들이 자신을 돌봐줄 수 있도록 후원인 네트워크를 조성하고, 자신만의 이별 의식을 만들고, 정신적 고통을 육체로 드러내는 것 등의 방법이 있다.[165]

상실은 우리 일부를 함께 잃어버리는 것이기 때문에 특별한 노력 없이 마음의 평화를 얻기 어렵다.

길고 고통스러운 애도의 시간을 거치면 우리는 더 강해질 수 있다.

그러니까 마음껏 울고 슬퍼하는 길만이 상실을 이겨낼 수 있다는 것이다.

한국의 전통에 따르면 예외적인 경우가 아니라면 49일 동안 고인을 추모한다.

사망한 날을 기준으로 7일마다 추모제를 열고 7주가 지난 49일이 되는 날 마지막 추모제를 지내고 고인을 보낸다.

고인의 영원한 평온을 기원하기 위해 사찰에서 천도재薦度齋를 지내기도 한다.

천도재란 사람이 죽어 그 영혼이 내생來生의 좋은 곳에 다시 태어나도록 그 가는 길을 안내하고 인도하며 가는 방법을 가르쳐 주고 이끌어 주는 행위를 말하는 것이다.[166]

불가佛家에서는 사람은 누구나 죽지 않고 영원히 살 수는 없으며 죽으면 모든 것이 끝나고 없어져 버린다고 생각하지만, 비록 그 사람의 육체는 소멸되지만 영혼은 없어지지 않고 생전에 지은 업業에 따라 육도를 윤회하다가 때가 되면 인연을 만나 환생하는데 이 영혼을 하나의 인격체로 인정하여 영가靈駕라고 한다.

천도재는 아무나 할 수 있는 게 아니라 사찰의 삭발염의한 스님이 주재하는 것으로 상당한 비용이 소요된다.
유족이 경제적 여유를 가지고 있다면 누구나 이 의식을 치름으로써 마음에 위안으로 삼고자 한다.
어찌 보면 이러한 장례와 장례 후의 의식은 모두 살아남은 자들을 위한 것으로 볼 수 있다.
그러나 살아남은 자들에게 위로가 되고 다시 시작하는 용기를 줄 수 있다면 나쁠 건 없는 듯하다.
이를 다른 식으로 말하면 내가 죽었을 때 나의 가까운 가족들이 충분히 상실을 애도하고 그들의 삶을 이어갈 수 있도록 하는 것이 내가 죽기 전에 해야 할 일이기도 하다.
그러니까 내가 죽으면 그만이라는 생각은 정말로 남은 사람들에게 무책임한 것이다.
나의 죽음을 얼마든지 애도할 수 있도록 무엇인가를 남겨두어야 한다는 것이다.

어떤 물질적인 것만을 남길 것이 아니라 애도할 수 있는 기억과 추억을 남기라는 말이다.

이것이야말로 내가 편안하게 죽을 수 있고 나를 보낸 가족들의 마음을 위로할 수 있을 것이라 생각한다.

그래서 죽음을 준비하고 삶을 정리하는 데 이 일을 포함해야 한다.

모든 죽음은 예외 없이 상처를 남기고 고통을 준다.

가까운 사람과의 이별은 더욱 그렇다.

소중한 사람이 죽었는데 세상은 아무렇지도 않게 돌아간다면 충격은 더욱 클 것이다.

가족을 잃은 슬픔과 증상을 외상 후 애도 증후군이라고 한다.

죽은 사람을 위해서도 나 자신을 위해서도 충분히 애도하는 과정이 필요한 것이다.

슬픔을 극복하고 주위에 위로해 줄 사람이 필요하다.

해바라기
늘 하늘만 쳐다본다.
일편단심 한 사람만 사랑한다고 한다.
씨도 몸에 좋다고 해서 사람들이 많이 좋아한다.

Paint & Poem by 古堂

자살이라는 죽음은 없다

자살自殺은 스스로 목숨을 끊는 행위를 말한다.

귀중한 생명을 스스로 끊는다는 것은 끔찍한 일이 아닐 수 없다.

자살을 두고 우리 사회에서는 정말로 말이 많다.

누구나 자살해 버리면 이 세상 어딘가에서 사랑하기 위해 살고 있는 사람과 사랑받기 위해 살고 있는 사람의 인생을 슬프게 만든다는 말이 있다.[167]

자살은 누군가에게 커다란 상처를 안기는 이기적 행위가 될 수 있다.

한국은 OECD 국가 중에서 자살률이 제일 높다.

자살을 예방하기 위한 여러 가지 방법들을 강구하고 있지만 별로 효과를 거두지 못하는 것 같다.

아마도 예방하고자 하는 의지가 약하거나 방법이 잘못됐을 가능성이 크다.

자살은 타살他殺이다.

부모–자녀 동반자살이나 일가족 동반자살을 종종 목격한다.

동반자살은 자살이 아니라 타살이다.

부모가 극단적인 선택을 할 때 아이는 선택한 적이 없으므로 아이의 죽음은 자살이 아니라 부모에 의한 타살이다.[168)]

자살의 원인을 살펴보면 자신의 의지로 죽는 경우가 거의 없다는 것을 금방 알 수 있다.

자살을 감행하는 사람들이 어느 날 갑자기 죽고 싶어서 죽는 게 아니다.

주변 사람들의 무관심과 냉대, 업신여김, 극도의 경제적 어려움 등이 그 주된 이유다.

노인들은 일상적인 외로움, 학생들은 부모의 무관심과 학대, 교사의 차별, 친구들의 폭력과 따돌림 등이 죽음을 불러오는 것이다.

특히 경제적 불황으로 인한 생계 문제는 자살의 두 번째 중요한 원인이다.[169)]

만약 자살을 예방하고자 한다면 이런 사회적 문제에 집중해야 한다.

인간으로서의 가치를 잃게 만든 굴욕적인 삶, 그 앞에서 자발적 죽음은 자유와 존엄을 찾는 길일 수도 있다.[170)]

자살을 하는 사람에게 문제가 있는 것으로 간주하면 절대로 자살을 막을 수 없다.

이유 없는 죽음, 특히 이유 없는 자살은 없다는 말이다.

자살을 하는 사람들에게 삶을 가벼이 여긴다고 나무랄 일이
아니다.

프랑스의 사회학자 에밀 뒤르켐Emile Durkheim은 자살을 개인적
행위가 아니라 사회적 조건에 의해 발생하는 강제적인 측면이
있다고 보았다.[171]

그러니까 자살은 개인적 사실이 아니라 사회적 사실, 즉 사회
적 현상이라는 것이다.

그는 사회가 갖는 결속력solidarity의 정도에 따라 자살의 형태가
달라진다고 했다.[172]

이유 있는 죽음을 택하는 사람들에게 죽음이 도덕적으로 정당
한 행위인가 또는 합리적인 선택인가 묻는 것은 자살을 한 사
람에게 가혹한 질문이다.

우선 자살이 합리적 선택이 될 수 있으려면 죽는 게 더 나은
삶이 되어야 하고, 그러려면 삶과 죽음을 상대적으로 비교해
둘 중 어느 것이 나은지 판단할 수 있어야 한다고 지적하기도
한다.

죽음이 없는 삶은 세상에 없으며, 삶이 없는 죽음 또한 존재하
지 않는다.

삶은 죽음이 있기 때문에 비로소 완성되는 인간의 가장 위대한 목적이며, 죽음의 존재를 이해하면 가치 있는 삶을 살 수 있다고 주장한다.

노화가 진행되어 죽음을 예상하는 시기가 오면 어떻게 죽을 것인가를 계획해야 한다.
물론 계획대로 죽음을 맞이할 수는 없지만, 존엄한 죽음을 위해 노력해야 한다.
즉 받고 싶은 돌봄의 유형, 원하는 임종 장소 등 죽는 방법을 고민해야 한다.
환자의 경우에는 호스피스 완화치료를 포함한 모든 조치를 언제, 어떻게 종결할지를 정해야 한다.
더 이상의 완화치료가 필요 없다고 판단되면 의료진과 가족은 모든 치료를 종결할 수 있다.
이러한 결정이 원활하게 이루어지고 환자의 의견이 존중받기 위해서는 「사전연명의료의향서」[173]와 「연명의료계획서」를 작성해 두는 것이 매우 중요하다.
현대 의학의 생명 연장 장치와 의술은 우리를 마음대로 죽도록 내버려 두지 않는다.
의사는 모든 의료지식과 의료기술을 동원하여 환자를 치료할 의무가 있고 정당한 사유 없이 치료를 거부할 수 없도록 하고 있다.

연명 의료에 대한 법률적 거부 의사가 없다면 마지막까지 당신의 입, 코, 혈관에는 각종 튜브와 주사기가 꽂힌 채로 죽음을 맞이할 수도 있다.[174]

나는 얼마 전에 내가 다니던 병원에 아내와 함께 「사전연명의료의향서」를 작성하여 제출해 두었다.

그리고는 한 달쯤 후에 국립연명의료관리기관으로부터 의향서가 등록되었다는 연락이 왔다.

이제는 본격적으로 죽음에 대해 준비해야겠다는 마음을 갖게 되었다고나 할까.

「사전연명의료의향서」는 "19세 이상의 성인이 자신의 미래에 오게 될 임종기 때 의사결정 능력이 저하되거나 없어질 경우를 대비하여 의사결정능력이 온전한 시기에 자발적인 의지로 연명의료 유보·중단 및 호스피스 이용 의향에 관한 의사를 직접 문서로 밝혀두는 것"을 말한다.

「연명의료계획서」는 "의료기관윤리위원회가 설치되어 있는 의료기관에서 담당의사 및 전문의 1인에 의해 말기환자나 임종 과정에 있는 환자로 진단 또는 판단을 받은 환자에 대해 의사가 작성하는 서식"을 말한다.

사람들은 죽음을 두려워하여 이러한 서식을 작성하기 께름칙할 수도 있지만, 언제든지 철회할 수 있으니 겁낼 필요가 없다. 무엇보다 내가 의식이 없는 상태에서 죽음에 대한 가족의 결정에 큰 부담을 줄일 수 있다.

리더십
어떤 능력을 가져야 리더가 되는지는
아무도 모른다.
본인이 잘났다고 해서 리더가 되는 것은 아니다.
나는 다른 건 몰라도 리더가 되어서는 안 되는
인간이 누군지는 안다.

Paint & Poem by 古堂

나의 장례식

요즘 장례식에서는 고인을 한 번도 본 적 없는 이들에게 고인 가족의 지인이라는 이유만으로 부고를 알리고 계좌번호를 공지하기도 한다.

고인을 추모하고 기억하기 위한 장례식이 장례식장의 크기와 화환 개수로 평가되기도 한다.

요즘은 이런 형식적인 장례문화를 벗어나 새로운 이별 문화를 찾으려는 움직임이 생기고 있다.

평소 고인을 알고 지냈으며 기억하는 가까운 지인에게만 부고를 하고 진정성 있게 고인을 추모하는 작은 장례식이 늘고 있는 것도 현실이다.

죽음 이전에 생전 장례식을 열어 소중한 기억을 추억하고 고마움을 전하기도 한다.

하지만 유족이 작은 장례식을 결정하는 것은 자칫 불효로 보일 수 있어 쉽게 결정할 수 없는 문제이다.

때문에 장례에 대한 결정은 당사자 스스로 하는 것이 좋다.[175]

나의 장례식은 정말로 검소하게 치렀으면 좋겠다.

죽기 전에 좀 더 자세히 알려주고 싶다.

내가 죽었을 때 나의 가족을 위로해 줄 수 있는 친척이나 친구들만 초대하고 싶다.

나의 장례식이 우리 아이들에게 부담이 되지 않아야 한다는 믿음을 갖고 있다.

장례식은 살아있는 사람들의 위안에 불과하다고 한다.[176)]

비록 살아있는 사람들을 위한 의식儀式이라고 하더라도 장례식은 여전히 우리에게는 필요한 문화양식인 것은 틀림없다.

다만 사회가 일반적으로 허용하는 범위에서 검소하게 치르는 것이 바람직할 것이다.

죽은 사람은 장례식이 어떻게 진행되는지, 누가 참석하는지를 모른다.

산 사람들의 위안을 위한 최소한에 그치는 것이 바람직하다.

죽은 사람의 존엄이나 유족의 체면을 생각해서 그렇게 한다면 죽기 전에 서로 원하는 바를 알아보는 것도 좋은 생각이다.

죽을 사람이 미리 장례식에 크게 신경 쓰지 않아도 되니 최소한으로 줄여도 된다고 해 두면 어떨까.

아니면 아주 원하는 장례식을 유언으로 남기는 건 어떨까.

한 사람의 죽음으로 인해 얼마나 많은 뒤처리를 해야 하는가를 우리는 미처 모르고 있다.

사랑하는 사람의 죽음을 애도하고 슬퍼하기에도 벅찬 상황에서 너무나 많은 성가신 일들이 줄을 서 있는 것이다.

다행히도 이런 과정을 도와주는 전문가가 있다.

장례지도사라는 직업이 있다.

장례라고 하면 시신에 대한 처리도 있고 고인의 사회적인 관계의 정리도 있다.

본인 스스로 죽음의 뒤처리를 준비해 두는 사람들도 있다.

장례를 전문으로 관리하는 업체에 연락하면 모든 것을 알아서 처리해 준다.

물론 상당한 경비를 지출해야 한다.

사정이 여의치 않으면 많은 절차를 생략해도 된다.

아무리 생략해도 남는 부분은 여전히 경비를 지출해야 한다.

그러니까 죽기 전에 이런 경비를 사전에 마련해 두는 사람들이 있다.

이것도 죽음을 준비하는 과정에서 신경 써야 하는 일부이기도 하다.

영정사진을 미리 찍어두는 사람도 있다.

자식들의 도움을 받아 저승 갈 때 입고 갈 수의를 마련해 두기도 한다.

나는 수채화로 배운 그림 실력으로 부족하지만 장례식에 쓸 자화상을 준비하고 있다.

나는 얼마 전부터 내가 죽기 전에 장례식을 준비해 두는 것이 좋겠다고 생각했다.

그래서 우리 아이들에게 내가 준비한 내용을 적당한 시기에 미리 전달할 작정이다.

나의 아들과 딸이 장례식에 왕림한 친구와 친척들에게 내가 남겨놓은 메시지를 전달해 주기를 바란다.

물론 떠나는 마당에 폐를 끼치고 싶지 않아 장례식은 최대한 간소하게 치르도록 할 예정이다.

아무튼 다음과 같이 장례식을 진행하면 좋을 것 같다.

"저희 아버지의 장례식에 참석해 주셔서 너무나 감사합니다.
오늘 이 자리에 오신 여러분은 저희에게 커다란 위로가 됩니다.
저희 아버지가 이러한 광경을 보고 얼마나 기뻐하실지 짐작이 가고도 남음이 있습니다.
먼저 저희 아버지의 고별사를 들어보시겠습니다.
고별사는 아버지의 생전 육성으로 직접 들려 드립니다."

『여러분, 이제 비로소 저는 떠납니다.

저와의 이별을 기리기 위해 이 자리에 오신 여러분을 진심으로 사랑합니다.

여러분의 모습을 보니 선뜻 떠나고 싶진 않네요.

여러분과 그동안 지내왔던 오랜 세월의 흔적을 쉽사리 지울 수가 없으니 말입니다.

그러나 가야 할 길을 가니 너무 슬퍼하거나 아쉬워하지 마십시오.

인생이란 것이 자신의 의지와는 상관없이 태어났다 살 만큼 살다가 또 내 생각과는 아무런 관계없이 가는 거 아니겠어요.

돌이켜보면 저는 살면서 우여곡절을 적잖이 겪었지만 그래도 이만하면 행복한 인생이었다고 할 수 있지 않을까요.

그 행복은 오로지 여러분과의 인연 덕분이라고 생각합니다.

이 자리를 빌려 세상 인연의 소중함을 비로소 깨닫습니다.

저도 인간인지라 미워하는 감정도 곧잘 나타내기도 했을 겁니다.

그래도 용서해 주십시오.

먼 길을 가벼운 마음으로 갈 수 있도록 말입니다.

저는 여러분을 영원히 기억할 겁니다.

아 참 세상에 영원이란 게 없다고는 하지만 이제 저는 죽었으니 영원이라는 말을 좀 써도 누가 뭐라고 하진 않겠지요.

대신에 여러분은 이 세상에 살아 있는 동안만 저를 기억해 주십시오.

부담은 갖지 마세요.

가끔 한 번씩 떠올려 주시면 됩니다.

외람된 소망일지는 모르겠지만 여러분이 힘들 때 제가 기댈 수 있는 언덕이 되었으면 좋겠어요.

살다 보면 왜 쉬고 싶을 때도 있고 잠시 멈추고 싶을 때가 있잖아요.

그럴 때가 혹시라도 있거든 여기 저한테로 오십시오.

저는 여기에 영원히 있을 테니까요.

여기에 여러분이 언제든지 잠시 머물다 갈 곳도 마련해 놓았어요.

이곳에 오면 맑은 공기와 싱싱한 흙 내음을 맡을 수도 있어요.

여러분들이 쉬다 갈 시원한 그늘도 드리울 겁니다.

아, 여기 여러분들이 맨발로 걸을 수 있는 흙길도 있네요.

사람은 땅과 가까이 있을 때 건강해진다고 하잖아요.

혹시라도 오늘 이 자리에 오지 못해 아쉬워하는 분들이 계시거든 여기로 안내해 주십시오.

그들과 잠시라고 정을 나눌 수 있는 흔적을 남겨놓을 테니까요.

아, 이제 더는 지체할 시간이 없네요.

정말로 떠나야 할 순간입니다.

저에게는 이제 완전한 멈춤의 시간입니다.

저기 나와 동행해 줄 친구가 날이 더 저물기 전에 떠나야 한다고 재촉하네요.

여러분, 모두 멋지게 살다가 먼 훗날 또 다른 삶으로 다시 만납시다.

여러분 모두 안녕^^』

시와 그림

1) 천양희(2006). 천양희의 시의 숲을 거닐다. 서울: 샘터사. 9쪽.

2) 제이 문리버(2020). 세상에서 가장 짧은 소설들. 서울: 바른북스.

3) 류시화 역(2000). 한 줄도 너무 길다 – 하이쿠 시 모음집. 서울: 이레.

4) 사랑인 줄 알았는데 부정맥 – 노인들의 일상을 유쾌하게 담다. 실버 센류 모음집 사단법인 전국유료실버타운협회 포푸라샤편집부(2024). 이지수 역. 포레스트북스. 원제: シルバー川柳: 誕生日ローソク吹いて立ちくらみ (2012년). 센류는 5.7.5조의 일본 시로 에도시대(1603–1867)에 생겨난 풍자적 정형시로 우리나라의 시조와 유사하다고 한다.

책 머리에

5) 이오덕(1992). 우리 문장 쓰기. 서울: 한길사. 11쪽.

6) 이오덕(1992). 위의 책, 12쪽.

7) 이오덕(1992). 위의 책, 17쪽.

Part1 은퇴

8) 스콧 리킨스, 박은지 역(2019). 파이어족이 온다. Scott Rieckins, Playing with FIRE: How far would you go for financial freedom? 서울: 지식노마드.

9) 이성동 · 김성회(2017). 인생후반, 어디서 뭐하며 어떻게 살지? 고양: 좋은책만들기. 106~109쪽.

10) 폴 투르니에, 강주헌 역(2015). 노년의 의미: 두려움 없는 은퇴, 여름날보다 충

만한 인생의 가을을 위하여. 서울: 포이메마. 269-270쪽.

11) 호사카 타카시, 김웅철 역(2014). 아직도 상사인 줄 아는 남편, 그런 꼴 못 보는 아내. 서울: 매일경제출판사. 111쪽.

12) 카렌 와이어트, 이은경 역(2012). 일주일이 남았다면: 삶의 마지막 순간에 오는 것들. Karen M. Wyatt. What Really Matter: 7 Lessons for Living from the Stories of the Dying. 서울: 예문. 267~268쪽.

13) 박진여(2015). 당신, 전생에서 읽어드립니다. 파주: 김영사. 142쪽.

Part 2 인생

14) 오쇼 나즈니쉬, 최재훈 역(2016). 성공이란 무엇인가. 서울: 젠토피아.

15) 김하기(2007). 식민지 소년. 파주: 청년사. 7쪽.

16) 장 아메리, 김희상 역(2022). 자유죽음: 살아가면서 선택할 수 있는 유일한 것에 대하여. Jean Amery. 서울: 위즈덤하우스. 255쪽.

17) 류시화(1998). 지금 알고 있는 걸 그때도 알았더라면. 잠언시집. 서울: 열림원. 거투르드 스타인, 해답. 88쪽.

18) 헨리 마시, 김미선 역(2016). 참 괜찮은 죽음. Henry Marsh(2014). Do No Harm. 서울: 길벗. 8쪽.

19) 이유진(2021). 죽음을 읽는 순간. 서울: 다산북스. 115쪽.

20) 스티븐 D. 헤일스, 이영아 역(2023). 운이란 무엇인가. The Myth of Luck. 서울: 소소의책.

21) 김현철(2023). 경제학이 필요한 순간-경제학은 어떻게 사람을 살리는가. 파주: 김영사.

22) 발타자르 토마스, 이지영 역(2013). 비참한 날엔 스피노자. 앞의 책, 123쪽.

23) 아모르 파티(Amor Fati)는 운명을 사랑하라는 의미의 라틴어라고 한다.

24) 손호성(2005). 악당의 명언. 서울: 아르고나인미디어그룹, 63쪽.

25) 손호성(2005). 위의 책, 78쪽.

26) 가수 김대훈은 전주 출신으로 입지전적 인물로 평가해도 무방할 것 같다. 2010년 첫 앨범 하나 내는 데 9년이 걸렸으며, 그동안 수많은 아르바이트를 하면서

생계를 이었다고 한다. 그래서 아마도 이런 가사(歌詞)가 나오지 않았을까 하는 생각이 든다.

27) 데일 버크. 김재영 역(2009). 후회없는 인생을 위한 솔루션 10 - 잃어버린 시간, 에너지, 인간관계를 회복하는 10가지 원리. 서울: 디모데; 필립 체스터필드. 김승호 역(2006). 아들아 후회없는 인생을 살아라. 서울: 책만드는집.

28) 오츠 슈이치. 황소연 역(2009). 죽을 때 후회하는 스물다섯 가지. 서울: 북이십일 아르테.

29) 이문재(1998). 난 한 번에 단지 한 편의 시만을 사랑할 수 있다. 류시화(1998). 지금 알고 있는 걸 그때도 알았더라면. 서울: 열림원. 앞의 책. 132쪽.

30) 다니엘 핑크(Daniel H. Pink). 김명철 역(2022). 후회의 재발견: 더 나은 나를 만드는, 가장 불쾌한 감정의 힘에 대하여. The Power of Regret. 서울: 한국경제신문.

31) 오츠 슈이치. 황소연 역(2009). 앞의 책.

32) 김정한 시인은 경북 상주 출신이며, 서정적인 시로 독자들에게 잘 알려져 있다고 한다. 사람들은 그의 시를 통해 삶의 위로를 받는다고 한다.

33) 류시화(1998). 지금 알고 있는 걸 그때도 알았더라면. 잠언시집. 서울: 열림원. 14쪽. 어느 17세기 수녀의 기도.

34) 필립 체스터필드. 권오갑 역(1989). 내 아들아 너는 인생을 이렇게 살아라. 서울: 을유문화사. 85~86쪽.

35) 손호성(2015). 악당의 명언. 서울: 아르고나인미디어그룹. 48~49쪽.

36) 와다 히데키. 김동연 역(2022). 80세의 벽. 서울: 한스미디어.

37) 호사카 타카시. 김웅철 역(2014). 앞의 책. 141쪽.

38) 1994년 3월 창립한 '맑고 향기롭게'는 법정스님이 남긴 시민모임으로 맑음은 개인의 청정함이며, 향기로움은 청정함의 사회적 메아리를 의미한다. 전국 6개 지역에 지부를 두고 있으며, 가장 활발하게 활동하는 곳이 부산모임으로 알려져 있다. '맑고 향기롭게' 부산모임은 현재 박수관 YC TEC 회장을 중심으로 3,000여 명이 넘는 회원을 보유하고 있으며 법정스님의 무소유의 나눔을 꾸준히 실천하고 있다.

39) 이문수(2021). 누구도 벼랑 끝에 서지 않도록 - 김치찌개 파는 신부가 건네는 따끈한 위로. 서울: 웨일북.

40) 김주완(2023). 줬으면 그만이지 - 아름다운 부자 김장하 취재기. 서울: 피플파워.

41) '헬조선'은 지옥(地獄)인 Hell과 조선(朝鮮)의 합성어이다. 2014년 경에 널리 퍼진 신조어로 지옥과 같은 한국이라는 뜻으로 쓰이고 있다. 2015년 신조 유행어 중에서 금수저(수저를 가지고 계급을 나누는 것. 부모의 계급을 세습하는 것)가 1위를 차지하고 '헬조선'이 2위를 차지했다고 하니, 한국사회의 처참한 현실을 반영하는 것이다. 이 말의 사용 빈도는 줄었을지 모르지만 상황은 개선보다는 더욱 악화된 느낌이다.

Part 3 관계

42) 조슈아 울프 솅크(2010). 무엇이 우리를 행복으로 이끄는가?. 조지 베일런트. 이덕남 역(2010). 행복의 조건. 서울: 프런티어. 17쪽.

43) 모티크 드 케르마덱, 김진주 역(2019). 혼자를 권하는 사회. 서울: 생각의길. 239쪽.

44) 헬스경향, 2022.3.13. 사랑의 유효기간, 정말 있을까.

45) 칼릴 지브란(1998). 함께 있으되 거리를 두라. 류시화(1998). 지금 알고 있는 걸 그때도 알았더라면. 잠언시집. 서울: 열린원. 앞의 책, 96쪽.

46) 오시마 노부요리, 나지윤 역(2019). 무시했더니 살만해졌다. 서울: 미래타임즈. 28쪽.

47) 박수경(2022). 관계중독: 집착, 스토킹, 폭행, 불륜의 또 다른 이름. 서울: 가연.

48) 강희남(2020). 결혼 전에 물어야 할 186가지 질문. 서울: 부크크.

49) 피천득(2018). 인연. 피천득 수필집. 서울: 민음사. 이 책의 초판은 1996년에 간행되었다.

50) 혜민(2012). 멈추면, 비로소 보이는 것들 - 혜민 스님과 함께하는 내 마음 다시 보기. 서울: 수오서재.

51) 문요한(2018). 관계를 읽는 시간-나의 관계를 재구성하는 바운더리 심리학. 서울: 더퀘스트.

52) 카렌 와이어트, 이은경 역(2012). 일주일이 남았다면: 삶의 마지막 순간에 오는 것들. 앞의 책, 117~120쪽.

53) 최인철(2018). 굿 라이프: 내 삶을 바꾸는 심리학의 지혜. 서울: 21세기북스. 84~86쪽.

54) 밀란 쿤데라, 송동준 역(1988). 참을 수 없는 존재의 가벼움. 서울: 민음사. 17쪽.

55) 이호철(2001). 학대받는 아이들. 서울: 도서출판 보리. 8쪽.

56) 박성호 · 박성표(2016). 예나 지금이나 – 100년 전 신문으로 읽는 오늘의 인문학. 서울: 그린비.

57) 김태형(2010). 부모–나 관계의 비밀. 서울: 세창출판사.

58) 필립 체스터필드, 권오갑 역(1989). 내 아들아 너는 인생을 이렇게 살아라. 앞의 책.

59) 공병호(2013). 공병호의 군대 간 아들에게. 서울: 흐름출판.

60) 윤태진(2022). 아들에게 전해주는 인생 명언 365+1. 서울: 다연.

61) 공진수(2021). 결혼은 환상이고 부부는 현실이다: 부부상담사가 말하는 슬기로운 결혼생활. 서울: 마음책방.

62) 박우란(2021). 남편을 버려야 내가 산다. 서울: 유노라이프.

63) 박우란(2021). 위의 책.

64) 시사저널 2024.04.20. 1801호. "결혼을 졸업한다… '졸혼(卒婚)'을 아시나요." 한 결혼정보업체에서 진행한 졸혼에 대한 설문조사에서 미혼자들이 의외로 우호적인 반응을 나타낸 것이 흥미롭다.

65) John Gray, Men Are From Mars, Women Are From Venus. 1992; 존 그레이, 김경숙 역(2008). 화성에서 온 남자 금성에서 온 여자. 서울: 동녘라이프. 이 책은 남녀관계를 이해하는 데 여전히 길잡이가 되고 있다.

66) 이미나(2003). 그 남자 그 여자. 서울: 랜덤하우스중앙. 148~149쪽.

67) 강희남(2020). 결혼 전에 물어야 할 186가지 질문. 서울: 부크크.

68) 공진수(2021). 결혼은 환상이고 부부는 현실이다. 앞의 책.

69) 천양희(2006). 천양희의 시의 숲을 거닐다. 앞의 책, 29쪽.

70) 밥장(2021). 은퇴 없는 세상: 플랜B를 살다. 서울: 도트북. 164쪽.

71) 한혜경(2021). 은퇴의 맛. 서울: 교유당. 98쪽.

72) 앤 이니스 대그, 노승영 역(2016). 동물에게 배우는 노년의 삶. the social behavior of older animals. 서울: 시대의창. 211쪽.

Part 4 건강

73) FORTUNE KOREA, 2023.2.26. '잘 자면 오래 산다' 사실로 밝혀져.

74) 호리 다이스케, 장현주 역(2018). 수면 혁명. 서울: 경향비피. 호리 다이스케는 현재 600명 이상의 사람들에게 단수면(short sleep) 커리큘럼을 공개하여 99%의 성공률을 자랑한다고 한다.

75) 정재근(2018). 새 집을 지으면. 서울: 행복에너지. 62쪽.

76) 고경일 외(2004). 잊을 수 없는 밥 한 그릇. 파주: 한길사.

Part 5 노인

77) 이현승 · 김현진(2003). 늙어가는 대한민국: 저출산 고령화의 시한폭탄. 서울: 삼성경제연구소.

78) 연합뉴스, 2023.11.23. 대한민국 공익광고제 대상에 '멸종위기 1급 대한민국'

79) 최현숙(2018). "평등한 노년의 삶을 위하여." 최현숙 외(2018). 노년공감. 서울: 정한책방.

80) 보건복지부, 2020년 아동학대 연차보고서. 2021.8.31.

81) 이호철(2001). 학대받는 아이들. 서울: 도서출판 보리. 78쪽.

82) 세계일보, 2019.5.5. 매년 4000명의 아이가 시설로 보내진다 [뉴스+]

83) 중앙일보, 2021.10.7. 원격수업의 그늘 "학교 못 가는 날은 굶는 날. 공황장애 왔다."

84) 김설(2022). 아직 이 죽음을 어떻게 다뤄야 할지 모릅니다 – 자살 사별자, 남겨진 이들의 이야기. 서울: 위고. 64쪽.

85) 조미희(2000). 나는 55퍼센트 한국인. 서울: 김영사.

86) 로라 카스텐센, 김혜리 · 김영경 역(2017). 길고 멋진 미래: 행복한 노년 준비하기. Laura L. Carstensen. A long bright future. 서울: 피와이메이트. 63쪽.

87) 로라 카스텐센, 김혜리 · 김영경 역(2017). 위의 책, 64쪽.

88) https://www.huffingtonpost.kr/ 2023.4.9. '나이 들수록 인지능력 떨어진다'는 통념 깨부순 연구 결과가 발표됐고, 나이 먹을 일만 남은 우리에게 큰 용기를 준다.

89) EBS 〈데스〉 제작팀(2014). 죽음: EBS 다큐프라임 생사탐구 대기획 "데스". 서울: 한솔수북. 219쪽.

90) 데이비드 A. 싱클레어, 매슈 D. 러플랜트, 이한음 역(2020). 노화의 종말. 앞의 책.

91) 아툴 가완디, 김희경 역(2015). 어떻게 죽을 것인가. Atul Gawande, Being Mortal. 서울: 부키. 94쪽.

92) 폴 어빙, 김선영 역(2016). 글로벌 고령화 위기인가 기회인가. 서울: 아날로그. The Upside of Aging. 29쪽.

93) 폴 어빙, 김선영 역(2016). 위의 책, 34쪽.

94) 유범상 · 유해숙(2022). 선배시민: 시민으로 당당하게 늙어가기. 서울: 마북. 저자는 책에서 노인을 대하는 태도와 관점을 세 가지로 제시하였다. 첫째가 사람이 아닌 짐스러운 존재인 No人, 둘째가 젊은이들에게 모범을 보여야 하는 어르신, 셋째가 자기개발과 개인의 즐거운 삶만을 추구하는 액티브 시니어(active senior)이다. 저자는 돌봄의 대상이 아니라 선배시민으로서 동료와 후배시민을 돌보는 주체라는 인식을 가진 노인상을 대안으로 제시하였다.

95) 폴 투르니에, 강주헌 역(2015). 노년의 의미, 앞의 책, 123쪽.

96) 스테판 베나무, 김춘옥 역(1995). 일본을 미워하는 50가지 이유. 서울: 장락. 150∼151쪽.

97) 코스타 델 솔(Costa del Sol)은 스페인 안달루시아 지방의 말라가 주의 해안지역으로 태양의 해변이라는 뜻이라고 한다. 스페인의 주요한 관광지로 알려져 있다.

98) 스테판 베나무, 김춘옥 역(1995). 앞의 책, 149쪽.

99) 게리 크리스토퍼, 오수원 역(2015). 우리는 이렇게 나이 들어간다: 인지심리학으로 본 노화하는 몸, 뇌, 정신 그리고 마음. 서울: 이룸북, 11쪽. The Psychology of Ageing From Mind to Society.

100) 신경가소성(神經可塑性: neuroplasticity)은 성년기나 노년기에는 약간 감소하지만, 여전히 새로운 언어나 운동기술을 어느 정도 수준까지 습득할 수 있는 능력을 일정 수준으로 일생동안 유지한다. wikipedia.org 심리학의 회복탄력성(resilience)과 유사한 개념으로 여러 시련과 역경 그리고 실패를 발판으로 더욱 도약하는 마음의 근력(筋力)을 말한다.

101) 이름트라우트 타르, 장혜경 역(2022). 그럴수록 우리에겐 친구가 필요하다: 우정이라는 가장 가깝고 확실한 행복을 되찾는 법. 서울: 갤리온.

102) 배영(2018). 지금, 한국을 읽다: 빅데이터로 본 우리 마음의 궤적. 서울: 아날로그.

103) 배영(2018). 위의 책.

104) NHK 무연사회 프로젝트 팀, 김범수 역(2012). 무연사회: 혼자 살다 혼자 죽는 사회. 서울: 용오름.

105) 배영(2018). 지금, 한국을 읽다. 앞의 책, 93쪽.

106) 뉴스핌. 2020.5.20. "AI 돌봄서비스, 7월부터 일반가정서도 쓴다".

107) 유용한 정보를 알려주거나 원하는 음악을 재생해 주는 등 독거노인과 소통함으로써 우울증과 소외감을 줄여주는 외로움 해소 역할을 한다. "아리아, 살려줘!"라고 외치면 ICT케어센터, ADT캡스, 케어매니저에 연결돼 초도 대응을 하고 위급상황이라고 판단되면 119에 연계되는 안전제공 역할, 간단한 퀴즈 형식으로 기억력을 검사하는 역할도 한다. 앞의 기사 참조. 이러한 서비스가 사회복지사나 요양보호사의 방문서비스를 완벽하게 대체할 수는 없으나 상당 부분 긍정적인 역할을 수행할 것으로 예상된다.

108) 여성경제신문, 2023.10.28. 초고령 일본에서 드는 100조 엔 규모 실버케어 기기.

Part 6 행복

109) 안톤 슈낙, 문현미 역(1998). 우리를 행복하게 하는 것들. 서울: 문학수첩.

110) 대니얼 네틀, 김상우 역(2019). 행복의 심리학: 당신의 미소뒤에 작동하는 심리 법칙. 서울: 와이즈북. Daniel Nettle, 2005. happiness: the science behind your smile(2005). 65쪽.

111) 마이케 반 덴 붐, 장혜경 역(2016). 행복한 나라의 조건: OECD 선정 '가장 행복한 13개국'에게 배운다. 서울: 푸른숲. 15~16쪽.

112) 정신의학신문, 2022.6.11. 발칙한 이솝 우화(14) 남의 불행은 나의 행복 - 사자와 당나귀와 여우. 최강록 정신건강의학과 전문의.

113) 최인철(2018). 굿 라이프: 내 삶을 바꾸는 심리학의 지혜. 앞의 책.

114) 정신건강신문, 2022.6.11. 발칙한 이솝 우화(14). 남의 불행은 나의 행복. 앞의 글.

115) 오쇼 나즈니쉬, 최재훈 역(2016). 성공이란 무엇인가. 앞의 책.

116) 알베르 카뮈(Albert Camus)가 한 말로 전해진다. 프랑스의 저널리스트이자 철학자이다. 1957년 노벨 문학상을 수상하기도 했다. 이방인, 페스트라는 작품으로 유명하다.

117) 데이비드 로렌스 게펀(David Lawrence Geffen)이 한 말이라고 한다. 그는 미국의 레코드 회사 경영자이자 영화 프로듀서이다. 스티븐 스필버그와 제프리 카젠버그와 드림웍스(Dreamworks)를 공동 설립하고, 톰 크루즈(Tom Cruise)를 영화배우로 데뷔시킨 사람으로 유명하다.

118) 오카다 다카시, 김해용 역(2023). 나는 왜 저 인간이 싫을까. 서울: 동양북스.

119) 손힘찬(2021). 나는 나답게 살기로 했다. 서울: 스튜디오오드리.

120) 박종인(2020). 매국노 고종. 서울: 와이즈맵.

121) 레이먼드 카버(Raymond Carver)는 미국의 소설가이자 시인이다.

122) 경향신문, 2022.9.14. "원조는 한국" 주장 나오는 세계적 신조어… '조용한 사직'을 아시나요?

123) 아시아경제, 2023.2.20. '조용한 퇴사'에 이은 '리젠티즘'이라고 들어보셨나요.

124) Will Kenton(2023). Presenteeism. Investopedia.com. http://www.investopedia.com/terms. January 31, 2023.

125) ZDNET Korea. 2021.9.8. 보이스피싱 10년간 피해액 3.2조. 매일 71명 당한다.

126) 이 시는 "너를 생각하는 것이 내 일생이었지"(2000, 샘터사)라는 제목의 시집에 실려있다. 정호승 시인은 발원문에서 "덴마크에 안데르센이 있다면 대한민국에는 정채봉이 있다"라는 말로 그를 높이 평가하였다.

Part 7 죽음

127) EBS 〈데스〉 제작팀(2014). 죽음: EBS 다큐프라임 생사탐구 대기획 "데스" 앞의 책, 10쪽.

128) EBS 〈데스〉 기획팀(2014). 위의 책, 87쪽.

129) http://kathana.or.kr

130) 천양희(2006). 천양희의 시의 숲을 거닐다. 앞의 책, 27쪽.

131) 류시화(1998). 지금 알고 있는 걸 그때도 알았더라면. 잠언시집. 서울: 열림원. 앞의 책, 26쪽. 무엇이 성공인가.

132) 리디아 더그데일, 김한슬기 역(2021). 삶의 마지막까지, 눈이 부시게. 앞의 책, 30~32쪽.

133) 리디아 더그데일, 김한슬기 역(2021). 위의 책, 32쪽.

134) 조지 베일런트, 이덕남 역(2010). 행복의 조건. 서울: 프런티어, 257쪽.

135) 마군(馬軍)(2013). 김용환 역. 내가 암에 걸렸다면. 서울: 버들미디어.

136) 로버트 글리츠먼, 강명신 역(2016). 환자가 된 의사들. Robert Klitzman, When Doctors Become Patients. 서울: 동녘. 67쪽.

137) 아툴 가완디, 김희정 역(2015). 앞의 책, 25쪽.

138) 어니스트 시턴 톰프슨, 김세혁 역(2017). 아름답고 슬픈 야생동물 이야기. 서울: 푸른숲; 앤 이니스 대그, 노승영 역(2016). 동물에게 배우는 노년의 삶. 앞의 책.

139) 앤 이니스 대그, 노승영 역(2016). 위의 책.

140) 최은주(2014). 죽음, 지속의 사라짐. 서울: 은행나무. 57~58쪽.

141) 최은주(2014). 위의 책, 65쪽.

142) 최은주(2014). 위의 책, 59쪽.

143) 이유진(2021). 죽음을 읽는 순간. 앞의 책, 181쪽.

144) 이유진(2021). 위의 책, 184쪽.

145) 이원락(2015). 죽음을 마주하는 시간. 앞의 책, 71쪽.

146) 이유진(2021). 죽음을 읽는 순간. 앞의 책, 171쪽.

147) If you love someone, the greatest gift you can give them is your presence.

https://www.goodreads.com/quotes/407365-if-you-love-someone-the-greatest-gift-you-can-give

148) 최현석(2020). 인간의 모든 죽음. 앞의 책, 459-459쪽.

149) 최현석(2020), 위의 책, 459쪽.

150) 사회과학연구회 역(1971). 플라톤. 국가론·애론. 서울: 신조문화사.

151) 천양희(2006). 천양희의 시의 숲을 거닐다. 앞의 책, 16쪽.

152) 이유진(2021). 죽음을 읽는 순간. 앞의 책, 205쪽.

153) 앨리자베스 퀴블러 로스, 데이비드 캐슬러, 김소향 역(2014). 상실수업: 상실과 함께 살아가는 법. 서울: 인빅투스. Elisabeth Kübler-Ross and David Kessler(2005). On Grief & Grieving: Finding the Meaning of Grief Through the Five Stages of Loss. New York: Scribner, 2014.

154) 〈서른, 아홉〉은 고등학교 2학년 어느 날을 계기로 만난 동갑내기에서 마흔을 앞둔 세 친구의 우정과 사랑, 삶에 대한 깊은 이야기를 다룬 휴먼 로맨스 드라마이다.

155) EBS 〈데스〉 제작팀(2014). 죽음: EBS 다큐프라임 생사탐구 대기획 "데스" 앞의 책, 21쪽.

156) 이원락(2015). 죽음을 마주하는 시간. 서울: 페이퍼로드. 57쪽.

157) 하세가와 가즈오, 이노쿠마 리쓰코, 김윤경 역(2021). 나는 치매 의사입니다 − 치매에 걸린 치매 전문의의 마지막 조언 서울: 라이팅하우스. ボクはやっと認知症のことがわかった (2019).

158) 김다슬(2023). 열 번 잘해도 한 번 실수로 무너지는 게 관계다. 서울: 클라우디아.

159) 윤성희(2022). 노년의 발견-인생에 노년이 필요한 이유. 앞의 책.

160) 〈최강 배달꾼〉은 2017년 방영된 KBS 드라마이다. 짜장면 배달부인 주인공을 중심으로 흙수저의 사랑과 성공을 묘사한 청춘 드라마이다.

161) 〈직장의 신〉은 2013년에 방영된 KBS 2TV 드라마이다. IMF 이후 새로운 패러다임으로 자리 잡은 비정규직 노동자들의 불안한 일상을 풍자하는 드라마이다. 2007년 일본에서 방영된 드라마 〈파견의 품격〉을 리메이크한 작품이라

고 한다.

162) 중국 전국시대에 거문고의 명인 백아(伯牙)라는 사람이 있었는데, 그에게는 자신의 거문고 소리를 진정 이해하는 종자기라는 유일한 친구가 있었다고 한다. 그런데 불행하게도 그 친구가 어느 날 죽자 백아가 그의 무덤을 찾아가 고산유수(高山流水)를 연주하고 난 다음 이제 나의 거문고 소리를 들어줄 사람이 없구나 한탄하면서 거문고 줄을 끊어 부서진 조각을 무덤에 바쳤다고 하여 백아절현(伯牙絶絃)이라는 고사가 생겨났다고 한다. 농민신문 2017.3.24. [재미로 읽는 고사성어] 伯牙絶絃 백아절현.

163) 윤회란 인간이 죽어도 그 업에 따라 육도(六道)의 세상에서 생사를 거듭한다는 불교와 힌두교의 교리이다. 육도 중에는 지옥도, 아귀도, 출생도, 아수라도, 인도, 천도가 있다. 육도의 세계에서 유한의 생을 번갈아 유지한다는 것이 불교의 윤회관이다. http://encykorea.aks.ac.kr

164) 안 앙셀렝 슈창베르제, 에블린 비손 좌프루아 저, 허봉금 역(2014). 차마 울지 못한 당신을 위하여: 이별과 상실의 고통에서 벗어나 다시 살아가는 법. Sortir du deuil: summonter son chagrin et re apprendre a vivre(2005). 서울: 민음인.

165) 허봉금 역(2014). 위의 책.

166) http://www.kwanyongsa.co.kr

167) 이외수(2007). 여자도 여자를 모른다. 서울: 해냄. 134쪽.

168) BBC NEWS 코리아, 2022.6.30. 부모의 극단선택 ⋯ 정작 아이는 선택한 적이 없다.

169) 이시이 고타, 김현욱 역(2022). 가족의 무게 − 가족에 의한 죽음은 어떻게 일어나는가. 서울: 후니타스. 315쪽.

170) 장 아메리, 김희상 역(2022). 자유죽음: 살아가면서 선택할 수 있는 유일한 것에 대하여. Jean Amery 저. 서울: 위즈덤하우스.

171) 에밀 뒤르켐, 황보종우 역(2019). 에밀 두르켐의 자살론. 서울: 청아출판사.

172) 이기적 자살, 이타적 자살, 숙명적 자살, 아노미적 자살 등이 그것이다. 이기적 자살은 사회통합이 낮아 개인이 극단적인 고립에서 구원되기를 바라는 이기

심에서 발생한다. 이타적 자살은 과도한 사회통합이나 연대감으로 인해 자신을 희생하는 자살이다. 숙명적 자살은 사회의 극단적인 억압과 통제를 이기지 못해 행하는 자살이다. 아노미적 자살은 사회의 급격한 변동이나 위기 상황에 적응하지 못해 나타난다.

173) 『호스피스 · 완화의료 및 임종과정에 있는 환자의 연명의료결정에 관한 법률 시행규칙』 [별지 제6호 서식]

174) 백승철(2021). 당신은 이렇게 죽을 것이다. 앞의 책. 92~93쪽.

175) 백승철(2021). 위의 책.

176) 강봉희(2021). 나는 죽음을 돌보는 사람입니다. 서울: 사이드웨이.

책을 출판할 때 원고를 끝내자마자 바로 책을 찍어내는 일은 없다.

저자의 입장에서 원고를 끝낼 무렵이면 출판사를 물색하고 출판계약을 맺고 원고를 넘겨주면 출판 일정을 세우고 정해진 절차에 따라 진행된다.

이러한 과정이 끝나면 발행일이 정해지고 인쇄하면 비로소 책이 세상에 나온다.

여기에서 내가 말하고자 하는 것은 원고를 끝낸 시점과 책이 실제로 나오는 날짜 사이에는 상당한 시간적 간격이 존재한다는 사실이다.

만약 그 사이에 상황이 변하고 그에 따라 생각이 바뀌면 출판이 예정되어 있다고 하더라도 책의 내용을 수정해 보고 싶은 마음을 먹을 수도 있다.

물론 이런 사정을 감안하여 무작정 수정의 기회를 준다면 아마도 책의 출판은 요원할 수도 있다.

왜냐하면 책의 구상과 실제 출판 사이에는 늘 시간적 간격이 존재하고, 생각을 수정할 만한 중대한 사건이 일어날 가능성이 높기 때문이다.

사회가 빠른 속도로 변할 때 이럴 가능성은 더욱 커진다.

이때 그냥 넘어가기에는 찜찜하고 아쉬운 마음이 생긴다면, 본문을 손 대기보다는 부록 형식으로 덧붙이는 게 좋은 방법일 것 같다.

내가 이 책을 구상한 시점을 기준으로 하면 3년 이상의 시간이 지났고 원고를 완성한 시간을 기준으로 해도 6개월 정도는 흘러간 것 같다.

웬만하면 그냥 넘어갈까 했는데 최근에 국내외적으로 모른 척하고 넘어가기에는 가볍지 않은 일들이 벌어진 것 같아 한마디 하고 넘어가기로 마음을 바꿔 먹었다.

출판사에 대해서는 미안한 마음이 앞선다.

은퇴 후 죽기 전에 나에게 자그만 소망이 있다면 우리 아이들과 후손들이 남의 간섭을 받지 않고 자존심을 지키며 살아가기를 원하는 것이다.

나의 이러한 꿈이 산산조각날 수도 있는 일들이 지금 벌어지고 있다는 사실을 보고 충격을 받았다.

나는 우리나라가 세계에서 제일 잘사는 나라가 된다거나, 제일 강한 나라가 되길 원하는 게 아니다.

평범한 개인으로 건강하게 인생을 사는 게 행복하듯이 나라도 건강한 국가를 유지한다면 국민 모두가 행복할 거라고 생각하기 때문이다.

그런데 개인과 마찬가지로 국가도 그리 살아가기가 쉬운 것 같지는 않다.

한국이 여러가지 이유로 조금 잘나가는 거 같으니까 시기와 질투를 일삼는 나라들이 몇몇 있다.

나의 자그만 소망이 이뤄지기에는 이 세상이 너무 복잡하게 돌아가는 것 같다.

사소한 사건 사고야 매일 밤낮 가릴 것 없이 일어나니 안타깝긴 하지만 별로 오래 관심을 끌지 못하고 넘어가는 것들도 많다.

설사 일시적으로 사람들의 관심을 끈다고 하더라도 금새 잊히고 만다.

예컨대 급발진으로 의심되는 자동차 사고로 운전자와 승객이 사망하는 일이나, 노동 현장에서 안전사고로 인해 여러 사람들이 목숨을 잃는다거나, 사기 사건으로 전 재산을 몽땅 털린 사람들이 버티지 못해 자살하는 경우도 하루가 멀다 하고 일어난다.

또 신축건물 공사장에서 화재로 인해 여러 명의 노동자가 목숨을 잃기도 한다.

고기잡이 나간 어선이 침몰하여 어부들이 목숨을 잃은 사고가 어찌 대수롭지 않겠는가.

재발방지를 약속하지만 내가 볼 때는 동일하거나 유사한 사건이 반드시 일어나고야 만다.

왜 그럴까.

이유는 우리 모두가 잘 알고 있다.

인간은 지난 것을 금방 잊어버리는 습성이 있기 때문이다.

설마 그런 일이 또 일어나겠느냐 하는 생각에 주의를 게을리 한다.

특히 자신이 연루되지 않은 사건에는 전혀 관심을 두지 않는다.

심지어 인간은 잘못을 끊임없이 저지르고 난 다음 후회하기를 좋아
하는 것이 아닐까 하는 생각마저 든다.

우리나라의 사정은 어떠한가.

한국에서는 2024년 12월 3일 대통령이 뜬금없이 비상계엄을 선포하
는 바람에 온 나라가 혼란에 빠져 아직도 헤어나지 못하고 있다.

반국가 세력의 처단과 부정선거 의혹을 핑계삼아 계엄을 선포했다는
사실이 국민 모두를 어리둥절하게 만들었다.

그래도 법률시스템은 정상적으로 작동하여 대통령 탄핵사건은 국회
를 지나 현재 헌법재판소의 판단을 기다리고 있다.

대통령의 불법계엄을 인정하지 않고 탄핵에 반대하는 무리들이 길거
리로 쏟아져 나와 극렬한 시위를 벌이고 있다.

이들은 극도의 흥분을 억누르지 못하고 대통령 구속영장을 발부한
판사를 살해할 목적으로 법원에 난입하여 폭력을 마구 휘둘렀다.

이 나라의 법치주의가 이렇게 무기력하게 무너지는 순간을 목격한
시민들은 거의 대부분 우리가 법치국가에 살고 있는가 의심의 눈초
리로 보고 있다.

현장에서 폭도들에 의해 구타당한 경찰이 가로늦게 수십명의 폭도들
을 검거했다고 하는데 두고 볼 일이다.

작금의 사태에서 경찰이 무능해서 그런지 모르지만 무기력한 행태로 일관하는 걸 보면서 검거한 폭도들을 두고 뭘 할 수 있을지 궁금해진다.

모르긴 해도 우리가 기대할 만한 일은 생기지 않을 듯하다.

얼마 전 조니 소말리라는 정신 나간 미국인 하나가 한국에 들어와서 소녀상을 능멸하고, 지나가는 여성을 희롱하고, 지하철에서 꼴값을 떨고, 편의점에서 난동을 피워도 먼 산 불 보듯 한 경찰이 떠오른다.

미국이 뭐라 할까봐 겁나서 아무 대응도 하지 못한 건가.

참다 못한 특수부대 출신 시민이 소말리를 발로 자빠트렸는데 오히려 경찰이 그 시민을 폭행죄로 체포했다.

세금 내서 시민들 보호하고 질서 유지하라고 했더니 외국인 난동은 눈감고 모른 척한 경찰이 어느 나라 경찰인지 시민들은 의아해할 수밖에 없다.

그저께 미루고 있던 영화 〈하얼빈〉을 보기 위해 영화관을 찾았다.

불과 120여 년 전 나라가 망해 앞이 보이지 않던 암울한 시대에 우국 청년들의 독립투쟁을 그린 영화이다.

영화 속에 안중근 의사의 피맺힌 절규가 스크린을 뚫고 내 앞에 부서지는 것 같은 전율을 느꼈다.

그의 굳은 결심.

"나는 죽은 동지들의 목숨을 대신하여 살고 있다. 내가 해야 할 일은 늙은 늑대를 반드시 죽여 없애는 것이다."

결국 늙은 늑대 이토 히로부미는 안중근 의사의 총탄에 쓰러지고 만다.

목숨을 바쳐 조국을 되찾고자 한 사람들이 어디 역사에 이름을 남긴 애국지사들만이겠는가.

1919년 3.1 독립운동에는 전국 각지에서 수백만 명이 거리로 나와 일본군의 총칼에 목과 팔이 잘려나가도 굴하지 않고 독립만세를 외치던 우리 선조들을 결코 잊어서는 안된다.

과거사에 용서를 구하거나 반성을 하지 않고 오히려 와사비 테러를 일삼고 혐한을 밥먹듯이 하는 나라가 무엇이 그리 좋단 말인가.

안방에 쳐들어 온 도둑과 잘 지내지고 소주 한잔을 나누고 심지어 집안의 가보를 서슴치 않고 내주는 몇몇 위정자들을 보고 있으니 머리가 지끈하다.

질곡을 이겨내고 어렵사리 독립을 쟁취하고도 식민지 후유증으로 쉽사리 진정한 독립을 이루지 못했다.

설상가상 1950년 6월 25일 북한의 남침으로 인해 나라는 또 한번 쑥대밭이 되고 말았다.

그래도 죽을 수는 없어 정신차려 초근목피로 연명하면서 군사독재도 견뎌내고 죽자사자 발버둥친 결과 오늘에 이르렀다.

이제 비로소 먹는 걱정 안 하고 살만하니 복에 겨웠는지 엉뚱한 짓거리를 하다 나라 말아먹을 지경에 이르니 참으로 안타깝기만 하다.

나라가 망하라는 법은 없는지 윤석열 일당의 내란음모사건이 사전에 발각되어 천만다행이다.

만약 이번에 내란이 성공했다면 나라가 틀림없이 망할 수도 있었겠다 하는 공포가 느껴진다.

우리 안에 독버섯이 스멀스멀 자라고 있는 걸 눈치채게 되서 놀란 가슴을 쓸어 내려본다.

다행인 것은 우리 한국인들이 언제나 그러했듯이 이러한 사태를 그냥 두지 않고 바로 행동에 나서 혼란을 수습하고 있다는 점이다.

대통령의 계엄이 선포되자마자 200명이 넘는 국회의원들이 국회로 모여들고 수많은 시민들이 놀란 나머지 국회의사당을 에워쌌다.

모두가 맨몸으로 계엄군과 마주했다.

어둠의 공포는 이내 희망으로 바뀌는 순간이었다.

이것으로 쉽게 마무리될 거라 기대하지는 않았지만 나라가 쉽게 무너지지 않는다는 확신은 가지게 되었다.

우리가 누구인가.

5,000년을 살아오면서 한 번이라도 포기하고 그냥 주저앉은 적이 있는가.

가끔씩 위정자들이 뻘짓을 하는 바람에 일시적으로 나라가 어려운 적은 있어도 언제나 불사조처럼 쓰러지면 또 일어나지 않았던가.

어린아이 장난감 오뚝이처럼 넘어지면 자동적으로 일어나는 민족이 아니던가.

서양 애들은 우리의 오뚝이같은 기질을 회복탄력성resilience이라는 근사한 말로 부른다.

아울러 무질서한 가운데 언제나 질서를 추구하는 잠재력이 내재해 있다는 카오스이론chaos theory으로도 설명할 수 있을 법하다.

문명의 후퇴를 자초하고 세계 평화와 질서를 무너뜨리는 무모한 일들은 국내에서만 일어나는 건 아닌 것 같다.

작금에 하늘이 못된 인간들을 저주라도 하듯이 지구촌 이곳저곳에서 자연재해가 덮치고 있다.

지구 멸망의 징조인가 저어기 가슴이 조여온다.

어쩌면 하늘의 저주라기보다 인간들 스스로 문명의 몰락을 자초하는 거 같아 걱정을 넘어 화가 치민다.

우크라이나와 러시아의 전쟁은 3년 넘게 지속되며 수많은 인명피해를 내고도 멈출 기미를 보이지 않고 있다.

어디 이 뿐인가.

이스라엘과 팔레스타인은 해묵은 원한을 끄집어내서 약자들의 삶 자체를 망가뜨리고 있다.

아무리 세계 평화를 달성하기 어렵다지만 21세기에 이건 너무한 거 아닌가.

문명文明은 언제나 앞으로 나아가기를 주저하는구나.

사람들이 여전히 문명이 진보한다고 믿고 있는 게 안타깝다.

내가 보기에 인간은 유사 이래 문명의 근처에도 가 본 적이 없는 것 같다.

아마도 인간의 문명이 피기도 전에 운運이 다한 게 아닌가 하는 걱정이 앞선다.

어쩌면 도달하지도 못한 문명에 벌써 피로감을 느끼는 것은 아닌지 의심스럽다.

무엇보다 이러한 역사적 과정에 내가 놓여있다는 사실이 부담스럽다.

이런 걱정과 의심과 부담 속에서 하나의 화두話頭가 떠오른다.

'문명文明은 언제나 앞으로 나아가기를 주저하는구나.'

이것과 우리 민족의 DNA를 엮어낼 생각에 나는 다시 숨쉰다.

'행복에너지'의 해피 대한민국 프로젝트!

<모교 책 보내기 운동> <군부대 책 보내기 운동>

한 권의 책은 한 사람의 인생을 바꾸는 힘을 가지고 있습니다. 한 사람의 인생이 바뀌면 한 나라의 국운이 바뀝니다. 그럼에도 불구하고 많은 학교의 도서관이 가난하며 나라를 지키는 군인들은 사회와 단절되어 자기계발을 하기 어렵습니다. 저희 행복에너지에서는 베스트셀러와 각종 기관에서 우수도서로 선정된 도서를 중심으로 <모교 책 보내기 운동>과 <군부대 책 보내기 운동>을 펼치고 있습니다. 책을 제공해 주시면 수요기관에서 감사장과 함께 기부금 영수증을 받을 수 있어 좋은 일에 따르는 적절한 세액 공제의 혜택도 뒤따르게 됩니다. 대한민국의 미래, 젊은이들에게 좋은 책을 보내주십시오. 독자 여러분의 자랑스러운 모교와 군부대에 보내진 한 권의 책은 더 크게 성장할 대한민국의 발판이 될 것입니다.